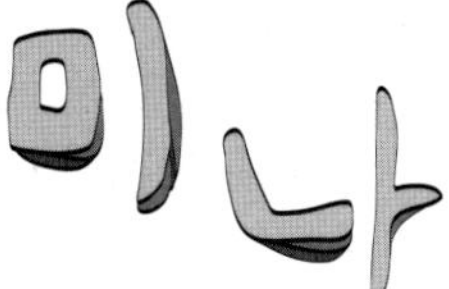
미나

김사과 장편소설
미나

초판 1쇄 발행 / 2008년 1월 4일
초판 14쇄 발행 / 2024년 9월 6일

지은이 / 김사과
펴낸이 / 염종선
책임편집 / 황혜숙
펴낸곳 / (주)창비
등록 / 1986년 8월 5일 제85호
주소 / 10881 경기도 파주시 회동길 184
전화 / 031-955-3333
팩시밀리 / 영업 031-955-3399 · 편집 031-955-3400
홈페이지 / www.changbi.com
전자우편 / lit@changbi.com

ⓒ 김사과 2008
ISBN 978-89-364-3361-1 03810

* 이 책은 한국문화예술위원회 2007년도 문예진흥기금을 받았습니다
* 이 책 내용의 전부 또는 일부를 재사용하려면
  반드시 저작권자와 창비 양측의 동의를 받아야 합니다.
* 책값은 뒤표지에 표시되어 있습니다.

미나

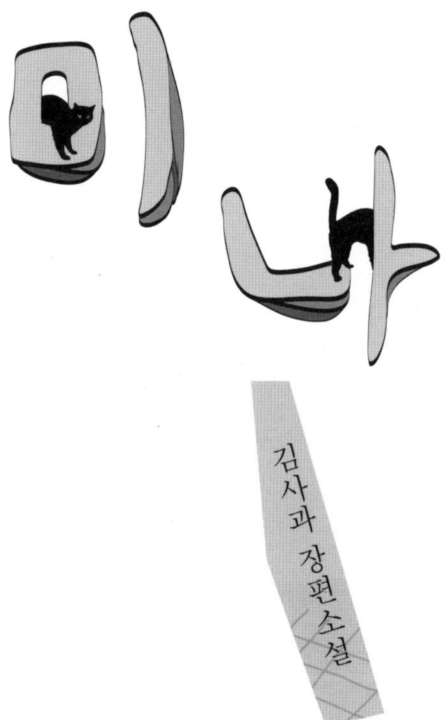

김사과 장편소설

창비

 **제1부**

 **제2부**

제 1 부

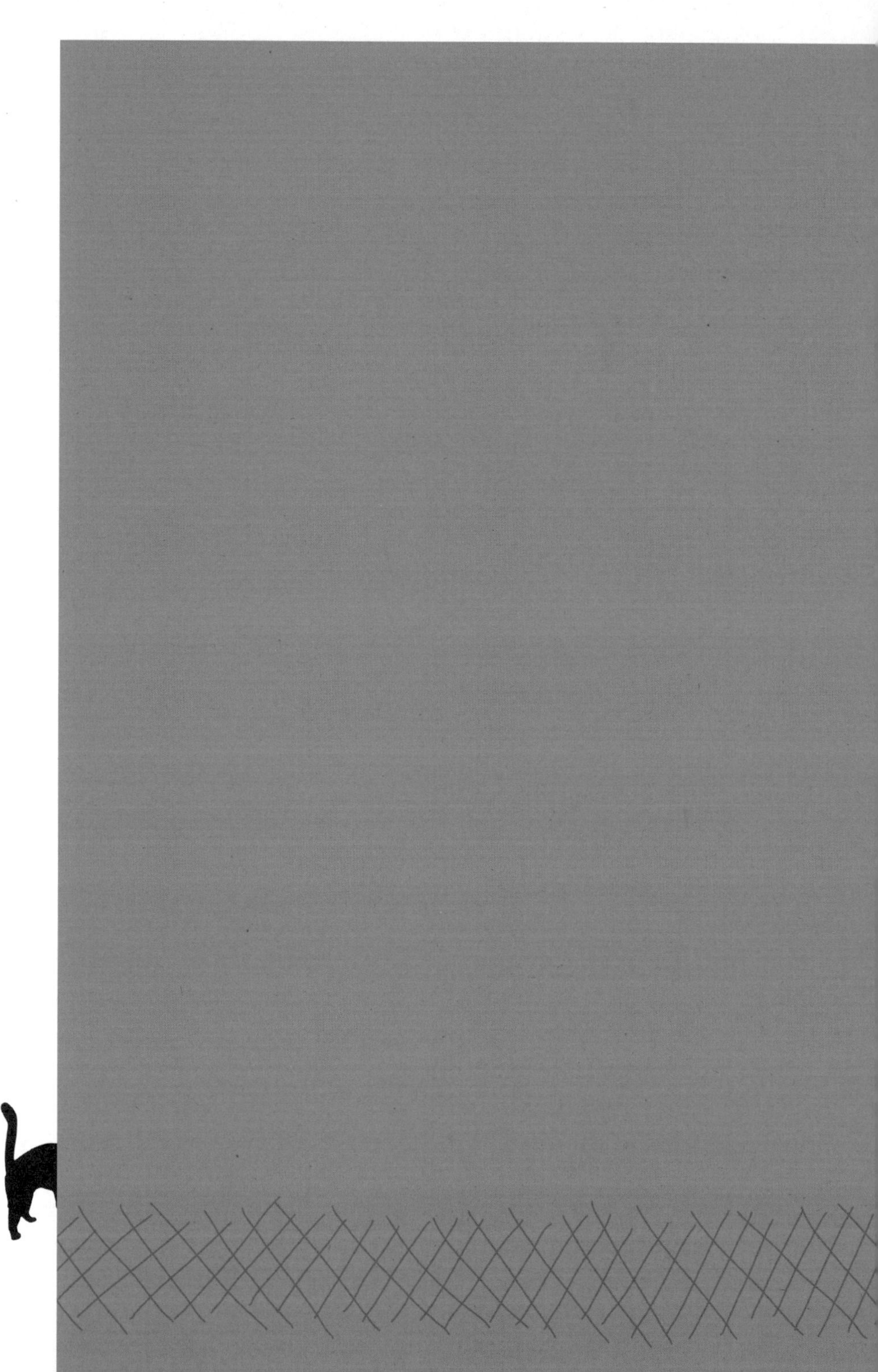

"민호." 수정이 인사한다. 문틈으로 수정의 흰 뺨이 약간, 직각삼각형 모양으로 드러난다. "수정." 민호가 인사한다. 수정이 열린 문틈으로 폴짝 뛰어들어온다. 수정이 빠져나온 틈새가 신속하게 메워지며 현관문 잠금장치가 세 음절로 노래한다.

수정은 천천히 거실을 향해 걷는다. 하늘. 수정이 고개를 꺾고 천장을 바라본다. 샹들리에. 거기 빛이 있다. 수정은 눈을 가늘게 뜨고 미소짓는다.

"미나."

미나는 양손을 모아 배 위에 올려놓은 단정한 자세로 거실 한가운데에 누워 있다. 눈은 감겨 있고 바라보는 사람을 행복하게 하는 표정이다. 스피커에서는 킴 고든의 목소리가 쏟아져내린다.

네가 느끼는 방식을 바꾸고 싶었는데. 미나가 허리를 살짝 비틀며 나른하게 미소짓는다. 아름다운 사운드 안으로 천천히 젖어드는 몸이 분명하게 보인다. 수정은 고개를 들어 스피커를 바라본다. 그것은 비쩍 말라 볼품없는 현대적인 디자인이다. 수정이 미나 위에 조용히 내려앉는다. 미나는 눈을 뜨지 않는다. 수정이 미나의 목을 조르기 시작한다. 민호가 조명을 끈다. 미나의 얼굴이 빨개진다. 하늘이 좀더 어두워진다. 수정이 손에 좀더 힘을 싣자 미나의 얼굴이 고통스럽게 일그러지며 입이 벌어진다. 민호는 여전히 웃고 있다. 점차 아이들은 어둠에 가려 잘 보이지 않는다. 이것은 장난이다. 이것은 장난이다. 이것은 장난이다.

"옛날에 뱀을 참 사랑하는 공주가 있었어. 그 공주는 아빠를 졸라서 궁궐 한구석에다가 정원을 만들고 풀과 나무를 심고 뱀을 가득 풀어놓았어. 그중에 공주가 정말 사랑하는 뱀이 있었는데 공주는 그 뱀을 수정을 다루듯이 아주 조심스럽게 사랑했어. 공주는 언제나 그 뱀이 죽으면 따라 죽겠다고 말하고 다녔어. 그런데 어느날 그 뱀이 사라져버렸어. 공주는 시녀들한테 뱀을 찾아오라고 명령했어. 시녀들은 정원에서 뱀을 한마리씩 잡아서 공주에게 가지고 간 다음 공주가 고개를 저으면 뱀을 죽여서 깊은 구덩이에 던져넣었어. 정원에서 뱀들이 사라지기 시작했어. 어떤 뱀은 도망갔고 어떤 뱀은 높은 나무 꼭대기에 매달려서 내려오지를 않았어. 공주는 도망치는 뱀들을 화살로 한마리씩 쏴죽이기 시작했어. 하지만 공주는 사라진 뱀을 찾을 수가 없었어. 공주는 엉엉 울면서 나는 죽어야 하나 사라져야 하나 생각했어. 죽으려니까, 그 뱀이 죽었는지 안 죽었는지 모르겠고, 또 공주는 사라지기에는 너무 유명하잖아. 공주는 독감에 걸렸어. 시름시름 앓다가 죽을 거야, 공주는 결심했어. 그러자 공주를 위해서 왕이 수정을 깎아서 그 뱀과 완전히 똑같이 닮은 뱀을 만들어줬어. 공주는 몹시 기뻐하면서 그것을 바닥에 던져 깨뜨려버렸어. 그리고 날카로운 수정 조각으로 심장을 찔러 자살했어. 그러자 어디선가 뱀이 스르륵 나타나 공주의 몸을 칭칭 감고 붉은 혀로 공주의 피를 핥는 거야. 분노한 왕이 뱀을 잡아 죽이려다가 뱀한테 물려 독이 퍼져서 죽고 말았어. 뱀은 멀리멀리 도망가버렸어."

"그 뱀이 수정이야. 그 뱀이 나야." 수정이 미나의 목에서 손을 뗀다. 미나가 심하게 기침을 한다. 민호가 조명을 켜자 붉은 자국이 미나의 희고 창백한 목을 뱀처럼 기어가는 것이 보인다. 수정이 그것을 아주 조심스럽게 쓰다듬는다. "아프지 않아?" 미나는 고개를 젓는다.
"그렇게 쉽게 안 죽어."
미나가 크게 기침한다.
"미안 몰랐어."
"알았으면 됐어."
"이야기는 어땠니?"

"시시해."

"나도 동의해. 하지만 이거 네 동화책이잖아?"

수정이 하늘색 하드커버의 책표지를 미나를 향해 보인다. 거기에는 피흘리며 죽어가는 아름다운 공주와 분노한 왕이 자신의 목을 칭칭 감고 붉은 혓바닥을 날름거리는 뱀을 노려보는 몹시 강렬한 내용의 삽화가 인상파의 기법으로 로맨틱하게 그려져 있다.

"나는 동화책 같은 거 안 읽어."

"와!" 민호가 감탄한다. "너 그거 어디서 찾았냐? 이리 좀 줘봐."

"너희 아버지 서재에서."

"근데 진짜 걔 이름이 수정이야?"

"아니야. 그건 내가 지어낸 거야."

"또라이."

수정이 갑자기 꿈에서 깨어난 것 같은 명한 표정을 하고 주위를 둘러본다. 미나가 다시 노래에 맞춰 목을 흐느적거린다. 수정이 미나의 머리카락을 쓰다듬으며 다시 목을 조를까 말까 고민한다. 미나가 미소짓는다. 그것은 백 퍼센트의 웃음이다.

"좋니."

"뭐가?"

"지금 이 순간."

"어. 백 퍼센트."

"모르겠어."

"너는 이해 못해."

미나가 경멸의 표정으로 수정을 바라본다.

"그렇네." 수정이 한숨을 쉬고 미나에게서 내려와 미나 옆에 눕는다.

"미나야."

"아 왜."

"엄마가 돈 줬어. 뭐 시켜먹자. 나 배고파." 수정이 몸을 돌려 미나를 껴안는다.

"얼마나?"

수정이 주머니에서 돈을 꺼내자 미나가 빼앗는다.

"나는 양념치킨." 민호가 말한다.

"꺼져! 피자 시킬 거야!"

미나가 소리친다. 민호는 대답이 없다. 그는 책장 앞에 서서 디브이디를 고르고 있다. 수정이 미나를 물끄러미 바라본다. 미나가 말한다.

"아무래도 나 조울증 있는 것 같지 않냐."

미나는 요즘 항우울제와 신경안정제와 프로이트와 융에 관심이 많다. 킴 고든이 소리친다. 수정이 미나의 손을 잡는다.

"아니. 전혀."

미나가 얼굴을 찡그린다.

민호가 피자가게에 전화를 건다. 미나는 여전히 바닥에 누운 채 포테이토 피자 포테이토 피자를 주문처럼 외우고 수정이 라라라 허밍하며 몸을 일으켜 민호의 뒷주머니로 다가간다. 민호가 몸을 피한다. 그러나 수정이 조금 더 빨랐다. 그녀는 민호의 지갑을 손에 들고 뛰어다니며 웃는다. 민호가 수정의 손목을 잡아채 비틀자 웃음이 터진다. 좀더 세게 비튼다. 비명을 지른다. 그러나 여전히 웃고 있다. 미나는 여전히 바닥에 누워 주위 모든 것에 차갑게 무심한 채로 온몸으로 나른하게 미소짓는다. 수정과 민호는 양 볼에 웃음을 담은 채 씩씩거린다. 민호가 전화기를 바닥에 내려놓고 수정을 덮친다. 수정이 바닥으로 쓰러지며 지갑을 놓친다. 민호가 손을 뻗는다. 수정이 민호의 손가락을 깨문다. 수정이 지갑을 잡는다. 민호가 지갑을 잡는다. 둘은 각자 자신을 향해 지갑을 잡아당긴다. 수정이 민호를 보며 씩 웃는다. 민호가 있는 힘껏 지갑을 잡아당기는 순간 수정이 손을 놓는다. 민호가 지갑을 움켜쥔 채 뒤로 쓰러진다. 쓰러지는 민호의 오른쪽 팔꿈치가 미나의 허벅지에 부딪힌다. 미나가 비명을 지른다. 수정과 민호가 당황하여 서로를 바라본다. 미나의 비명소리가 높아진다. 수정이 스피커로 기어가 볼륨을 높인다. 미나의 비명은 시끄러운 음악소리에 가려 들리지 않게 된다. 미나가 비명을 멈추고 민호를 향해 기어가기 시작한다.

"잘못했어, 미안해, 잘못했어."

미나가 허벅지를 가리키며 얼굴을 찡그린다. 민호가 웃으며 사과한다.

"미안."

"개새끼야 얼마나 아픈지 알아?"

"미안."

"개새끼야 얼마나 아픈지 알아?"

"진짜 미안."

"개새……"

민호는 얼굴에서 미소를 지우지 못한다. 미나는 점점 화가 난다. 민호는 여전히 웃고 있다. 수정은 음악에 맞춰 손가락을 까딱거리며 그런 둘을 바라본다. 환하게 웃으며,

"좋겠다. 행복해 보여. 형제라는 게 이런 거구나."

미나와 민호가 입을 벌리고 수정을 바라본다.

"민호형제." 미나가 웃음을 터뜨린다.

"미나형제." 민호가 웃음을 터뜨린다.

"웃지 마. 웃지 마. 생각이 안 나서 그래. 형제. 자매. 그리고 또 뭐니."

"오누이." 민호가 말한다. 미나가 웃으며 바닥을 뒹군다. "오누이! 오누이가 뭐냐 오누이가, 으하하하하하하징그럽게."

"하지 마, 웃지 마, 하지 마."

수정이 양손으로 얼굴을 감싸고 바닥에 엎드린다.

"귀여운 척하지 마."

미나가 수정을 뒤집어 얼굴에서 손을 떼어내자 수정이 웃음을 터뜨린다.

"아하하하하하하."

"왜 웃어?"

"간지러워서."

"미친년."

"민호야 영화 언제 틀어?"

"지금."

민호가 프로젝터를 켜자 어두운 벽이 빛을 받아 환하게 깨어난다. 미나가 수정의 옆에 눕는다. 수정과 미나가 낮게 수군거리자 민호가 수정의 어깨를 두드리며 오른손 검지손가락을 입술에 가져다댄다. 미나가 못마땅한 표정으로 입술을 깨문다. 화면 속에서 두 여자가 열정적으로 키스를 하기 시작한다. 미나가 졸기 시작한다. 수정은 미나와 민호를 번갈아 바라본다. 창밖으로 해가 점점 가라앉고 벽에는 꿈같은 화면이 차례로 밀려왔다가 밀려간다. 눈을 감아도 눈을 떠도 꿈속에 있다. 목소리 없는 극장의 여가수가 노래를 부르다 바닥에 쓰러진다. 수정은 더이상 영화를 보지 않는다. 수정은 천장을 바라본다. '저 천장이 나의 집이었으면 좋겠다. 커피색 카펫을 깔고 저기서 뒹굴면 좋겠다.' 수정이 깔고 누운 카펫에는 흰 살을 드러낸 비너스와 그녀의 연인이 수놓아져 있다. 커피색 카펫에 누운 수정이 비너스의 구름을 깔고 누운 수정을 올려다본다. 둘은 숨을 멈추고 잠깐 동안 서로를 바라본다. 그리고 정지. 스피커에서 엔딩테마가 흘러나오기 시작한다.

수정이 하품을 하며 자리에서 일어나 나무로 만든 커다란 브러시로 머리를 빗는다. 정전기가 인 머리카락들이 가늘게 춤을 추며 가라앉는다. 민호가 불을 켠다. 미나는 바닥을 뒹굴며 식은 피자를 입에 쑤셔넣는 중이다. 민호가 프로젝터를 끈다. 일순 적막. 민호와 수정이 차례로 바닥에 쓰러진다. 살짝 열린 낮은 창으로는 아무런 바람도 들어오지 않았다. 셋은 일그러진 이등변삼각형을 그리며 바닥에 누워 있다. 수정이 하품을 하며 다리를 높이 쳐든다. "수정아 팬티 보여." 수정이 다리를 내린다. 창밖에는 샴페인골드 컬러의 안개가 걸려 있고 그것은 천장에 걸린 샴페인골드 컬러의 샹들리에와 잘 어울린다. 수정이 천장에 수놓인 기하학적인 문양에 몰두한다. 타원과 마름모꼴 나선형으로 이어지는 쐐기꼴 모양의 선들과 격자무늬. "커피색 카펫……" "뭐라고?" "커피색 카펫……" 미나가 벌떡 일어나 창을 닫고 다시 전과 같은 위치, 전과 같은 자세로 바닥에 길게 늘어진다. "민호야 음악 좀." "귀찮아." "일어날 수가 없어." "왜?" "온몸이 마비되었다." 늦은 오후 게으른 침묵이 좀더 길게 이어진다. 민호가 마지막 남은 닭날개를 입에 쑤셔넣는다. "아 맛없다."

"웃기네 지 혼자 다 처먹어놓고는."

"뒈진다 김미나."

휴대폰이 울린다. 수정이 전화를 받는다.

"여보세요?"

"너 M 사랑하냐?"

그것은 수정이 알지 못하는 목소리다. 목소리는 어둡고 무례하다.

"여보세요?"

"여보세요?"

"여보세요? 누구세요?"

"너 M 사랑하느냐고 물었다."

"안 사랑하는데요." 수정이 얼굴을 찡그린다. 미나와 민호가
호기심으로 눈을 빛내며 수정을 본다.

"사랑 안하면 왜 사귀는데?"

"우리 아직 몇번 만나지도 않았는데요."

수화기 저편에서 낮은 소리로 빠르게 대화가 진행된다.

"진짜? 너 나 사랑 안해?" M이 말한다.

"안해." 수정은 전화기를 귀에서 멀리 떼어놓고 건성으로 대답
하기 시작한다. "응, 응, 응, 왜, 응, 너는 나 사랑하니?"

"어! 나 너 사랑하잖아? 몰랐어?"

"몰랐어."

"왜 몰라?"

"모르니까 모르지."

"그러니까 왜 모르냐고."

"모르니까 모르니까 모르지."

수정이 슬쩍 민호를 본다. 민호는 리모컨을 들고 삼초에 한 번
씩 텔레비전의 채널을 바꾸고 있다. 기린이 다리를 벌리고 고개
를 숙인 채 웅덩이의 물을 마시는 장면이 스쳐지나간다.

“그거 이상하네.”

침묵.

“그거 진짜 이상하네.”

“뭐가 이상하니?”

M은 무슨 말인가를 꺼내려다 포기한다. 다시 한번, 또다시 한
번, 또 한참을 머뭇거리던 M은 풀죽은 목소리로 전화를 끊는다.
수정은 허무함을, 엄청난 갈증을 느낀다. 미나와 민호의 시선이
호기심으로 빛난다. 수정은 양쪽으로 번갈아가며 의미없는 시선
을 보내고 부엌으로 향한다.

“뭔데?”

“누구야?”

“뭐야? 누군데?”

미나가 수정을 쫓아 부엌으로 간다.

“야 말해봐.”“물 좀.”

미나가 커다란 머그컵에 물을 가득 따라 수정에게 내민다.

“M이야. 나 M이랑 헤어졌어.” 수정의 얼굴엔 아무런 감정도
실려 있지 않으며 목소리는 갑자기 곱고 높고 매끄럽다.

“나 담배 피우면 안돼?”

“안돼!”

미나와 민호가 동시에 소리친다. 수정이 웃는다.

“수고했어. 중간고사 끝나면 소개팅시켜줄게.”

“진짜 고마워.” 수정이 미나에게 덥석 안긴다.

“야.”

“응?”

“김민호는 어때?”

“에이.” 수정이 미나를 보며 씩 웃는다. “정말? 진짜? 좋——
지!”

“닥쳐!” 미나와 민호가 동시에 소리친다.

“김미나 욕 좀 그만해. 아냐. 오빠는 괜찮아. 오빠는 더 많이
해도 돼.” 수정이 민호를 향해 손을 흔든다.

“지랄하네 이년이.”

수정이 다시 미나에게 안긴다. “있지.”

“뭐가?”

“사랑해.”

“미친년. 아우.” “왜?” “학원 갈 시간이야.”

민호의 휴대폰이 울린다. 그는 방으로 들어가 문을 닫는다. 수
정은 민호의 방 앞을 서성이며 그와 그의 여자친구의 통화를 엿
들어보려고 하지만 쉽지가 않다. 낮게 윙윙거리는 문장들과, 감
탄사, 그리고 약간의 웃음. 수정이 실망하여 거실로 돌아오자 민
호가 방에서 나온다. 수정이 민호를 바라본다. 그는 미나에게 다
가가 발로 종아리를 가볍게 툭, 친다.

“돼지 일어나.”

민호가 이를 드러내고 웃는다.

“내가 왜 돼지야 이 뚱땡아.”

"나 먼저 간다." 민호가 가방을 메고 문으로 향한다.

"어디 가는데?" 미나가 묻는다.

"어디 가는데?" 수정이 묻는다.

민호는 대답하지 않은 채 문을 연다.

"뚱땡아 너 유진이 만나러 가는 거 다 알아! 엄마한테 이를 거야. 학원 땡땡이치고 연애하러 간다고!"

"유진이가 뭐야! 언니라고 불러! 그리고 땡땡이 안 쳐! 너나 잘해라!"

"꺼져 김민호!"

"잘 놀아, 이수정, 담에 또 보자!"

문이 닫히고 나서, 수정은 뒤늦게 손을 흔든다.

창밖으로 도시의 저녁이 밝아온다. 핏빛 노을이 순식간에 거실로 내려앉는다. 높게 걸린 한다발의 구름과, 부드럽게 쌓인 색깔들, 빌딩들, 그늘진 초록 나무의 시간, 어두운 그림자가 긴 손을 뻗는 시간이다.

수정과 미나는 익숙한 솜씨로 가방을 챙기고 거실을 정리하고 옷과 머리를 다듬고 일렬로 천천히 문을 빠져나간다. 세 음절로 이루어진 현관문 잠금장치의 경고음이 텅 빈 복도를 울리고, 수정이 엘리베이터 버튼을 누른다. 미나가 천장을 보며 알 수 없는 말을 웅얼거리고 노인처럼 한숨을 쉰다. 부드럽게 열리는 몇겹의 문을 지나 수정과 미나는 지상으로 나온다. 노을은 좀더 몸을 낮추었고 어둠은 천천히 거리의 빛을 쓸어담는다. 은빛 자동차가

둘을 스쳐지나간다. 둘은 차를 따라 고개를 돌린다. 차가 사라지자 수정이 미나의 왼팔에 팔짱을 끼고, 그들은 벚꽃나무 사이로 더이상 보이지 않는다.

수정은 강사가 건네준 페이퍼를 들여다보며 메인아이디어와 서포팅디테일을 연구하다가 말고 문득 M이 하려다 그만둔 말이 궁금해진다. 허벅지를 긁으며 오늘의 토픽에 정신을 집중하려고 하지만 쉽지가 않다. 그는 사랑이라고 했다. 수정은 그것이 자신을 화나게 했다는 것을 깨닫는다. 그러자 다시 화가 치솟는다. 수정은 자신이 사랑을 하기에는 지나치게 어린 나이라고 생각한다. 그리고 사랑을 하기에 적당한 나이가 되어서도 그런 비효율적인 것은 하지 않는 편이 낫다고 생각한다. 그것은 촌스럽다. 쓸모없다. 사랑이 필요한가? 그렇다면 순정만화를 읽으라. 거기 사랑에 관한 모든 것이 담겨 있다. 이것이 수정의 입장이다. '사랑!' 화가 치솟는다. 수정은 흥분하여 고개를 쳐든다. 강사와 눈이 마주친다. 그가 미소를 지으며 다가온다. 수정은 그의 옅은 청회색 눈에서 눈을 떼지 못한다. 수정은 페이퍼를 들고 몇가지 전혀 궁금하지 않은 사항에 대해 진지하게 질문한다.

"오늘은 눈동자가 좀더 파래 보여요."

"정말?" 강사가 눈을 좀더 크게 뜨며 장난스럽게 웃는다.

수정이 고개를 끄덕인다.

"I wonder why."

하지만 사실 모든 것은 수정의 잘못이다. 지금까지 수정이 사귄 남자아이들은 하나같이 착하고 순한 얼룩송아지들이었는데 왜냐하면 수정은 착하고 순한 얼룩송아지들만 보면 무조건 사귀고 싶어졌기 때문이다. 하지만 막상 사귀게 되면 수정은 상대방에게 착한 얼룩송아지의 매력이 아니라 삼십대 중반 유부남의 성숙하고 안정된 매너를 요구했다. 상대방은 당황했고 수정은 좌절했다. 그래서 수정의 연애는 오늘도 좌절의 주말연속극을 찍고 있는 것이다. 그러나 수정의 얼룩송아지들은 자신이 멍청하다는 것을 잘 알기 때문에 수정에게 유치한 열등감을 품거나 사회에 대한 설익은 분노로 자신을 치장하지 않았다. 그들은 자신이 멍청하다는 것을 담담하게 인정했고 그래서 수정과의 관계를 나름대로 소중하게 여겼고 따라서 수정을 때리거나 수정의 나체사진을 요구하거나 포르노그래피에서 본 파괴적이며 유머가 결여된 자세를 요구하지도 않았다. 수정은 그들을 만날 때 일종의 시골농장 놀이를 하는 기분을 느꼈다. 아침일찍 일어나 무를 뽑고 달걀을 담고 우유를 가득 채우는 삶. 레이스가 달린 하얀 앞치마를 입고 하는 주말의 시골농장 놀이. 가끔은 그런 기분전환이 필요한 것이 학생의 삶이다. 학생의 삶은 파괴적이며 황폐하기 때문이다. 필요한 것은 휴식이다. 그런데 사랑이라니. 멍청한 송아지가 낭만주의에 물들었다. 봄이라 이거지.

하지만 사실 정말 멍청한 것은 수정이다. 그리고 그것은 수정이 어리기 때문이 아니라 학원에 다니기 때문이다. P시의 사교육

시장은 붕괴된 P시의 공립학교 시스템을 비웃으며 학생들을 계급에 따라 분리하여 양질의 교육을 제공했다. 그러나 그것은 대안이 아니라 붕괴된 P시의 공립학교 시스템에 기생하는 거대한 시장일 뿐이었다. 학원은 공립학교 시스템의 허점을 치고 들어가 거대한 시장을 만들어내는 데 성공했고, 그리고 그게 다다. 그들은 모든 것을 비즈니스의 관점에서 파악한다. 그들은 소비자에게 최상의 서비스를 제공하기 위해 노력할 뿐이고 그래서 거기에는 전반적으로 어떤 정신이 결여되어 있다. 하지만 정신이란 또 무엇인가. 그것에 얼마나 많은 수요가 있고 그에 따른 시장을 어떻게 디자인해내야 하는가. 한 유명 학원장이 영어로 가득한 문서를 내밀면 또다른 유명 학원장이 한자가 가득한 문서로 응수한다. 그들은 문서를 주고받으며 고개를 끄덕이고 양주를 마시고 넥타이를 졸라매고 커프스단추를 잠그며 새로 생긴 술집의 정보를 교환한다. 그들이 만들어낸 필수 독서목록에는 서양문명에 획기적인 전환점이 되었던 고서들이 오른다. "미국 동부의 유명 사립대학은 물론이고⋯⋯" 강사가 리스트가 빼곡히 적힌 목록을 흔든다. "P대에 가려면 무조건 읽어야 한다." 아이들은 고개를 끄덕이고 리스트가 적힌 종이를 반으로 접어 가방에 집어넣는다. 아무것도 생각할 것도 깊이 고민할 것도 없다. 하루는 충분히 짧고 주변엔 나와 같은 학생들이 산처럼 쌓여 있다. 따라서 나는 외롭지 않다. 혼자가 아니다. 저기 하나의 학생이 지나간다. 그리고 저기 또 하나의. 사거리에서 그들은 만나고 악수하고 미소지은 다음 서로를 지나쳐 각자의 길로 갈라진다.

　학창생활은 일부 영리한 학생들에게는 자신의 계급을 유지시킬, 혹은 좀더 향상시킬 기회를 제공하는 일련의 과정으로 인식되며, 나머지 대부분의 학생들에게는 대학교는 여기보다는 낫겠지 하며 인내하는 과정에 불과하며, 그 둘 사이에 끼어 길을 잃고 쓸데없는 것을 망상하며 우울증에 시달리는 학생은 결국 자살에 이르게 된다. 그들이 자살에 이르는 것은 그들의 삶이 죽음에 이르게 할 만큼 고통스럽기 때문이 아니라 그들이 삶에 대해서 아는 것이 전혀 없어 자기가 죽고 싶다고 착각을 하거나 죽을 만큼 고통스럽다고 오해를 하기 때문이다. 수정은 물론 일부 영리한 학생에 속한다. 그녀는 자신이 무식하다는 것을 겸손하게 인정하며 어른들의 지식에 고개를 숙일 줄 아는 훌륭한 학생이다. 물론 그것은 거짓인정이다. 그녀는 실제로 아무것도 배우지 않는다. 그것을 감추기 위해 그녀는 어른들이 제시하는 모든 것을 있는 그대로 복사하여 순발력있게 흉내낼 뿐이다. 어른들은 그런 그녀를 두려워한다. 너는 똑똑하지, 그러나 아직 어린애에 불과해, 너는 유치하고 조잡하여 모든 것이 완벽하게 형성되기 전이야, 죽고 싶지 않으면, 너는 세상을 알지 못해, 무섭지 않니? 미래는 암흑이야. 차가운 돌과 푸른 지폐로 가득 차 있는 아직 도달하지 못한 외계의 행성이야. 내 주름진 피부를 좀 봐, 외계의 삶이, 외계의 공기와 햇살이 그곳의 모욕과 좌절이 나를 이렇게 망쳐놓았어.

'아니, 나는 너처럼 싸구려 인생을 살 생각이 없어.'

수정은 펜을 쥐고 다음 문제를 향해 달려간다.

그들은 네가 이해할 수 없는 언어를 사용하지. 그곳은 네가 한 번도 닿아보지 못한 행성일 거야.

수정은 다시 한번 모든 것을 강하게 부정하며 다음 문제를 향해 달려간다. 그녀는 자신의 미래를 확신한다. 이 모든 것은 그녀의 탓이 아니기 때문이다. 이 모든 것은 그녀가 도착하기 전에 누군가 미리 꾸며놓은 것이기 때문이다. 그녀는 모든 것이 갖추어진 뒤에 도착했으며 모든 것이 준비되고 나서야 태어났다. 따라서 만약 그녀가 모든 것을 가질 수 있다면 그것은 그녀가 모든 것이 갖추어진 시간과 장소에 정확히 맞춰 도착했기 때문일 것이다. 그것은 우주가 그녀를 선택했다는 뜻이고 그녀 또한 그 선택을 환영한다. 그녀를 둘러싼 세계는 언어와 같아서 모든 어법과 어조는 그녀가 오기 전부터 존재하고 있었기 때문에 그녀에게 남은 것은 수동적인 학습의 가능성뿐이지만 수정은 그 상황에 대해 아무런 불만이 없으며 만약 어떤 자신 고유의 것에 대한 갈망이 생겨난다 하더라도 그것을 짓밟고 이미 존재해온 모든 것들을 향해 고개를 숙일 각오가 되어 있다. 그녀는 무감하여 사랑을 모르기 때문에 완전하며, 스스로 자라난 것이 아무것도 없기 때문에 순결하다. 그런 그녀가, 고개를 들고 칠판을 바라본다. 매끄럽게, 거기 숫자와 직선으로 이루어진 완전한 세계가, 그곳을 향해 열린 문이 있다. 그러나 그녀는 이미 그곳에 있다. 그녀는 M을 잊

는다. 눈이 부시다. 타임아웃. 강사가 탁자를 두드리자 수정은 자
신이 적은 답을 바라본다. 그것은 완벽하다.

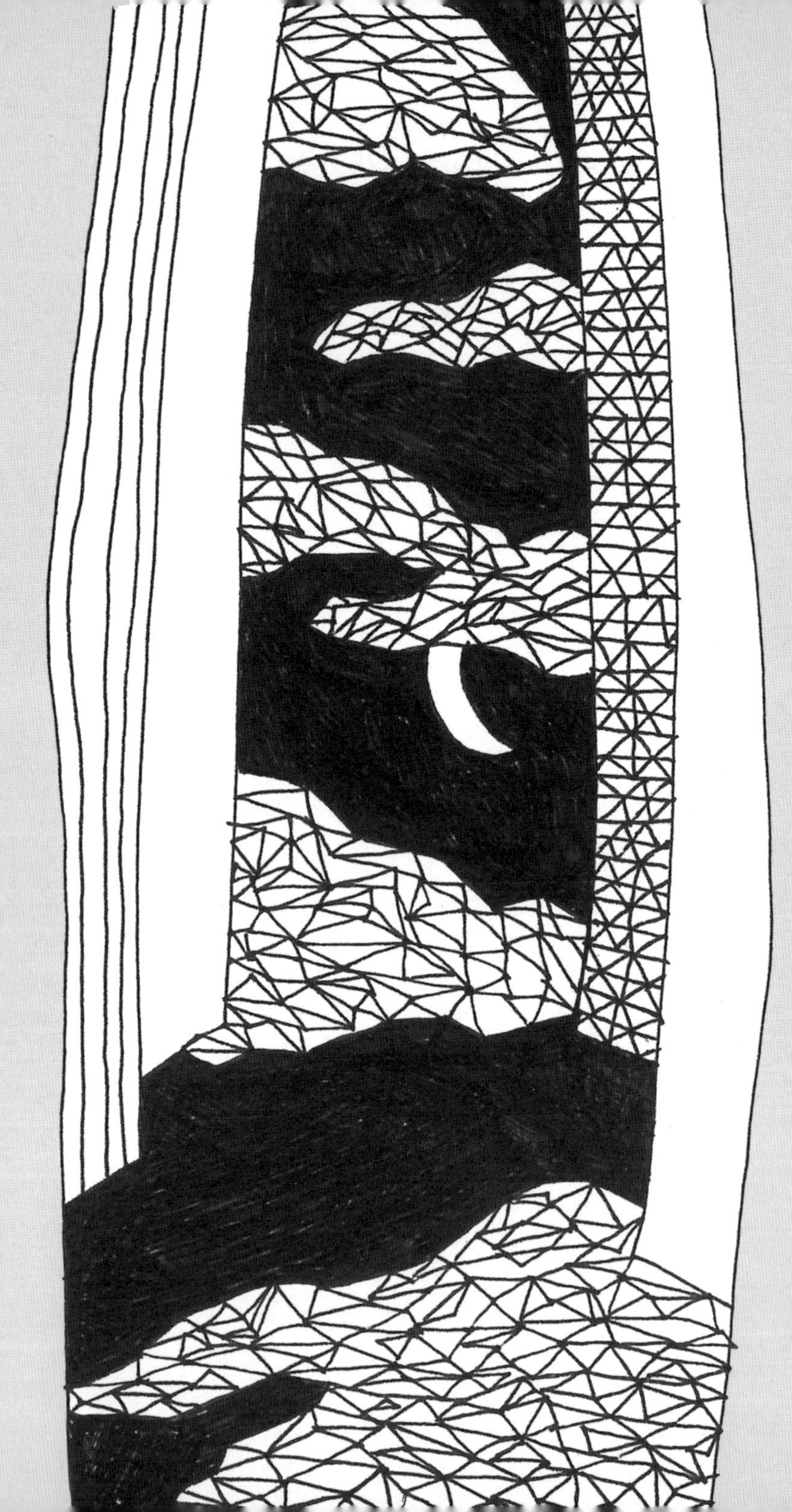

죽음

버스가 멈춰서자 아이들이 몰려든다. 수정과 미나는 가까스로 버스 안으로 기어올라 손잡이를 잡고 흔들리기 시작한다. 사람들로 꽉 찬 버스 안은 이상하게도 조용하고 멀리서 뭔가 알 수 없는 소리가 들려온다. 누군가 울고 있다. 소리가 점점 커진다. 사람들의 시선이 맨 뒷자리로 쏠린다. 초록색 교복을 입은 세 명의 여학생이 젖은 얼굴로 울고 있다. 박지예의 자살소식이었다.

지난밤 P학교 박지예가 독서실 옥상에서 뛰어내려 자살했다. 박지예는 미나와 같은 유치원과 같은 초등학교를 나왔으며 삼년 전 미나가 수정의 아파트 근처 빌라로 이사를 오기 전까지 미나와 같은 동네에 살던 단짝친구였다. 죽기 직전, 그러니까 어젯밤 지예는 미나에게 죽고 싶다고 메시지를 보냈다. 그러나 미나는 요즘 지예와 만나지 않고 있기 때문에 그것이 일시적인 기분 탓인지 아니면 정말로 심각한 문제인지 알 수가 없었다. 어쨌거나 오랜만에 문자를 받은 미나는 반가운 마음에 서둘러 답장을 보내려고 했는데 하필 그 순간 휴대폰 배터리가 나가버렸다. 미나는 학원수업이 끝나자마자 서둘러 집으로 돌아와 배터리를 갈아끼우고 지예에게 문자를 보냈지만 답이 없었다. 그러는 동안 지예는 어머니에게 독서실에서 밤새 시험공부를 하고 바로 학교에 가겠다고 말하고 독서실로 가서 평상시와 같은 얼굴과 태도로 시험공부를 하다가 새벽 한시에 대뜸 건물 옥상으로 올라가 뛰어내렸다. 유서는 없었다. 독서실 책상 위에는 펼쳐놓은 윤리문제집과 연필, 검은색 수성사인펜, 연습장, 구겼다가 편 수학시험지, 반쯤 먹다 만 플레인요거트가 있었다.

아무 말도 아무 일도 없이 수정과 미나는 학교에 도착한다. 수정은 수시로 미나의 얼굴을 들여다보며 미나의 눈치를 살핀다. 미나는 교문 앞에서 약간 휘청거렸으나 전체적으로 괜찮은 상태로 보인다. 교실에 도착한 미나가 쏟아지듯이 의자에 주저앉자 몇몇 아이들이 그녀 주위로 모여든다. 수정은 몰려든 아이들의 바깥쪽으로 어정쩡하게 서성이다가 자리로 돌아간다. 미나는 울지도 않고 소리를 지르지도 않고 단지 약간 배가 고프거나 피곤해 보인다. 힘겹게 자리에 앉고, 힘겹게 팔꿈치를 닦고, 힘겹게 앞머리를 쓸어올리고, 힘겹게 연필을 쥐고, 힘겹게, 아무 의미없이 문제집을 넘긴다. 수정이 미나에게 힘내라고 문자를 보내자

미나는 주머니에서 휴대폰을 꺼내 전원을 끈 뒤 가방에 쑤셔넣는
다. 수정은 당황한다. 스피커에서는 오늘이 마지막날이니 차분하
게 남은 시험을 치르자는 학생주임의 목소리가 반복하여 흘러나
온다. 그러나 지예의 자살소식은 순식간에 교내로 퍼졌으며 그리
하여 아이들은 잠깐 동안 시험을 잊은 채 죽음과 삶에 대한 각자
약간씩 다른, 그러나 거의 유사한 생각들을 머릿속에서 꺼내 바
라보기 시작한다. 그것은 맞지 않게 커다란, 먼지가 가득 쌓인 검
은색 상자 속에 들어 있는 것이었다. 아이들은 그것을 돌려보고
두드리고 냄새 맡고 먼지를 털고 알맞은 크기의 상자를 찾아내어
거기에 넣어본 뒤 다시 원래의 자리에 집어넣느라 어두운 구름을
쫓아다니며 나무막대기를 휘두르는 미친 양치기소년처럼 살짝
들뜬 얼굴과 소란스러운 걸음걸이로 교실과 복도를 몰려다닌다.
그러나 어둠은 몰려왔을 때만큼이나 순식간에 밀려가버리고 아
무 일도 없었다는 듯이 깨끗해진다. 종이 울리자 빠른 속도로 시
험지가 배부된다. 아이들은 검은색 상자를 발끝으로 한구석에 밀
어둔 채 펜을 들고 시험지에 머리를 박는다. 그러나 적어도 미나
만은, 미나만은 여전히 하늘을 보며 나무막대를 두드리고 있다.

수정은 혼란스럽다. 어떤 태도를 취해야 할지 어떤 표정을 지
어야 할지 알 수가 없기 때문이다. 주위를 둘러보면 다들 훌륭하
게 자신에게 어울리는 태도를 껴입고 있는 것 같다. 그들은 잘 알
지는 못하지만 자신과 닮은 점이 많은, 옆 학교 학생의 자살소식
을 들었을 때에 어울리는 태도를 잘 알고 있는 듯하다. 나 혼자

만, 나 혼자만, 아무것도 모르고 있는 것이 아닌가. 수정은 불안
하다. 피곤한 표정을 지어야 할지 아니면 책상에 엎드려 잠을 자
야 할지 아니면 하늘을 보고 탄식하는 게 좋을지 도무지 알 수가
없어 불안하다. 창밖으로는 흰 구름이 느리게 흘러가고 있고 구
름 사이로 가끔씩 해가 고개를 내미는 평화로운 풍경이 펼쳐지
는데 가만히 그것을 쳐다보고 있어도 좋은가 아니면 그렇지 않
은가?

수정은 지예를 알지만 그저 미나를 통해서만 아는 사이이다. 미
나와 함께 길을 걷다가 마주치면 환하게 인사하는 사이, 그러나
미나가 없을 때는 어색하게 스쳐지나가는 사이, 관심을 갖기에는
너무 멀고 무관심하기에는 또 너무 가까운 사이. 미나는 끊임없
이 지예에 대한 이야기를 늘어놓았다. 특히 수정과 가까워질 무
렵, 처음 수정의 학교로 전학을 와서 약간 불안한 표정으로 교실
을 둘러보던 미나, 수정보다는 지예와 더 친하던 시기의 미나가
그랬다. 유치원 졸업식날 지예와의 추억, 초등학교 입학식날 지
예와의 추억, 아홉살 생일날 지예와의 추억, 동굴탐사를 하던 날
지예와의 추억. 그해 여름, 미나와 지예가 민호와 함께 쿄오또로
여행을 갔다 온 뒤 극에 달했다. 초밥을 먹던 지예, 돈가스덮밥을
먹던 지예, 장어덮밥을 먹던 지예, 장어덮밥을 먹고 체한 지예,
장어덮밥을 먹고 체해서 약을 먹던 지예, 약에 취해 잠자던 지예,
잠에서 깨어나 기지개를 켜던 지예, 사진을 찍던 지예, 사진에 찍
히던 지예, 아이스크림을 떨어뜨린 지예, 그것을 주워먹던 지예,

그리고 함께 주워먹던 미나, 그런 둘을 사진으로 찍던 민호. 수정은 그때 미나와 지예의 관계를 의심했다. 둘은 친구인가 연인인가? 수정은 심각하게 물음표 표정을 지으며 미나를 바라보았다. 그러나 새학기가 시작되자 미나의 지예에 대한 이야기는 빠르게 줄어들었다. 더이상 새로운 이야기가 만들어지지 않았던 것이다. 더이상 지예와 미나 사이에 새로운 일이 일어날 수가 없었던 것이다. 학교는 바뀌었고, 집은 멀어졌으며, 미나는 새로운 학교의 불타는 학구열에 놀라 수정이 다니는 학원에 등록을 했다. 하루에 네 시간씩 빡빡하게 이어지는 수업은 따라잡기에도 숨이 찼다. 시간이 흐르고 미나는 더이상 들뜬 목소리로 지예에 대한 이야기를 늘어놓지 않게 되었다. 그러나 그뒤로도 수정은 지예의 어떤 점이 미나를 들뜨게 하였을까, 마찬가지로 지금은 자신에 대해서 들뜨고 있는가 그렇지 않은가, 그것이 궁금했다. 더이상 지예가 없게 된 오늘, 수정은 다시 궁금해진다. 하지만 그것을 어떻게, 물어볼 수는 없지 않은가?

'박지예는 시험을 못 봐서 죽었다고 하니까 그건 나랑은 상관이 없는 문제인 것 같고, 사실 나는 잘 모르겠고, 뭐 굳이 뭔가 알고 싶지도 않고, 사실 나는 박지예가 어디 사는지도 모른다.'

마침내 수정은 이렇게 자신의 생각을 간단하게 정리한 다음 요점정리 노트를 훑어보려다 말고 마지막으로 한번 더 미나를 훔쳐본다. 그러자 거기, 친구의 자살소식을 전해들은 여학생의 완벽한 상징이 앉아 있다. 그녀에게서는 정교하게 짜인 수학식 같은 아름다움이 풍겨나온다. 수정은 노트를 펼쳐놓고 그 식을 풀고 싶다는 욕망을 느낀다. 그것은 경이로우며 거의 질식할 정도로 압도적인 아름다움이다. 머리에서 십오 센티미터 뒤에 세 겹으로 된 후광이 비치고 있으며 그것은 보헤미아산 스테인드글라스로 되어 있다. 금빛으로 빛나는 크고 정교한 태엽장치들이 소리도 없이 바쁘게 돌아간다. 살짝 숙인 상앗빛 이마로 떨어지는 햇살은 위성시계처럼 한치의 오차도 없지 않은가? 진심어린 태도가 어떻게 저렇게까지 완벽할 수 있을까, 수정은 의심한다. 미나는 마치 지예가 독서실 옥상에서 뛰어내리는 순간을 기다리며, 바로 오늘을 위해 실력을 갈고 닦아온 것처럼 지나치게 완벽해 보인다. 수정은 한참동안 미나의 완벽한 아름다움에서 헤어나지 못하다가 가까스로 정신을 차리고서 지예가 자살하지 않았다면 미나는 얼마나 억울했을까 하는 문제를 연구하기 시작한다. 지예가 죽지 않았다면 미나는 자신의 갈고 닦은 실력을 펼쳐 보일 기회가 없었을 것이고, 그렇다면 수정은 이런 흔치 않은 아름다움을 감상할 기회가 없을 것이다. 그렇다면 이것은 좋은 것, 감사한 것, 따라서 미나를 더욱더 사랑해야 하는 이유인가. 아니, 그렇지 않다고 수정은 생각한다. 미나의 특별한 재능이 수정의 가슴을 찌르고 그래서 수정은 숨을 쉴 수가 없다. 가지고 싶다고, 수정은 생각한다. 좀더 가지고 싶다. 가지고 싶다. 가지고 싶다. 가지고 싶다. 오직 그 문장이 수정의 머릿속에서 무한반복된다. 다른 아무것도 떠오르지 않는다. 이룰 수 없는 목표는 분노로 바뀐다. 수정은 미나를 뚫어지게 노려보며 가까이 있지만 닿을 수 없는 슬픔을 더욱 강조하여 느낀다. 그렇게 수정은 미나의 지예가 아니라 미나의 슬픔을 질투하기 시작한다. 수정은 필사적으로 시험지를 바라본다. 거기에 완벽한 침묵과 평화의 차원이 있다. 그것은 완벽하며 영원하다. 갑자기 시험지에 대한 사랑이 넘쳐흐르기 시작한다. 수정은 미나를 완전히 구겨버리기 위해 시험지를 바로 편다. 다음 장에도 그리고 그 다음 장에도 평화는 유지된다. 수정은 시험지에 적힌 모든 문장을 이해하고 그 앞과 뒤에 놓인 모든 것을 잘 알고 느낄 수 있다. 수정은 자신이 모든 것을 완벽하게 통제하고 있는 세계 안에서 평화를 느낀다. 따라서 지금 수정은 평화 안에 있다. 문제를 풀어나가는 동안 미나가 저 멀리 밀려난다. 밀려가고 또 밀려가고 수정은 그것이 영원히 돌아오지 않기를 바란다.

미나는 결국 세 과목의 답안지를 모두 백지로 내고 나서 비극의 여주인공처럼 교무실로 불려갔다. 그것은 완벽한 클라이맥스이자 엔딩이었다. 수정은 뭐라고 변명할 여지도 없이 완벽하게 패배한 자신을 느낀다. 창밖 구름의 이동을 관찰하며 담배를 연달아 피워보지만 마음이 가라앉지 않는다. 수정은 체념한 채 방향제를 뿌리고 창을 활짝 연다. 검은 치마와 붉은 스타킹을 입고 핸드백 안에 신용카드와 휴대폰과 중간고사 시험지를 쑤셔넣으며 연속하여 세 번 재채기한다. 손목을 들어 시간을 확인하고 거울을 보며 머리를 다듬는다. 현관문을 빠져나가 엘리베이터를 타고 단지 안의 놀이터를 빠져나가는 내내 미나에게 전화를 걸어보지만 그녀는 받지 않는다. 수정은 손을 들어 다가오는 택시를 멈춰세운다. 수정이 미나의 빌라 이름을 대자 택시기사의 표정이 약간 부드러워진다.

"미나야."

미나는 복도 중간에 길게 누워 천장에 걸린 등을 쳐다보고 있다. 수정은 미나의 주위를 빙글빙글 돌며 고민하다가 미나의 다리를 잡고 현관 쪽으로 끌어당기기 시작한다. 미나가 타는 듯한 소리를 낸다. 수정이 미나를 놓고 웃음을 터뜨린다. 미나 역시 얼굴을 찡그리며 웃는다. 둘은 함께 소리없이 웃는다. 천천히, 미나가 손으로 얼굴을 가린다. 조금씩, 손 밖으로 희미하게 신음소리가 새어나온다. 그것은 슬픔보다는 분노에 가까운 소리다. 문이삐걱대며 닫히는 소리, 살아 있는 개구리가 뜨거운 기름 속으로천천히 가라앉는 소리, 그것은 누군가 영원히 자신의 집과 자신의 집주소를 잃어버린 소리이고 죽는 순간까지 계속될 저주가 시작되는 소리이다. 믿을 수 없게도 바로 그런 소리가 미나의 입에서 흘러나온다. 그렇게 미나가 극단적인 감정 안으로 천천히 침몰하는 동안 수정이 할 수 있는 일은 아무것도 없다. 그녀는 팔짱을 끼고 천장을 올려다본다.

"가자."

미나가 얼굴에서 손바닥을 치우고 말한다.

　　수정과 김별은 서로를 꼭 껴안고 노래한다. 블루, 화이트, 그린, 레드의 조명이 차례로 둘을 비추는 동안 김별은 수정의 가슴을 더듬는다. 미나는 굉장한 속도로 맥주캔을 비운다. 미나가 빈 맥주캔을 테이블 위에 올려놓을 때마다 정우가 신기하다는 듯이 미나를 들여다보며 싱긋 웃고는, 비닐봉지 안에서 새로운 맥주캔을 꺼내 미나에게 건넨다. 미나가 캔을 내려놓는다. 정우가 새로운 캔을 건넨다. 미나가 캔을 내려놓는다. 정우가 새로운 캔을 꺼낸다. 수정이 김별을 밀쳐내고 정우를 향해 주먹을 내민다.

　　"미나 술 먹이지 마."

　　"내 가먹 고 싶어서먹 는 거야내 가."

　　미나의 혀는 마비된 채 늘어진다. 정우가 비닐봉지 안을 들여다본다.

　　"하나밖에 안 남았어."

　　김별이 새로운 노래를 시작하며 수정의 팔을 끌어당긴다. 수정과 김별이 키스를 시작하자 정우는 비닐봉지를 내려놓고 노래방 책을 뒤적이다가 담배를 사오겠다며 일어선다. 수정은 입을 떼고 정우를 향해 손을 흔든다.

　　"담배 한 갑 더 사다줄 수 있을까? 그리고 술 깨는 약도 사다주면 좋겠어."

　　수정이 지갑에서 지폐를 한 장 꺼내 정우에게 건넨다. 그가 나가자 수정과 김별은 다시 달라붙어 키스를 시작한다. 마이크가 바닥으로 떨어진다. 미나가 바닥으로 쓰러진다. 다시 새로운 노래가 시작되고 끝이 나고 점수를 발표하고 박수를 치고 다시 전주와 간주가 이어지는 동안 수정과 김별은 서로의 몸을 핥고 더듬으며 소파 위를 뒹군다. 그리고 정우가 돌아왔을 때 둘은 서로의 팬티 속으로 손을 집어넣으려는 찰나이다.

"방 잡아줄까?"

정우가 짜증을 내자 둘은 달아오른 얼굴로 쭈뼛거리며 서로에게서 떨어진다. 김별이 수정의 풀어진 블라우스 단추를 채워주고 수정이 김별의 넥타이를 바로 매어주는 것을 바라보는 정우의 표정은 불만으로 가득하다. 김별이 담배를 물고 밖으로 나간다. 수정은 바닥에 널브러진 미나의 손에 술 깨는 약을 쥐여주며 어깨를 두드린다. 하지만 미나는 반응이 없다. 정우가 번호를 누르고 새로운 노래를 시작한다. 수정은 미나의 입을 벌렸다가, 다시 닫는다. 미나의 턱이 기계적으로 열렸다가, 다시 닫힌다. "얘가 숨을 안 쉬네." 수정이 정우를 보며 말한다. 그러나 그는 자신의 노래에 완전히 심취하여 수정의 말을 듣지 못한다. "얘가 숨을 안 쉬네!" 수정이 소리를 지르자 그는 천천히 고개를 돌린다. "얘가 숨을 안 쉬네!" 그가 고개를 갸웃하더니 수정과 미나를 향해 다가온다. 둘은 동시에 손을 뻗어 미나를 흔든다. 여전히 반응이 없다. 정우가 미나를 뒤집어서 등 한가운데를 손바닥으로 탁, 탁, 탁, 세 번 친다.

"그러면 다시 숨을 쉬게 되니?"

정우는 매우 진지한 표정이며 아무 말도 하지 않는다. 수정은 미나의 헝클어진 머리를 정리한다. 정우는 침묵 속에서 반복하여 이상한 응급처치를 시도하고, 마땅히 할 일이 없는 수정은 그런 그를 바라보며 술 깨는 약을 마신다. 마침내 정우가 미나를 다시 뒤집어 이번에는 인공호흡을 시도한다.

"그만! 하지 마!"

수정이 소리친다. 수정과 정우가 서로를 바라본다.

"이름이 뭐니."

"천정우. 일일구에 전화해."

"진짜 숨 안 쉬어?"

"어."

수정은 정우의 과묵함이 마음에 든다. 김별이 방으로 돌아온다.

"왜 그래?"

수정과 정우는 대답하지 않고 미나를 바라본다. 김별이 미나에게 다가가 미나의 이름을 부른다. 그녀는 대답하지 않는다. 수정은 휴대폰을 꺼내들고 일, 일, 구를 차례로 누른다. 알록달록한 조명이 멈추고 환한 백열등이 켜진 방은 어쩐지 몹시 부끄러워하고 있는 것 같다. 수정이 통화 버튼을 누르는 순간 미나의 손이 수정의 허벅지를 잡는다. "나 숨 쉰다."

"정말?"

"근데 잘 안 쉬어져."

"숨 쉰대." 수정이 정우를 보며 말한다.

"어."

"아 씨발 놀랐잖아."

"별아 너 욕 좀 하지 마."

"아 씨발."

"씨발? 씨발이라고 그랬니? 또 씨발이라고 그랬지?"

수정이 김별에게 달려들어 마구 때리기 시작한다. 김별은 피하지도 않고 수정의 주먹과 발길질을 고스란히 맞는다. 정우가 약간 놀란 표정을 짓는다. 그러나 금세 관심을 거두고 책을 펴고 노래를 고른다.

"근데 잘 안 쉬어진다고!"

미나의 목소리는 간주에 지워진다. 정우가 노래를 부르기 시작한다. 빠른 템포의 최신 유행가이다. 정우는 악을 쓰며 노래한다. 수정이 미나를 일으켜 자리에 앉힌다. 미나의 눈은 눈물로 빨갛다.

"미나야 왜 그래? 괜찮아?"

"머리가 아파."

"왜 그렇지?"

"머리가 아파. 우울해. 죽고 싶어."

"왜 그렇지?"

수정이 미나를 들여다본다. 그녀는 고통스러운 표정을 하고 있으나 수정은 그것을 느낄 수 없어 안타깝다. 수정은 조금 더 조금 더 미나의 얼굴을 향해 자신의 얼굴을 보낸다. 가까이에서 커

다랗게 그녀의 입술과 눈동자와 그녀의 코와 뺨에 말라붙은 눈물
이 세밀하게 보인다. 그러나 감정은 시각적으로 파악할 수 없고
아무리 가까이 다가가도 느낄 수가 없다. 수정은 자신의 무감함
을 감추기 위해 얼굴을 좀더 드라마틱하게 구긴다. 미나가 눈을
감자 닫힌 눈꺼풀의 틈으로 눈물이 흘러나온다.

"집에 가고 싶어. 죽고 싶어. 머리가 아파. 숨이 막혀. 숨이 막
혀. 여기…… 여기…… 여기 진짜 거지 같애……"

"나한테 그런 말 하지 마, 미나야."

"왜." 미나가 눈을 뜬다.

"무서워."

"내가?"

수정이 입술을 움직인다. 조명이 빙글빙글 돌아간다. 정우가
소리를 지른다. 들리지 않는다.

아무것도 들리지가 않는다. "안 들려. 다시 말해봐. 왜? 왜 무
서워 내가?"

수정이 다시 한번 천천히 입술을 움직인다. 조명이 깜빡거린
다. 정면에 놓인 여섯 개의 텔레비전에서 똑같은 여자가 똑같은
미소를 지으며 똑같은 춤을 추고 똑같은 자막이 한 줄씩 한 줄씩
그어진다.

미나가 하얗게 질린 얼굴로 수정을 밀쳐내고 일어나 문손잡이
를 돌린다. 그러나 손잡이는 돌아가지 않는다. 수정이 미나의 팔
을 잡으며 입술을 움직인다. 들리지 않는다. 미나의 온몸이 두려

움으로 굳는다. 그녀는 있는 힘을 다해 손잡이를 돌린다. 그러나 역시 돌아가지 않는다. 수정이 미나의 양팔을 잡고 흔든다.

"놔." 미나는 가까스로 말을 내뱉는다. 그러나 그것은 언어로 느껴지지 않아 당황스럽다.

"미나야 왜 그래. 거기는 창문이야. 문은 이쪽인데."

미나가 깜짝 놀라 잡고 있던 문손잡이를 놓자 그것은 플라스틱 피튜니아가 가득 꽂혀 있는 반투명한 핑크색 화병이다. 김별과 정우가 당황한 눈빛으로 미나를 바라본다. 미나는 도무지 자신에게 벌어진 일들을 이해할 수가 없다. 모두가 자신을 놀리고 있는 것만 같다. 그들은 이해할 수 없다는 표정을 짓고 있지만. 미나는 다시 한번 피튜니아 화병을 바라본다. 그리고 깨닫는다. 저들이 문을 열고 나가려는 자신을 기절시킨 다음 자신의 손에 플라스틱 피튜니아 화병을 들려준 것이다. 그러나 술에 취해 마비된 혀와 공포로 굳은 뇌를 이용하여 저들을 추궁하고 진실을 밝혀내는 것은 불가능하다. 그녀가 할 수 있는 일은 다섯살짜리 어린아이처럼 엉엉 울며 바닥으로 미끄러져내리는 것뿐이다. 수정이 마이크를 잡고 노래를 부르기 시작한다. 그것은 조용한 다운템포의 사랑노래이다. 수정은 미나의 어깨를 문지르며 조용히 노래를 부른다. 미나의 울음이 조금씩 잦아든다. 김별이 방을 나간다. 간주가 진행되는 사이 수정은 미나를 향해 고개를 숙이고 말한다. "괜찮아? 목마르지 않니? 물 사다줄까?"

미나는 대답 대신 고개를 흔든다.

돌아온 김별의 손에 배스킨라빈스 아이스크림이 들려 있다. 그는 미나를 향해 아이스크림을 내민다. 아이스크림을 받아든 미나는 한참동안 그것을 뚫어져라 보다가 말한다. "이건 배스킨라빈스의 서른한 가지 맛 중에 내가 제일 싫어하는 맛이야." 수정과 정우가 김별을 노려본다. 미나가 자리에서 일어나다가 미끄러져 바닥에 엉덩방아를 찧고 아이스크림을 떨어뜨린다. 다시 울음이 터진다. 셋은 겁에 질린다. 바닥에 떨어진 아이스크림이 빠르게 녹아 흐르기 시작한다. 정우가 마지막 남은 맥주캔을 딴다. 수정과 김별이 서로의 담배에 불을 붙여준다. 미나의 울음소리가 더 커진다. 수정은 아무 번호나 누른 뒤 시작 버튼을 누른다. 천구백칠십년대에 인기있었던 잔디밭에 누운 연인들을 정겹게 묘사한 사랑노래가 흘러나온다. 정우가 가사를 보고 웃다가 맥주를 흘리고, 미나가 바닥에 토하기 시작한다.

넷은 좁은 계단을 뛰어오른다. 밖은 이미 어둠으로 가득하고 여기저기에서 여러 종류의 유행가가 서로에게 싸움을 걸듯이 악을 쓰며 울려퍼진다. 수정은 미나의 손을 잡고 번화가 한가운데로 걸음을 옮겨 빠르게 사람들 속으로 섞여든다. 김별이 수정의 어깨를 잡는다. 수정이 김별을 돌아보며 씽긋 웃는다. "안녕." "잘 가." 멈춰선 김별과 정우가 점점 저 멀리 멀어진다. 김별과 정우는 어깨동무를 하고 바보같이 웃고 있다. 수정은 한참동안 멀어져가는 김별을 따스하게 바라본다. 따스함을 간직한 채 무심

코 미나를 향해 고개를 돌리는 순간, 세계가 순식간에 검게 변한다. 수정은 자신이 미나와 단둘이 남았다는 사실을 깨닫는다. 미나가 팔을 두른 수정의 어깨에 식은땀이 배어나온다. 얼굴에서는 미소가 사라진다. 방향을 틀자 길은 완전히 번화가에서 단절되어 노란 나트륨등 불빛만이 흘러넘친다. 수정은 작게 한숨을 쉰다. 미나가 담배를 꺼내 불을 붙이자 슈퍼마켓 앞에 앉아 부채질을 하고 있던 중년남자가 그녀를 벽돌로 찍어 죽일 듯한 눈길로 바라본다. 수정이 미나의 팔을 잡아끈다. 미나가 고개를 꺾어 하늘을 향해 입을 벌린다. 복잡하게 얽힌 전선이 검푸른 하늘을 가로막는다.

"지예가 죽었어."

미나가 말한다. 그리고 한참을 망설이다가 몹시 부끄럽게 다음 문장을 발음한다.

"이제 나는 어떻게 하지?"

그것은 책을 읽는 것처럼 뻣뻣하고 어색한 어조이다.

수정이 긴장하여 미나를 바라본다. 미나는 괴로운 표정을 하고 있고 수정은 그것이 싫다. 아니 좀더 명확하게 말하면 혐오스럽다. 이야기하고 싶지 않다. 어두운 이야기는 함께 나누고 싶지 않다. 물론 수정은 미나가 느끼는 감정이란 게 정확히 어떤 것인지 궁금하다. 하지만 그것에 대해 말을 꺼내려는 미나는 두렵고 싫다. 도대체 이 무슨 모순된 감정이란 말인가. 수정의 발달된 이성은 미나를 향한 감정을 차단하라고 요구한다. 하지만 감정은 그렇게 쉽게 차단될 수 없다. 수정은 거절할 수 없음을 느낀다. 그것은 거대하다. 힘이 세다. 강력하며 무엇보다 어둡다. 그것은 애정인가 아니면 질투인가? 처음으로 겪는 원인을 알 수 없는 복잡한 감정에 수정은 필요 이상으로 겁을 집어먹고 온몸이 뻣뻣해진다. 수정은 그것이 두렵다. 발목에서 찰랑거리는 검은 물이 두렵다. 그 얕은 물 아래에 무엇이 감추어져 있을지 알 수 없어 겁이 난다. 그래서 조심스럽게, 그 어둡고 미지근한 물에서 한 발을 빼는 순간, 수정은 미나와 눈이 마주친다. 미나의 눈이 배신감으로 흔들린다. 수정은 어쩐지 미나에게 뭔가 커다란 잘못을 저지른 것 같은 느낌이 든다. 그러나 아무리 생각해봐도 자신은 잘못한 것이 없다. 그런데 왜 어째서 미나는 그런 눈빛으로 자신을 바라보는가. 수정은 혼란스럽다. 마치 자신이 알지 못하는 언어를 쓰는 도시 한복판에 떨어진 듯한 기분이다. 익숙한 모든 것들이 그러나 전과 같이 느껴지지 않는다. 여기서 나가고 싶다고, 이런 모호한 느낌은 몹시 불쾌하며 자신에게 어울리지 않는다고, 수정은 생각한다. 명확한 곳으로 가야 한다. 수정은 나머지 한 발도 마저 꺼낸다.

"나 졸려 미나야. 집에 가자."

순간 미나의 표정이 하얗게 질렸다가 가까스로 원래의 빛깔을 찾는다. 그러나 수정은 그것을 알아채지 못한다. 미나가 고개를 끄덕이고 담배를 바닥에 던진다. 둘의 눈이 마주친다. 그러나 아무 말도 하지 않는다. 미나가 빈 담뱃갑을 구겨서 멀리 던지자,

둘은 인사도 없이 각자의 방향으로 향한다. 달이 혼자 남았고, 그
러나 그것조차 구름에 가려 보이지 않는다.

미나

교실은 소란스럽다. 누군가 누군가에게 안녕, 하고 누군가는
누군가와 손바닥을 맞부딪치는 사이 의자가 쓰러지고 누군가 소
리를 지르고 누군가 웃음을 터뜨리고 또다른 누군가는 욕을 하고
문은 열렸다가 빠른 속도로 닫힌다. 반장이 '담임선생님의 생일
파티에 대한 공지사항'을 전달하는 동안 교실은 점점 더 어수선
해진다.

수업종이 울리자 아이들은 숨을 죽이고 담임을 기다린다. 문
이 열리자 폭죽이 터지고 아이들이 일제히 자리를 박차고 일어나
생일축하 노래와 「스승의 은혜」를 부르기 시작한다. 두 노래의
순서를 혼동한 아이들 때문에 두 노래가 기괴한 불협화음을 이루
며 섞이다가 담임의 유쾌한 웃음과 함께 교실은 아수라장이 된

다. 수정은 눈을 감고 집에 가면 냉장고에 커다란 치즈케이크가 들어 있다는 상상을 한다. 혹은 미나가 치즈케이크를 사들고 수정의 집으로 찾아오는 상상. 갑자기 여기저기서 바닥에 의자가 끌리는 소리가 난다. 눈을 뜨자 아이들 대부분은 다시 자리에 앉아 여기저기서 나누어주는 과자와 과일과 음료수를 먹으며 싱글거리고 있고 선생은 쇼핑백에 선물을 주워담고 있으며 반장은 케이크를 자르는 중이다. 수정은 자리에 앉는다. 한 남학생이 한 손에 아직 사용하지 않은 폭죽을 들고 미소를 지으며 수정에게로 다가온다. 수정은 고개를 숙이고 교과서를 들여다본다. 남학생은 수정을 지나쳐 사물함으로 향한다. 수정은 비어 있는 미나의 자리를 보며 주머니에 손을 넣어 휴대폰을 만지작거린다. 미나가 결석한 지 이틀이 되었다. 미나의 전화기는 꺼져 있거나 혹은 응답이 없다. 수정은 미나의 집 전화번호를 누르고 이어 취소 버튼을 누르는 것을 반복한다.

"오늘도 미나는 안 오는구나."

수정이 큰 소리로 말하자 아이들이 수정을 바라본다. 미나가 없는 수정은 어딘지 모르게 약간 모자라 보인다. 멍하게 창밖을 보며 허벅지를 긁다가 벽에 머리를 부딪치거나, 걸음을 걷다가 균형을 맞추지 못해 몸이 점차 한쪽으로 기운다. 수정은 놀라 비틀거리며 교실문을 열고 복도로 나간다. 언제나처럼 하늘에는 엷은 황사가 끼어 있으나 공기는 높은 습도를 유지하고 있다. 얼마 지나지 않아 큰비가 내릴 것이다. 남색 체육복을 입은 학생들이

땀냄새를 풍기며 복도를 몰려다닌다. 수정은 목적 없이 이 끝에서 저 끝까지 복도를 헤매다니다가 많은 아이들과 부딪친다.

"너 피곤해 보여."

누군가 수정의 팔을 잡아끌며 말한다. 수정이 놀라 고개를 돌리자 언제나 희고 피곤한 얼굴의 지원이 수정의 얼굴에 고개를 바짝 들이대고 걱정스러운 표정을 짓고 있다.

"어제 술을 너무 많이 마셨나봐."

"시험은 잘 봤니?"

"윤지원 미워!"

수정은 몸을 점차 한쪽으로 기울이며 교실로 향한다. 교실로 돌아온 수정은 자리에 앉아 헤드폰을 끼고 엠피스리플레이어의 재생 버튼을 누른다. 라디오헤드의 「완전히 사라지는 법」을 들으며 수정은 사라진 미나에 대해 생각하기 시작한다.

평소 미나는 종종 아무 이유없이 연락을 끊고 학교에 나오지 않았다. 그 결과 단 한 번도 개근상을 받아보지 못한 것이 미나의 가장 큰 자랑이었다. 미나의 부모 또한 미나의 출석률을 중요하게 여기지 않았는데 가만히 내버려두어도 그녀는 적당히 학교에 다니고 적당히 공부를 하고 적당히 좋은 성적을 받고 학생들과 선생들로부터 적당히 좋은 대우를 받았기 때문이다. 그녀는 신경 쓰지 않아도 좋을 만큼 잘해나가고 있다. 돌이키지 못할 만큼의 큰 사고를 저지른 적도 없고 성격이 절망적으로 비뚤어진 것도 아니다. 좋은 교육을 받고 자란 부모 밑에서 역시 좋은 교육을 받고 자란 아이 특유의 균형감각으로 자유롭게 행동하여도 절대 선을 넘어가지 않는다. 수정은 그런 미나가 부러울 때가 많았다. 수정이 볼 때 미나는 이 시대와 사회에 어울리지 않는 자유로운 영혼을 지니고 있는 것만 같았기 때문이다. 그 이유가 무엇일까? 그것이 가끔 수정을 괴롭게 했다. 자유롭고 아름다우며 적당히 풍요로운 그녀의 삶과 비교해보면 자신의 삶은 공장에서 찍혀나온 트랜스지방으로 가득한 도넛처럼 삭막하고 해롭게 느껴지는 것이다. 미나는 여유롭고 대범하다. 수정의 눈에 미나는 심지어 아무것에도 상처받지 않는 것처럼 보인다. 도대체 어떻게 그럴 수가 있지?

미나는 몇가지 특이한 취미를 가지고 있는데 그중 한 가지가 주기적으로 벽장에 들어가 엠피스리플레이어의 배터리가 다 될 때까지 나오지 않는 것이다. 미나는 벽장 속의 편안함을 주장한다. 정말 그러한가. 수정은 미나의 주장을 확인하기 위해서 직접 엠피스리플레이어를 들고 벽장 안으로 들어가본 적이 있다. 그곳은 심심하고 어둡고 조용했다. 지나치게 고요하여 겁에 질렸고 지나치게 어두워서 아무것도 볼 수가 없었다. 음악은 날카롭게 귀를 파고들었다. 좁고 답답한 어둠속에서 인간 육체의 추함이 명확하게 느껴질 뿐이었다. 뻗을 수도 펼칠 수도 없는 팔과 다리는 벽장 속에서 쓸모없이 거추장스러운 살과 뼈에 불과했다. 수정은 육식동물의 눈을 반짝거리며 해치울 적을 찾아보기도 했지만 벽장 안에는 철지난 겨울옷과 방향제의 짙은 라벤더향 외에는 아무것도 없었다. 수정은 미나를 미워하고 자신에게 실망하여 벽장문을 열었다.

또한 미나는 엠피스리플레이어를 잃어버렸다고 거짓말을 하여 다양한 종류의 엠피스리플레이어를 모으는 사치스러운 취미를 가지고 있다. 어디선가 새로운 플레이어가 출시되었다는 소식이 들려오면 미나는 플레이어를 잃어버린다. 그렇게 잃어버린 플레이어는 벽장 깊숙이 갈색 나무상자 안에 가득 쌓여 있다. 애플 다섯 개, 아이리버와 삼성은 두 개씩, 샤프와 소니의 엠피스리플레이어 하나씩이 있다. 두 개의 삼성은 모델명도 같고 색깔도 같은데 그 이유는 미나가 그 플레이어를 진짜로 잃어버렸다고 착각했기 때문이다. 미나가 왜 이런 취미를 가지게 되었는지는 미나 자신도 모른다.

"백개 모았을 때 엄마한테 보여줄 거야."

술에 취한 미나가 수정에게 말한다.

"복수하는 거지."

"무엇에 대해서?" 수정이 묻는다. 그러나 미나는 대답이 없다.

민호가 미나의 이 사치스러운 취미생활을 알게 되었을 때 그는 새로 산 팔십 기가짜리 아이팟으로 미나를 때렸다. 미나는 블라우스를 내리고 파편에 찔려 좁고 깊게 찢어진 목덜미의 상처를 수정에게 보여주었다. "그리고 여기." 미나가 내민 왼쪽 어깨는 짙은 보랏빛으로 부풀어올랐으며 작은 피딱지가 앉아 있었다. 수정은 성실하고 예의바른 민호가 아이팟으로 미나를 때리는 것을 상상하려고 해봤지만 그것은 불가능했다.

"그래서 엄마는 뭐래?"

"몰라 엄마는."

"어떻게?"

"내가 그 새끼한테, 말하면 자살할 거라고 했거든."

"그걸 믿어?"

"당연하지."

"어떻게?"

"굶었어 계속."

미나는 삼일간의 단식을 통해 민호에게 정식으로 사과를 받아내었고 어머니에게 부서진 아이팟을 보여주고 다시 똑같은 모델을 구입했다. 그뒤로 민호는 미나의 취미생활에 개입하지 않는다.

유복한 환경에서 좋은 교육을 받고 자란 아이에 대해 말할 때 사람들은 대개 그의 결백함을 증언한다. 그는 자신이 얼마나 혜택받은 삶을 살고 있는지 알지 못한다, 자랑할 줄 모른다, 자신의 삶을 뽐내며 전시하지 않는다, 심지어 겸손하다. 이런 식의 평가는 자신이 얼마나 가난한지 알지 못하여 티없이 천진한 가난한 아이를 떠오르게 한다. 하지만 가난한 아이의 무지가 자기 자신에 대한 죄악일 뿐이라면 유복한 아이의 무지는 타인에 대한 죄악이라는 점에서 둘은 명백히 다르다. 그것은 어린아이의 순진성으로 재미삼아 지렁이를 밟아 으깨는 것이며 명백한 죄악이다. 그러나 그들의 부모는 자신의 아이들을 죄악에 남겨둔다, 아니 그것을 장려한다, 그것을 칭송한다. 그것은 당연한 것이며 따라서 충분한 것이 아니라고 가르친다. 아니, 그것은 당연하지 않은 것이며 따라서 아직 지나치게 부족한 것이라고 주장한다. 부모는 가해자의 위치를 지키기 위해서 필사적으로 자신의 아이들에게 죄를 물려주려고 한다. 그들은 세계가 가해자와 피해자, 단지 두 종류의 사람들로 이루어져 있다고 말한다. 다른 것은 없다. 빼앗긴 가해자의 삶은 피해자의 삶일 뿐이다. 다른 길은 없다. 그러나 경쟁은 공정했으므로 결과는 투명하다고 주장한다. 그러니 패배를 겸손히 인정하고 나의 죄악을 위해 너의 실패한 삶을 내어주기를. 이렇게 경쟁의 공정성은 강탈의 공정성을 주장하기 위한 변명에 지나지 않게 된다. 시(市)의 일부 지역에서 폐쇄적인 형태로 반복되고 있는 한줌의 중산층의 삶, 이기적이고 무지하며 책임감이 결여된 미성숙한 삶이 이런 식으로 유지되어나가는 동안 그 삶이 어떻게 생겨났으며 어떻게 반복되고 있으며 그것의 죄악이 무엇인지에 대해 모두가 입을 다무는 사이 시의 다른 한 편에서는 피해자의 삶이 가해자들의 모든 책임감과 죄악을 등에 지고 서서히 바닥으로 침몰하고 있으며 그러나 누구도 그것을 책임지지 않은 채로 세계는 오늘도 조금씩 전진한다. 도대체 어디로, 무엇을 향하여? 아무도 그것을 알지 못한다. 그것은 아무도 예측할 수 없는 늪과 같다. 아무도 예측할 수 없는 이 모든 무지와 죄악을 바탕으로 미나의 모든 덕목은 쌓아올려졌다. 그러나 도대체 누가 그녀에게 죄를 추궁하고 무지를 탓할 수 있겠는가?

그럴 수 있는 상황은 P시에서 완전히 소멸되어버렸으며 박물관에서도 발견할 수 없다.

　미나아버지의 공식적인 직업은 번역가 겸 소설가이다. 그러나 지난 육개월간 그는 단 한 권의 책도 번역하지 않았으며 오년 전 유명한 출판사에서 출판되어 유력 일간지의 주말판 책 섹션에 리뷰가 실리기도 하였으나 별다른 이목을 끌지 못하고 초판도 채 소화하지 못한 채 잊혀진 소설집 한권이 그의 이력의 전부이다. 그렇다면 미나의 가정경제는 어떤 방식으로 유지되는가? 미나의 아버지가 복권에 당첨되기 전까지 그것은 전적으로 미나어머니의 수입에 의존하여 가족의 미래를 아내의 어깨에 올려놓는 전형적인 지식인가족의 삶이었다. 그러나 수정은 그런 시절의 미나를 알지 못하는데 왜냐하면 수정이 미나와 만난 것은 삼년 전 미나의 아버지가 복권에 당첨되고 나서 미나의 가족이 수정이 사는 지역으로 이사를 오고 나서이기 때문이다. 미나의 가족이 구입한 빌라의 가격은 당첨금의 총액에 가까웠는데 그들은 반을 현금으로 지불하고 반은 은행대출을 끼고 빌라를 구입했다. 그리고 체코로 스키여행을 떠났다가 돌아오자마자 값비싼 가구와 기계로 집을 채우기 시작했다. 빌라의 가격은 삼개월 단위로 조금씩 그러나 꾸준하게 올라갔고 걱정할 것은 아무것도 없었다. 빌라를 담보로 대출받은 돈으로 생활하는 동안 미나의 아버지는 부동산업을 하는 먼 친척의 도움을 받아 투자가치가 높은 위성도시에 아파트를 한채 샀다. 삼개월 뒤 그들은 다시 아파트를 팔았고 투자

금액의 삼십오 퍼센트가 현금으로 떨어졌다. 그 돈과 남은 당첨금을 합쳐 다시 부동산과 펀드에 분산투자하였고 투자는 성공적이었다. 육개월 전 미나의 아버지는 명작을 쓰겠다며 부산으로 떠났다.

미나의 아버지가 복권에 당첨된 돈으로 도시의 중산층 거주지역에 있는 고급빌라를 구입했다는 소식이 미나아버지의 친구, 학교 선후배, 동료 들로 이루어진 대체로 가난한 지식인사회에 알려졌을 때 아무도 그를 비난하거나 냉소하지 않았다. 단 한 명도 그의 변화를 보고 진심으로 기분이 상한 사람이 없었다. '세상에 복권이라는 것이 있었지. 돈을 내면 구입할 수도 있다는 건데.' 미나아버지의 한 청렴한 선배는 이렇게 생각하며 특유의 청렴해 보이는 미소를 짓고 이내 그 일을 잊었다. 그의 청렴한 뇌는 대부분의 시간에 청렴하게 비어 있는 편이었다. 집들이에 초대된 그의 가난한 친구들은 집으로 돌아가 역시 가난한 아내에게 그 소식을 전했으며 그러면 그의 가난한 아내는 미나 가족의 현실적이며 탁월한 선택에 감탄하며 반복해 고개를 끄덕였다. 동료들은 부러운 눈길을 숨기지 않았다. 그들은 술과 담배에 찌든 채 비현실적인 외국어 텍스트를 분해하고 조립하며 세계에 대해 망상하는 하루의 아주 짧은 시간을 제외하면 어떻게 하면 더러운 P시의 공기에 성공적으로 물들 수 있을까를 고뇌하며 사교육시장에 자신을 세일즈하는 데 나머지 대부분의 시간을 사용하는 인간들이었다.

수정은 그들을 진심으로 혐오했으나 유능한 과외선생이라는 것은 인정했다. 수정은 미나아버지를 통하여 일급의 과외선생을 괜찮은 가격으로 공급받을 수 있었다. 미나아버지 주위에는 그런 공급자들이 널려 있었고 미나는 그중에서 사려깊게 선별하여 드로잉수업이나 발레수업 혹은 심지어 인도 정통 요가 코스와 채식 세미나를 병행한 적도 있었다. 그녀는 상급학교에 진학하지 않고 홈스터디를 하거나 대안학교에 가는 것을 진지하게 고민하기도 했다. 하지만 결국 정규교육과정을 택했으며 가끔씩 함께 드로잉수업을 받았던 아버지 동료의 자녀들과 만나 타이 전통음식을 먹는 것을 제외하고는 모든 시간을 학원과 과외에 쏟아붓기 시작했다.

그런 미나를 바라보고 있으면 수정은 가끔 이유없이 화가 치밀어올랐다. 설탕이 가득 들어가 뇌를 멍하게 만드는 정통 프랑스 궁정식 디저트케이크를 식탁에 가득 쌓아두고도 눈길 한번 주지 않으며 스파이더 카드게임에 열중한 건방진 꼬마아이를 보는 것만 같았기 때문이다. 물론 수정도 마음만 먹으면 얼마든지 정통 프랑스 궁정식 디저트케이크를 먹을 수 있었다. 돈이 부족한 것이 아니었다. 그러나 식탁에는 수표가 놓여 있는 것이 정통 프랑스 궁정식 디저트케이크가 놓여 있는 것보다 쉬웠다. 수정의 부모는 정통 프랑스 궁정식 디저트케이크에 관심이 없었다. 그들은 주말마다 근교의 무공해 오리탕집에 가거나 천만명이 관람한 인기 영화를 관람하는 데 만족하는 사람들이었다.

그것은 확실히 돈의 문제가 아니었다. 미나아버지의 동료 번역가 겸 시인 겸 사진작가 겸 에세이스트 겸 일러스트레이터인 백한철씨의 가족은 넉넉하지 않은 생활을 하고 있지만 정통 프랑스 궁정식 디저트케이크를 식탁에 가득 쌓아두는 라이프스타일을 추구했다. 어쩌면 그들은 없는 돈에 쪼들려가며 기어코 값비싼 디저트케이크를 가득 사서 대문에 걸어놓는 것으로 자신들의 하층계급의 삶을 감추고 기만하려는 것처럼 보였다. 물론 케이크는 천사의 날개같이 달콤하여 황홀하게 혀끝에서 녹으나 그 발가락만한 케이크만 빼면 아무것도 없다. 시장에서 닭털로 만든 점퍼를 사고 휴대폰도 사용하지 않고 자식에게 영어과외도 시키지 않으며 에어컨 할부금을 걱정하며 산 지 육년 된 책상만한 랩톱을 쓰고 도시 변두리의 구식아파트에 전세로 사는 삶이 대체 뭐란 말인가. 미나의 빌라 거실 바닥은 측백나무와 대리석으로 마감되어 있고 그 위에는 모로코산 카펫이 깔려 있다. 심지어 그들은 이런 미나 가족의 삶을 비난하지도 부러워하지도 않는다. 그저 아무 생각이 없어 보인다. 그러니까 그들은 마치, 욕망이 없는 사람들 같다. 그것이 인생인가? 바로 업어다가 나무관 속에 처넣고 못을 땅땅 박아서 묘지에 쑤셔넣어도 그들은 자신의 운명이라며 기꺼이 받아들이고 착하게 미소지으며 눈을 감을 사람들이다. 그것은 착함이 아니다. 낮은 지능이다. 그들은 미나어머니가 유럽산 가방을 수집하는 것을 비난하지도 않으며 복권을 사지도 않으며 어린 딸을 영어유치원에 보내지도 않으며 그런 자신의 소박한 삶을 자랑스러워하며 눈을 빛내지도 않는다. 거참 대책없는 하층계급의 삶이다. 아까워서 먹지도 못하고 버리지도 못하여 상한 케이크가 나무 테이블을 썩히고 있는 것을 모르는가.

그렇다면 그것은 정신 혹은 영혼의 문제인가. 아니 그것도 아니다. 미나의 부모가 평균에 비해 월등한 수준의 정신과 교양을 가지고 있는 것도 아니기 때문이다. 엄밀히 따지면 평균보다 약간 낮은 수준이라고 할 수 있다. 미나의 어머니는 시의 중심에 넓은 캠퍼스를 펼쳐놓은 값비싼 사립대학을 나왔다. 학창시절에는 학생운동과 여성운동에 열중했으며 지금은 당당한 전문직여성이다. 하지만 이런 것들이 그녀의 교양을 증명할 수 있는가? 아니, 그녀는 단지 유행가를 따라 시대의 유행에 발맞춰나갔을 뿐이다. 그녀는 유럽산 가방 대신에 유럽산 철학과 혁명이 유행하던 시대를 살았고, 만약 지금이 그녀의 청춘기라면 그녀는 기를 쓰고 유럽산 가방을 모으며 누구보다 행복한 대학생활을 보내고 있을 것이다. 그녀는 황혼의 나이가 다 되어서야 이런 아름다운 유행이 찾아온 것을 안타까워했다. 그래서 더 악착같이 면세점에 가득 쌓인 유럽 상품에 몰두했다. 그녀는 지금 천박한 졸부의 아내처럼 보이며 따라서 그녀는 행복하다. 그녀는 유행에 저항할 수 없는 것이 인간의 본성이라고 생각한다. 여기저기 쌓여 있는 유럽산 허브와 열대과일을 사용한 발가락만한 디저트케이크에 저항할 수 없는 것이 인간의 본성이고 따라서 인간인 나는 그것에 저항할 수 없으며 따라서 그것은 당연한 것을 넘어서서 당당한 것이라고 주장한다. 그러나 복권 당첨금을 투기산업에 투자하여 큰

수익을 올려 삶의 질을 높이는 것이 정신이라는 것을 소유한 인간이 할 수 있는 짓인가? 아니, 그것은 인간의 삶이라고 할 수 없다. 본능에 충실한 짐승의 삶일 뿐이다. 각종 인간적인 것들에 둘러싸인 가장 원시적인 삶에 불과하다. 그런 삶은 정신이나 영혼과 아무런 상관이 없다. 아니, 정신이나 영혼이 결여된 자만이 누릴 수 있는 삶이다. 그들은 모두가 각자의 삶을 살아가며 그것은 비난을 받을 것도 칭찬을 받을 것도 아니며 따라서 각자의 삶을 존중해야 한다고 주장하며 자신들의 타락을 변명하려 하지만 그것은 사실이 아니다. 세상 어딘가에는 비난받을 만한 삶이 존재하며 그것은 모든 타락한 어른들의 삶이다. 그리고 한편에는 절대로 비난받을 수 없는 순결한 삶이 존재하는데 그것은 바로 수정의 삶이다. 수정은 절대로 순결하며 절대로 완벽하다. 그녀는 절대적인 순결과 완벽을 높이 내세우며 양손에 놋쇠로 만든 무거운 칼과 방패를 들고 직선으로 된 좁은 길을 걷는다. 그러면 갑자기 길가에 방치된 수풀더미 속에서 백한철씨가 나타날 것이다. 머리에는 낙엽과 먼지를 잔뜩 이고서 이마트의 청바지를 입은 백한철씨는 천사의 깃털처럼 부드러운 티라미수를 내밀며 왜 그렇게 힘들게 세상을 사느냐고 삶은 전쟁이 아니라고 소탈한 미소를 지을 것이다. 그러면 수정은 세계 굴지의 다국적 금융회사에서 발급한 극소수 브이아이피 고객을 위한 골드플래티넘 카드를 흔들며 그를 비웃을 것이다. 그리고 그 카드를 이용해 열다섯 개의 보안검색을 통과한 다음 튼튼한 책상과 딱딱한 의자가 놓인 좁은

방으로 들어가서 중요한 사람들과 어울릴 것이다. 영원히, 밤새
도록, 청결하게. 마침내 그녀는 아무런 카드를 소유하지 않은 채
로도 그곳에 마음대로 드나들 수 있게 될 것이다. (그녀의 영혼이
그녀의 카드이므로.) 그것을 자유라고 부르고 그것을 자유라고
밑줄을 그으며 또다른 결점없는 영혼을 가진 회원들과 자유에 대
해서 토론할 것이다. 물론 거기에는 정통 프랑스 궁정식 디저트
케이크 따위는 없다. 그녀는 미지근한 오렌지주스를 마실 생각
이다.

수정이 미나에 대해 생각하는 사이 국어시간을 알리는 종이
울리고 한무리의 아이들과 국어선생이 교실로 쏟아져 들어온다.
국어선생이 허리를 두드리며 교과서의 페이지 넘버를 부른다. 수
정은 오른손에 펜을 쥐고 왼손으로 턱을 괸 다음 계속하여 미나
를 생각한다.

미나는 영국음악을 싫어한다. 라디오헤드는 메인 보컬인 톰
요크가 명문 옥스퍼드를 나온 엘리트주의자이기 때문에 싫고 오
아시스는 교만하기 때문에 싫으며 스웨이드는 이유없이 싫고 비
틀스는 거지 같기 때문에 싫다. 수정은 미나가 자신이 사랑하는
톰 요크를 자꾸 욕하는 것에 화가 나서 그렇다면 네가 좋아하는
유투는 영국밴드가 아니냐고 따진 적이 있는데 그러자 미나는 가
만히 듣고 있다가 갑자기 울면서 방으로 들어가 문을 잠가버렸
다. 그리고는 다음날 학교에서 수정을 만나자 유투는 영국밴드가
아니라 위대한 아일랜드의 밴드라며 구글에서 찾은 자료를 제시

했다. 당황한 수정은 미나에게 너는 아일랜드 사람이니 아일랜드로 가버리라고 소리를 질렀고 그러자 미나는 수정의 홈페이지 방명록에 '그렇다 나는 아일랜드 사람이다'라는 내용의 게시물을 오십개나 남겼다. 그때 오십개의 게시물을 지우느라 오른손 검지가 부어오를 정도로 쑤셨다는 데 생각이 미치자 새삼스럽게 화가 치솟은 수정은 벽장문이 고장나 미나가 벽장에 갇혀버렸으면 하고 저주하기 시작한다.

'가족 모두가 여행을 간 거다. 이십일 동안! 전화가 온다. 내가 건 전화도 있다. 하지만 받을 수 없는 미나는 무섭고 답답하고 배고파서 죽어간다.'

수정은 펜을 놓고 다리를 긁는다.

'미나가 지쳐서 울고 있으면 내가 짠 하고 나타나서 구해줘야지. 그리고 우리는 깊은 대화를 나누는 거다. 내가 지예 애기 했을 때 졸리다 한 것도 사과하고 미나도 나한테 소홀했던 걸 사과한다. 그런 다음 미나가 민호와 내가 사귀어도 좋다고 허락하고 그러면 우리는 악수를 해야지. 아 민호 본 지도 오래됐네. 아 나는 왜 요새 민호에 집착하지. 아 여자친구랑은 잘돼가나. 아 왜 잘돼가지. 이유가 뭐지. 나보다 그애가 좋나. 나보다 예쁜가. 몇 살이지. 키는 큰가. 그냥 우리 서로 좋아하면 안되나. 어쨌든. 그럼 좋다, 좋다, 좋다. 다 잘된다!'

별다른 이유없이 기분이 좋아진 수정은 다시 펜을 들고 자세를 고쳐앉는다. 허리를 바로 세우고 선생과 눈을 맞추고 환하게 미소짓는다. 당황한 선생이 "그래서"를 "그래해서"라고 말한 다음 부끄러워 창가를 보며 다시 "그래서"로 정정하고 목을 가다듬은 다음 수정을 바라보자 수정은 여전히 미소를 짓고 있다. 선생은 부드러운 목소리로, 모르는 것이 있으면 손을 들고 질문하라고 이야기한다. 아이들은 입을 다물고 선생과 눈이 마주치지 않기 위해 고개를 숙이고 책을 들여다보기 시작한다. 그러자 그는 한 남학생에게 오십이 페이지 아래에서 두번째 굵은 글씨로 된 단어가 무슨 뜻인지 설명하라고 명령한다. 남학생은 교과서에 머리를 푹 박은 채 대답하지 못하고, 선생은 출석부를 펴고 그의 이름 옆에 붉은색 볼펜으로 엑스표시를 한다. 그리고 그때 수업이 끝나는 것을 알리는 벨이 울린다.

수정은 가능한 한 빠른 속도로 교실을 빠져나온다. 헤드폰을 끼고 볼륨을 높인다. 교실과 건물과 계단과 운동장을 가로지르는 사이 가끔씩 주위를 둘러보지만 어디에도 환하게 웃으며 달려가 안길 만한 사람은 없다. 수정은 얼굴을 찡그리며 약간 숨을 쉴 수 없어 미나를 생각한다.

문을 열자 복도 끝에서부터 희미한 불빛과 함께 텔레비전의 소음이 밀려오고, 민호는 담요를 덮고 소파에 누워 게임을 하고 있다. 수정은 일부러 아는 체하지 않는다. 민호가 수정을 향해 오른손을 치켜올렸다가 다시 담요 속으로 집어넣는다.

"다 잤니."

미나가 눈을 뜨자 앞에 수정이 서 있다. 수정이 미나의 얼굴을 살펴보려고 하자 미나가 눈을 감더니 이불을 머리끝까지 끌어올린다. 수정이 팔을 뻗어 이불을 끌어내린다. 미나가 눈을 감고 중얼거린다.

"미안해 귀신인 줄 알았어."

"치즈케이크 먹으러 가자."

미나가 말없이 방에서 나간다. 수정은 침대에 걸터앉아 한숨을 쉰다. 침대시트에 떨어진 미나의 머리카락을 발견하고 그것을 들어 양손으로 잡아당기자 힘없이 끊어진다.

"재밌냐."

미나는 벽에 비스듬히 기대어 크런치시리얼이 반쯤 든 핑크색 볼에 소이밀크를 가득 붓는다.

"너 왜 학교에 안 왔어?" 수정이 벽장과 미나를 번갈아 보며 말한다.

"잠이 안 와서 수면제 먹고 잤거든 어제. 깨니까 한시. 황당해."

수정이 몹시 실망한 표정으로 미나를 본다.

"아 왜."

"맛있니?"

"어. 너도 먹을래?"

"아니. 그런데 나 너희 집이 몹시 춥게 느껴지는데. 왜 이래?"

"중앙냉난방시스템이 고장났대. 딴 집도 다 이래. 아까는 막

히터 틀어대고. 미쳤어."

"치즈케이크."

"과외 있어."

"빠지면 안돼?"

"싫은데."

"치즈케이크."

"싫은데."

"치즈케이크으……"

"나 진짜 오늘 아무데도 가기 싫거든?"

미나는 '진심으로 네가 귀찮다'는 표정을 지으며 뚫어져라 수
정을 바라본다.

"……죽을 것 같아. 잠이 안 와."

"케이크……"

"잠이 안 와."

"수면제 먹어."

"아 수면제를 맨날 먹을 수는 없잖아."

"왜?"

"몸에 나쁘지 않을까?"

"글쎄. 어쩌지. 민호한테 물어봐."

"그 새끼는 먹지 말래. 다 버려."

"어째서?"

"몰라. 돼지같이 잘 자는 새끼."

"난 치즈케이크가 먹고 싶어서 죽을 것 같았어. 오늘 아침부터. 학교에서부터."

"나는 잠이 안 와서 씨발 진짜 미쳐버릴 거 같아. 씨발 이렇게 잠이 계속 계속 계속 계속 계속 안 와가지고 씨발 그래가지고 씨발 계속 못 자다가 확 죽어버리면 어떡하지?"

"미나야 너 원래 불면증 있니?"

"야."

"왜?"

"나 담배 좀 피우고 올게."

"야아."

"아 왜."

"가지 마. 미나야."

"아 왜."

"미나야 보고 싶었어. 가지 마."

미나가 웃는다.

"아 나 오늘 왜 이러지?"

"너 원래 이래."

"근데 잠 안 온 게 얼마나 됐니?"

"삼일. 삼일 합쳐서 한 세 시간?"

"문제가 있네."

"잠이 안 와."

"너 지금까지 잠 안 온다는 말 다섯 번 했어."

"그래서?"

"응."

"잠이 안 와. 무서워."

"그냥 느긋하게 생각해. 수면제를 먹어."

"진짜? 그래도 돼?"

"응."

"잠이 안 와."

수정이 미나를 본다. 미나도 수정을 본다. 수정이 잠깐 망설이다가 말한다.

"너 혹시 지예 때문에 그런 거 아냐?"

"야 너 집에 가라."

"넌 또다시 지예에 대해서 들뜨고 있는 거지? 다 알아."

"내가 구름이냐? 들뜨게?"

"에이 맞네. 당황하고 있잖아, 김미나. 자세히 이야기해봐. 들어줄게. 궁금해."

"닥쳐라."

"야 뭐야. 말해줘. 궁금해."

"닥쳐라."

"미나야." "닥치라고 말했다." "미나야."

"아아……"

미나가 바닥에 주저앉아 머리를 쥐어뜯는다. 수정이 미나의 어깨를 두드린다.

"미나야 나는 그냥 너랑 박지예랑의 관계가 궁금한 것뿐이야. 친구로서. 좋은 친구로서, 개가 죽은 게 너의 정신에 어떤 영향을 미쳤는지. 그게 궁금해. 장례식은 갔다 왔니? 아 아직 안했나? 그래. 슬프지? 이해해. 미나야. 나는."

"너 진짜 잔인하다."

"뭐라고? 다시 한번 말해줘. 못 알아들었어. 미안."

"너 진짜 잔인하다."

"뭐?"

"어."

"내가 너한테 잔인하게 굴고 있니 지금?"

"어."

"내가 잔인하다고? 내가? 어디가 어떻게? 왜? 내가 잔인하다고? 아니. 나는 그냥 솔직하게 말한 것뿐인데. 잔인하다고? 내가? 진짜? 그렇게 생각해? 진심으로? 아…… 아닌데…… 아…… 나는…… 미나야……" 수정이 슬픈 표정으로 한참동안 미나를 바라보더니 한무더기의 말을 쉬지 않고 쏟아낸다.

"내가너한테잔인하게굴었다고느낀다면미안해미안해진심으로미안해정말로미안해미안해미안해미안해."

수정이 이마에 손을 얹고 천천히 미나의 방을 빠져나간다. 민호는 한손에 게임기를 쥔 채 잠들어 있다. 수정은 몹시 우울해진다. 미나가 무슨 말인가를 늘어놓으며 수정의 어깨에 손을 얹지만 수정은 그 말이 들리지 않는다. 수정은 미나를 바라보며 고개를 흔든다.

　수정은 미나의 집을 빠져나온다. 자신이 들어갈 수 없는 입주자전용 공원을 울적하게 바라본다. 그곳의 화창한 과일나무와 싱그러운 잔디밭에 누워 있는 커다란 개의 풍경은 방금 카탈로그에서 빠져나온 것처럼 매끈하다. 수정은 흐드러지게 핀 벚꽃과 아카시아꽃의 향기로 숨이 막히는 산책로를 지그재그로 가로지르다 말고 갑자기 멈춰서서 하늘을 올려다보며 중얼거린다.

　"우주가 나를 싫어하셔."

　햇살은 반짝거리고 구름은 깨끗하다.

　"미안해."

　그리고 빠르게 걷기 시작한다.

　빠르게, 아름다운 산책로가 사라지고 콘크리트 바닥과 구겨진 길들, 그 위의 먼지가 갑자기 지나치게 선명하게 다가오기 시작한다. 갑자기 수정은 무언가 거대한 것이 자신을 짓누르는 것을 느낀다. 한산한 아침의 백화점 따위를 떠올리며 마음을 진정시키기 위해 노력하지만 쉽지가 않다. 목 밑에서 무언가 꿈틀거리고 치밀어오른다. 몸이 흔들린다. 진동과 추위와 압력이 동시에 느껴진다. 수정은 입을 틀어막으며 필사적으로 쓰레기통을 찾는다. 더러워 다가가고 싶지 않은 하나의 쓰레기통이 거기 있다. 수정은 눈을 꼭 감고 쓰레기통을 향해 입을 벌린 채 몸 안에 든 모든 더러운 것들을 쏟아내기 시작한다. 그러자 감긴 눈꺼풀 안으로, 단 하나의 완벽한 어둠과 온갖 종류의 부패한 냄새 속에서, 식중독의 기억이 떠오른다. 수정은 있는 힘껏 그것을 밀어낸다. 그것은 비참하며 지금 이 분위기를 더욱 비참하게 만들 뿐이다. 수정은 눈을 감은 채 손을 더듬어 벤치에 쓰러진다. 눈을 뜨자 하늘이 보인다. 지나치게 아름다운 풍경이다. 선명한 블루와 여러 종류의 구름이 있다. 팔을 길게 뻗은 날씬한 구름과 또 층층이 생크림을 쌓은 모네의 구름이 있다. 늦은 오후의 햇살이 그것들을 옅은 피치로 물들이며 가라앉는다. 그러나 저 멀리 한줌의 어두운 것이 다가오고 있다. 수정은 천천히 눈을 감았다가 뜬다. 아무것도 변한 것이 없다. 다시 눈을 감았다가 뜬다. 도시를 뒤덮은 엄청난 양의 습기가 느껴진다. 수정은 몸을 일으킨다.

수정이 방향감각을 상실한 채로 거리를 서성이는 사이 낮은 구름이 빠른 속도로 하늘을 뒤덮더니 비가 쏟아지기 시작한다. 거리는 순식간에 폭풍이 몰아치는 밤의 바다처럼 어둡고 습하며 불확실한 장소로 변해 사람들이 사라진 자리를 비로 채우기 시작한다. 비가 쉴새없이 미끄러져 내리는 쇼윈도우로 드문드문 사람들의 어두운 표정이 비친다. 세찬 비바람이 거리의 모든 것을 잘게 찢어 흩뿌린다. 수정은 두 팔로 자신의 몸을 꼭 껴안고 공중전화 박스로 뛰어든다. 옆 칸에 회색 트렌치코트를 입은 남자가 휴대폰으로 누군가에게 전화를 걸고 있다. 그는 얼굴을 찡그리고 하늘을 본다. 수정은 고개를 돌려 자신의 공중전화를 바라본다. 그러나 전화를 걸어야 할 곳은 떠오르지 않는다. 수정은 전화박스에서 나와 손을 흔들어 택시를 잡는다.

택시는 잠수함같이 어둡고 조용하게 전진한다. 도시에 가득한 불쾌한 습기가 온몸에 달라붙는다. 그것은 온몸과 온 도시에 끈끈하게 달라붙어 있다. 수정은 다른 생각에 몰두하기 위해 노력한다. 먼저 공중전화가 떠오른다. 그러자 쓰레기통, 비, 김밥, 구토, 숲, 캔커피, 숲, 극기훈련이 차례로 떠오른다. 그리고 식중독. 그렇게 해서 수정은 자신의 가장 부끄럽고 은밀한 기억에 도달한다.

극기훈련장에 도착과 동시에 카키색 모자에 오렌지색 셔츠를 입은 이십대 중반의 교관은 한껏 위협적으로 부풀린 목소리로 학생들에게 삼십초 내에 운동장에 집합할 것을 명령했다. 학생들은 천천히 가방을 벗어던지고 약간은 웃고 약간은 긴장하며 운동장으로 모여들었다. 교관의 호루라기 소리에 맞춰 앞과 옆으로 구르고 포복으로 오 미터를 전진하자 학생들의 새하얀 체육복은 순식간에 흙빛으로 물들었다. 교관은 기마자세를 명령했다. 그 명령의 순간, 수정은 알 수 없는 열정에 사로잡히게 된다. '내가 이것을 해내겠다.' 수정은 바로 그렇게 결심한 뒤 온몸에 힘을 불어넣어 완벽한 기마자세를 표현해내었다. 교관은 이제 여러분은 어머니의 품에 안겨 칭얼거리는 나약한 모습은 잊어야 한다고 소리쳤다. 내가 이박삼일간 여러분의 정신을 확실히 개조해주겠다. 움직여라. 생각은 내가 대신 해줄 테니. 움직여라.

수정은 교관의 눈에 들었다. 아이들은 의무적으로 수정을 향해 박수를 보냈다. 수정은 복합적인 기쁨을 느꼈다. 그것은 은밀한 열광이었고 부끄러운 기쁨이었으며 수정에게 아주 잘 어울리는 것이었다. 수정은 삼일간 흙바닥을 뒹굴며 지속적으로 그것을 느꼈다. 다시 태어나기, 부모에 대한 사랑, 삶과 맞서싸워 승리하기, 전우애, 기타 등등. 삼일간 수정은 그런 생각에 완전히 몰두했으며 그것을 일기로 써서 소중히 보관했다. 설익은 정부미 밥과 채 익기도 전에 상해버린 깍두기를 입속에 쑤셔넣으면서도 자신이 멋지다고 느꼈다. 몇몇 아이들은 이틀간 캔커피로 버티다가 배탈이 나서 엉엉 울기도 하였다. 수정은 그들을 비웃으며 상한 불고기김밥을 입속에 쑤셔넣었다. 그러나 진정 비웃음을 받아야 할 사람은 수정이었다. 상한 불고기김밥은 먼저 수정의 얼굴에 약한 발진을 일으켰다. 이어 뱃속에 찌르는 듯한 통증이 느껴졌다. 수정은 높은 열에 들떠 반복하여 구토했다. 쉰 깍두기와 양념이 되지 않은 닭도리탕과 또 상한 불고기김밥이 차례대로 그녀의 입에서 튀어나왔다. 수정은 더러운 쓰레기통에 머리를 처박고 울었다. 열정의 삼일은 상한 불고기김밥을 클라이맥스로 해서 바닥으로 추락했다. 수정에게 남은 것은 근육질의 종아리와 두 뺨의 옅은 주근깨와 식중독과 식중독의 후유증과 그에 대한 학교당국의 냉담하고 형식적인 처리와 자신에 대한 모멸감뿐이었다.

　여전히 창밖으로는 한없이 비가 그어지고 수정은 자신이 완전히 잘못된 생각에 몰두했다는 것을 깨달았다. 차는 느린 속도로 어두운 물속을 행진하고 있으며 미터기가 빠르게 올라간다. 수정은 갑자기 운전기사가 죽도록 미워졌다. 기사를 죽이고 싶다. 그것은 아마도 옳지 않은 생각일 것이다. 그리고 아마도 옳지 않은 기억에 깊이 몰두했기 때문일 것이다. 수정은 언제나 깊이 생각하지 않기 위해 노력한다. 수치심과 모멸감의 기억을 깊이 마주보면 결국 박지예처럼 자살에 이르게 될 뿐임을 알기 때문이다. 불필요한 것은 단호하게 외면할 줄 알아야 한다. 자신을 충분하게 사랑하여 허리를 꼿꼿이 펴고 자아존중감을 높이자. 수정은 자세를 바르게 한 다음 계속하여 식중독의 추억에 몰두한다.

수정이 그런 모멸적인 훈련에 열광한 것은 수정이 수용소의 인간이기 때문이다. 그녀는 좁은 은색 철장을 가득 채운 작고 부드럽고 하얀 쥐의 인간이며, 똑같은 색깔을 하고 좁은 공간에서 맛없는 것을 먹으며 딱딱한 곳에서 자는 삶을 사는 인간이며, 다시 말해 완벽하게 체제순응적인 인간이다. 도시는 점점 더 수용소의 담장을 높이 쌓아가고 있으며 수정은 그런 세계에서 빠져나가고 싶은 생각이 전혀 없다. 그저 빨리 세계의 가장 높은 곳으로 기어올라가서 아무도 자신을 함부로 여길 수 없을 만큼 높이 올라가서 모두를 함부로 여기는 사람이 되고 싶다. 그녀는 발밑에다 대고 너는 여기에 들어올 수 없다고 외치는 사람이 되고 싶다. 그러기 위해 수용소는 계속해서 수용소다워야 하며 학교는 계속해서 지옥의 입술처럼 붉고 뜨거워야 한다. 선생들은 학생들에게 계속해서 복종과 순응의 미덕을 가르쳐야 한다. 세상은 계속해서 무릎을 꿇는 자와 무릎을 꿇리는 자를 갈라내고, 그것을 육성하고 권장하고 보호하며 홍보해야 한다. 수정은 무릎을 꿇을 생각이 없기 때문에 무릎을 꿇는 법을 배우지 않는다. 수정은 아무에게도 아무런 명령도 듣지 않고 따르지 않는 사람이 되고 싶다. 아니 명령을 따르는 것이 뭔지 몰라서 따르고 싶어도 따를 수 없는 사람이 되고 싶다. 수정은 누군가 자신을 비난하는 것은 자신을 질투하기 때문이라는 것을 안다. 누군가 수정을 증오한다면 수정을 질투하기 때문이다. 수정은 그것을 안다. 아주 잘 안다. 그런데 마음 깊숙이 느껴지는 이 불쾌감과 수치심은 도대체 무엇인가. 그것에 대해 결론내지 못한 채로 택시는 아파트단지로 진입한다. 택시문을 열자 여전히 폭우가 쏟아진다. 거의 물이 되어 집에 돌아온 수정은 방과 거실과 주방과 욕실을 오가며 한겹씩 옷을 벗는다. 그리고 커다란 타월을 두른 채 그대로 거실 바닥에 무너진다. 창 너머의 하늘은 어둡고 불길하다. 텔레비전에서는 수일간 계속될 이번 비가 다량의 중금속을 포함하고 있다고 반복하여 말한다. 수정은 벽에 걸린 시계를 바라본다. 학원의 시간이다. 죽더라도 몸을 일으켜야 한다.

P시 학생의 삶

수정의 자신감은 그녀 자신만의 자신감이 아니다. 그것은 타인들에게 공식적으로 검증된 자신감으로서 그녀의 글에 잘 나타나 있다. 오랫동안 받아온 잉글리시 아카데미 라이팅 수업의 영향으로 그녀의 글은 극도로 효율적으로 조직되어 있다. 주제는 강렬하며 문법적으로 완벽하다. 불필요한 접속사나 문장부호는 없다. 그녀는 논지를 벗어난 문장을 찾아내는 데 재능이 있으며 호응이 불일치하는 문장에 극도로 신경질적인 반응을 보인다. 그동안 그녀가 쓴 수많은 글들은 세부내용은 다르지만 주장하는 바는 모두 같다. 극도의 효율성을 바탕으로 도움이 되지 않는 사항들을 제거해나가야 한다는 것이다. 이익이 되지 않는 전통을 삭제하고 교훈이 없는 경험을 피하라. 그녀는 규격 안에서 조직해

내는 것, 조직한 것을 다시 재조직해내는 것, 즉 도장을 찍는 데 재능이 있다. 감점을 받을 만한 요소가 전혀 없다는 것이 그녀의 글을 읽어본 모든 사람들의 증언이다. 그녀의 글은 언제나 높은 점수를 받았다. 사람들은 그녀의 글이 가진 문법적 완성도, 구성적 완벽성 따위에만 관심을 기울일 뿐 그녀가 주장하는 것이 무엇인지 보지 않았기 때문이다. 그래서 그녀의 글은 종종 논리적 패러독스에 빠져 휘청거리며 우스워졌으나 그래도 그녀는 당당했다. 도달하는 과정에 문제가 없으므로 떳떳하다고 수정은 생각한다.

'중요한 것은 그것이 지금-여기에 적용가능한가의 여부이다.'라는 문장을 쓴 다음 수정은 그 문장을 생각해낸 자신에게 감동했다.

적용가능성, 즉 호환성. 이 플러그가 아이비엠과 삼성과 그리고 엘지에 모두 호환가능한가의 여부. 수정의 시각에서 보면 적용가능하지 않은 과거는 제거 혹은 조작해야 할 유물에 불과하다.

그녀에게는 별다른 경험 자체가 없으므로 그녀가 만들어내는 아카데미용 관념들이 그녀가 가진 전부, 그녀 자체가 되어가고 있다. 그녀는 루소에 대해서 시제와 전치사와 대명사를 적절히 사용하여 정확한 발음과 억양의 영어로 자신이 가진 생각을 펼쳐놓을 줄 알았으며 그녀는 그런 의미에서 대단하다. 자 이제 키보드를 열고 루소, 시제, 관계대명사를 차례로 입력하라, 단 포멀한 영어로. 그렇게 하여 나오는 결과가 수정의 생각이다. 중요한 것

은 그녀가 루소에 대해서 진지하게 사유하였는가 루소를 좋아하
는가 따위가 아니다. 중요한 것은 루소에 대해서 말할 수 있는가
(단 올바른 대명사를 사용하여), 루소의『고백록』에 대해 설명할
수 있는가(단 올바른 시제를 사용하여), 올바른 악센트와 연음구
조를 습득했는가이다. 그런 식으로 적절한 문법을 사용하여 미국
동부지역의 발음과 억양으로, 루소에 대해 지껄이면 그녀는 루소
에 대해 안다는 결과가 나온다. 그러니까 단지 어떠한 평가기준
을 만족시키기만 하면 되는 게임이다. 평가자가 그렇게 본다면
성공이다.

그녀는 지금-여기의 시대정신을 순도높게 지니고 있는 학생
으로서, 그녀가 그것을 자랑스럽게 뽐내며 길을 가로지르면 한무
리의 학생들이 그녀를 따른다. 그들은 처음에는 수정을 향해 불
안한 비웃음을 지어 보일 것이다. 그러나 그것은 수정이 지난날
그들과 같은 입장에서 한번쯤 지어 보였던 비웃음과 같다. 질문
을 하거나 반항을 계획할 수도 있을 것이다. 그러면 수정은 책임
회피와 변명, 짜증과 무시로 응수한다. 그러면 학생들은 순식간
에 비웃음을 거두고 존경의 눈길로 수정을 바라보게 된다. 그것
이 바로 수정과 수정을 따르는 학생들에게 벌어졌고 벌어지고 있
으며 앞으로 벌어질 일이다. 그들은 수정을 존경하게 될 것이다.
그러나 여전히 수정은 그들을 무시하고 경멸할 것이고 그런 식으
로 그들은 서로가 서로를 단절할 것이다. 그들은 아무것도 공유
하지 않을 것이다. 그들은 나이와 지역, 성별과 부모의 재산, 식

단과 패션 따위의 표지를 가슴에 달고서 규격화된 칸막이 안에 자신을 가둔다. 그 칸막이 안에는 대리석으로 마감된 넓은 거실이 있으며 아일랜드식 주방 인테리어와 조명 일체, 베란다를 터서 거실로 만들 자유, 빌딩의 중앙보안센터와 연결된 유비쿼터스 시스템이 제공된다. 그것이 주장하는 것은 단순하다. 넓고 먼 시선을 삭제하라. 사고를 단축하라. 직선으로 이루어진 동선을 이용하여 / 당신의 삶이 편리해진다. 가까이서 협소하게 / 당신의 삶은 아름답게 축소된다.

칸은 점점 더 세분화하여 나이를 먹고 삶이 연장될수록 세계는 오히려 더 협소해진다. 뒤칸은 맹목적으로 앞칸을 바라보며 앞칸은 가끔씩 뒤칸을 돌아보며 안도한다. 칸막이가 증가할수록 사람들 사이는 무한대로 벌어지지만 같은 이유로 사람들이 놓인 칸막이는 무한대로 비슷해진다. 같은 크기 같은 높이 같은 두께 같은 색깔 같은 재질의 칸막이에 갇혀서 같은 질량의 근심과 같은 부피의 오해로 개별적으로 절망하며 축소된다. 자신과 타인을 분리하는 데 익숙해진 사람들은 문을 걸어잠그고 창을 내리고 사선으로 누워 늙어간다. 가끔씩 창을 열고 다른 칸을 내다보지만 문은 닫혀 있다. 소리치지만 아무도 듣지 않는다. 수치심에 얼굴을 가리고 입을 틀어막고 흐느낀다. 가득 쌓인 플라스틱 나이프로 손등을 그어보지만 피는 나오지 않는다. 칸막이에 속하지 못한 사람들은 막힌 벽 앞에서 서성이며 늙어간다. 언제까지나 서성이거나 스스로를 칸에 가두고 칸막이 세상에 편입되는 것, 선택은 둘 중의 하나이다. 다른 길은 없다. 컬러는 언제나 화이트와 블랙이다. 그레이는 없다. 찾지 마시길. 다른 길은 없다. 존재하는 것은 두꺼운 패널과 무한대로 쪼개진 셀들뿐이다.

칸막이, 즉 시스템은 학생들의 삶에 직접적인 영향을 주지만 그것의 미래를 근심하는 학생은 칸막이 안에 없다. 학생들은 이것이 자신이 선택한 미래라며 당당하게 가슴을 내밀고 칸막이 안으로 기어들어올 것이다. 아직 순결한 학생의 급진성은 결국 시스템의 보수성에 의해 잘게 부서지겠지만 그들은 스스로의 목을 조르면서도 결코 깨닫지 못할 것이다. 아무것도 물려주지 않고 아무것도 물려받지 않겠다. 아무런 충고도 하고 싶지도 받고 싶지도 않다. 어떤 곳에도, 어떤 흔적도 남기지 않고 사라지고 싶다. 어차피 모든 것은 흔적조차 남기지 않고 사라지게 될 것이다. 아무것도 쌓지 않겠다. 순결한 마음들은 그런 식으로 잘게 부수어져 시스템 안으로 편입된다. 시스템에 편입된 개별적인 인간은 주위를 돌아볼 줄 모르며 본능적으로 아무에게도 손을 내밀지 않는다. 아무것에도 속하지 않은 채 편리하게 이익만을 취하고 자신의 수동성을 망각하려 한다. 그렇게 여전히 혼자이고 손내밀 줄 모르는 채로, 완벽하게 개인적이면서도 완벽하게 집단에 순응적인 인간이 탄생하는 것이다. 오직 필요한 것만 취한 채 책임도 권리도 회피하는 방식의 삶, 그것이 바로 집단이 원하는 삶이다. 집단적인 의무가 싫다, 같은 집단에 속한다는 이유로 무언가를 요구당하는 것은 부당하다, 익명의 소비자들처럼 돈을 지불하고 합당한 서비스를 취한 채 영수증 정도만 쥐고서 집으로 돌아와 혼자 잠들고 싶다, 타인과 이야기하는 것은 피곤하다, 제발 좀 혼자 내버려두라, 나를 제발 좀, 제발, 제발, 외롭게 혼자 죽도록 내 버려두라. 그렇게 개별적으로 고립된 채 집단에 짓눌려 가장 비참한 죽음을 맞이하는 동안에도 사람들은 스스로의 자발적인 선택에 따라 가장 고립되고 개별적인 죽음을 맞이하였다며 미소 속에 눈을 감을 것이다. 그러나 그 미소조차 그의 것이 아니다. 그것은 그의 눈동자를 짓누르는 시스템의 미소이다. 이것은 엄밀히 말해서 삶도 죽음도 아니다. 그러나 이런 삶과 죽음이 도처에서 반복되며 지금 이 순간에도 사람들을 서서히 질식시켜가고 있다. 아무리 거부하려고 하여도 집단의 룰은 사람들의 심장 속까지 스며들었으며 그것을 거부하는 방법은 심장을 떼어내는 길, 죽음뿐이다.

이것이 바로 편리한 소비자의 비극이다. 소비자는 레스토랑이 가격을 올리는 것에 절대로 항의할 수 없다. 자신이 가진 돈에 어울리는 것을 갖거나 지갑에서 돈을 좀더 꺼내는 가능성뿐이다. 소비자로서의 위치를 지키기 위해서, 자신의 가치를 올리기 위해서, 좀더 많은 것을 갖기 위해서 가장 없는 자의 것을 조금 더 빼앗는 동안에도 시스템은 계속될 것이다.

좁은 창을 열면 보이는 것은 똑같이 좁은 창을 열고 바깥을 내다보는 어떤 한 사람의 모습이다. 그것은 조상대대로 내려온 선

조들의 아름다운 모습이며 수정에게 주어진 단 하나의 혁명의 가능성이다. 혁명이라는 것이 멀리 있는 것이 아니다. 아침에 일찍 일어나는 것, 그것이 바로 혁명이다. 수정의 논술 과외선생은 수정을 아침형인간으로 만들기 위해 그렇게 말했다. 그녀는 프랑스에서 학위를 받았으며 현대 서양철학에 통달한 사람이다. 그녀는 지금-여기의 상황을 레비 스트로스식 사회인류학과 맑스-라캉적인 좌파정신분석학을 접목시켜 논의한 프랑스어로 된 A4 팔십 장짜리 논문을 완성하였으나 아무도 그 글에 관심이 없자 좌절하여 P시의 논술산업에 뛰어들었다. 그녀는 초등학교 일학년에서부터 고등학교 삼학년에 이르는 모든 학생들에게 일관되게 들뢰즈와 데리다를 강의하며 안도한다. 그리고 틈틈이 자신의 논문을 영어로 번역하고 있으며 일본어로 번역할 생각도 있으나 한국어로 옮길 생각은 없다. 왜냐하면 한국어는 그 글에 어울리지 않는다고 생각하기 때문이다. 모든 언어란 그에 어울리는 상황과 의지가 있다고 그녀는 생각한다. 그리고 한국어란 그녀의 논문적 상황에 어울리지 않는다고 그녀는 한국어로 설명한다. 그러나 그녀의 글은 단순히 실패작일 뿐이다. 그녀의 글은 현대 프랑스 철학자들을 어설프게 따라한 일련의 하이픈과 대시 그리고 따옴표와 쉼표 들로 아수라장이 되어 있다. 그녀의 글은 에셔의 그림과 같이 폐쇄공포증적이며 자기모순적인 색채를 띤다는 점에서 그녀의 생애와 일치하지만 에셔의 그림과 같은 미학적 성취를 이루지 못한 채 조잡하고 난해하다는 점에서 완전한 실패작이다.

그녀는 수정의 글에 드러난 자신감과 주제를 향해 달려나가는 박력에 깊은 인상을 받았으며 특히 그 완성도를 높이 친다. 그런데 완성도란 무엇인가. 그것은 포장이다. 싸구려 미네랄오일과 글리세린을 일대일로 섞어 담은 프렌치 스타일의 로고가 찍힌 무겁고 우아한 유리로 된 화장품케이스 같은 것이다. 소비자를 위한 다섯 가지 언어로 쓰여진 사용설명서이며 다섯 지역의 화폐 단위로 계산된 가격표이다. 직관적인 인터페이스, 단순하며 아름다운 로고, 빠르고 경쾌한 국면전환, 그런 것들을 사람들은 완성도라고 부른다. 아카데미 또한 학생들에게 그런 종류의 완성도를 요구하며 그것은 수정이 가장 자신있는 모든 것이다. 수정은 더 이상 다듬을 것도 없이 완성된/세련된 영혼이며 그래서 얼마간 무감하고 권태에 빠져 있으나 그게 다 뭔가. 수정은 진정 완성도 높은 P시의 영혼이며 따라서 P시의 시민들은 그녀의 존재를 무한한 영광 속에서 환영해야 한다. 드디어 도시는 결실을 보고 있다. 그들이 바라는 인간상을 얻어낸 것이다. 그녀는 고도로 정제된 순도 백 퍼센트 P시의 영혼이다. 최대한의 완성도에 도달한 학생이며 전후좌우를 살펴보아도 그보다 높은 완성도는 찾기 힘들어 보인다. 최신 소재로 만든 항균패키지에 담아 그녀를 바다에 띄워보자. 그녀는 미국 동부의 유명 사립대학에 도착하여 능숙하게 인사말을 건네며 즉시 루소와 근대사회 개인의 탄생에 대해 토론하기 시작할 것이다. 세련된 매너와 아름다운 드레스로 치장한 채 능숙한 솜씨로 칵테일파티에 뛰어들 것이다. 당장 전

세계 대도시의 별처럼 화려한 업타운 쇼윈도우나 팝스타의 뮤직
비디오 한구석에 가져다놓아도 전혀 부끄럽지 않을 세련된 영혼
을 드디어 P시도 소유하게 되었다. 그녀는 진정으로 개량된 새로
운 타입의 인간이다. 그녀는 영어로 사고가 가능하며 문법이 완
벽하고 아름다우며 우울증이나 불면 혹은 아토피질환도 가지고
있지 않으며 그림자가 없으며 주변의 모든 사람들을 회색으로 이
끌면서도 혼자서 당당하게 살아남는다. 그리고 미학적으로 완벽
한 광경이기 때문에 우리 모두는 본능적으로 그녀의 아름다움에
매혹당할 수밖에 없다. 자본의 손길이 채 미치지 않은 오지에서
온 손님이 대도시의 공항면세점에 가득한 상품에 압도당하는 것
과 같은 이치이다. 두바이에 있는 최고급 호텔에서나 폴란드에
있는 백오십년 된 낡은 아파트에서나 그녀는 동일한 방식으로 살
아남을 것이며 어디에서나 같은 규격의 라이프스타일을 가지고
그것을 반복할 것이다. 물론 그녀는 어디에도 가지 않을 것이다.
그러나 그녀가 어디에 가건 가지 않건 삶은 고정되어 있으며 모
든 삶의 비용은 환율을 토대로 정확하고 정직하게 환산될 것임을
그녀는 안다. 바코드와 다섯 지역의 화폐로 계산된 가격표가 그
녀의 목에 달려 있고 그것이 그녀의 생존을 담보한다. 살아남기
위해 그녀는 무척 바쁘다. 소와 말을 합쳐놓은 만큼 일하며 육식
동물같이 서로를 물어뜯으며 휴식한다. 업무에 찌든 샐러리맨들
처럼 알코올과 기름진 음식으로 포위당한 채 웃는다. 소비적이며
소모적인, 천박하며 폭력적인, 주위의 모든 것을 황폐화시키는

도시 학생의 삶. 그것은 종종 텔레비전 다큐멘터리에서 강간과 따돌림, 술과 담배, 폭력과 섹스로 가득한 위험하고 매혹적인 아드레날린의 왕국으로 묘사된다. 그러나 실제로 청소년 사이의 강간과 살인이 증가하고 있는가? 아이들의 일상은 점점 더 나빠지고, 지난 시대는 가득 찬 꽃밭이었나? 단지 아무도 말하고 있지 않은 것은 아닌가, 모두가 그림자는 망각한 채 밝은 햇살만 바라보는 것은 아닌가, 단지 포르노를 너무 많이 본다는 단순한 문제는 아닌가?

하루종일 노출되는 정보의 통로가 몇개의 인터넷 포털사이트와 몇개의 지하철 무가지로 제한되는 삶. 방학마다 영어권 국가의 어학연수와 주말의 스키캠프가 약속된 삶. 일정 수준의 영어 실력과 적당한 사교술로 요약할 수 있는 삶. 그것이 현재 수정이 살아가는 삶이며 그녀 앞에 남은 삶이다. 저녁시간 학원 앞의 브랜뉴 스무디체인점 앞에는 연필과 휴대폰을 든 학생들로 가득하며 그들의 부모는 그들의 소비수준을 감당해내기 위해 노동한다. 실제로 그들의 소비수준을 여유롭게 감당할 수 있는 수정과 미나의 부모 같은 사람들은 극소수이다. 그러나 그것은 이 시대의 최소한의 기준인 양 자랑스럽게 시청 앞 광장 전광판에 금박으로 새겨져 있으며 부모들은 그 새겨진 숫자들을 쓰다듬으며 괴롭고 힘들어서 운다. 아무도 가르치지 않았지만 감당할 수 없다면 적어도 감당할 수 있는 척하는 것이 진정한 P시 시민의 자세라는 것을 그들은 잘 알고 있다. 한 달에 한 번은 팁과 부가세가 따로

붙는 서양인들로 가득한 시내의 레스토랑에서 음식을 먹어야 한다. 왜냐하면 그곳의 분위기는 활기차며 싱싱하고 종류가 많은 유기농야채와 과일 들이 힘을 북돋아주기 때문이다. 부모들은 그들이 감당해야 할 것을 감당할 수 있다는 사실에 위안받는다. 그리고 그 격려를 바탕으로 다시 더욱더 과도한 것을 감당할 수 있기 위해 전의를 다진다. 이 파도는 이상해서 점점 높아져만 가고 절대 다시 낮아지지 않으며 익사자로 가득 찰 뿐이다. 이 파도는 그저 끝도 없이 높아져만 가며 어제의 가장 높은 곳은 오늘의 좀더 높은 곳에 자리를 내어주며 순식간에 가장 낮은 곳이 되어 사람들의 관심에서 멀어져간다. 사람들은 낮은 목소리로 자신들이 감당해야 할 것에 대해 수군거린다. 우리가 이것을 감당해야 하는 것은 다음에 올 더 높은 것을 감당하기 위해서이다. 삶이란 감당이고 가장 중요한 것은 어쨌거나 살아남는 것이다. 살아남기 위해서는 이 모든 것을 감당해야 한다. 아무것에도 노우라고 고개를 저으면 안된다. 모든 것을 묵묵히 받아들여야 한다. 낮은 임금과 불편한 관계와 부당한 대우와 소모적인 삶에 만족해야 한다. 그렇게 하면 좀더 무거운 것을 이고 가는 기회를 얻게 되는데 그것은 형벌이 아니라 혜택이다. 혜택받은 삶을 살기 위해서는 삶의 혜택 또한 '감당'해야 한다. 혜택은 곧 고통이고 고통은 곧 혜택이다. 단순하다. 삶이란 고통스러운 교환이다. 그리고 그 교환의 매개체가 바로 유례를 찾아볼 수 없이 거대한 P시의 사교육 시장이다.

　　P시 사람들은 지구상에서 가장 고급한 교육에 광범위하게 노출되어 있다. 개인과외부터 유학과 대안학교, 소수정예학원에서 기숙학원에 이르기까지 극도로 세분화된 상품이 다국적 커피체인점의 메뉴만큼이나 다양하게 사람들의 선택을 자극한다. 적어도 교육에 관해서라면 P시 사람들은 돈을 어떻게 지불해야 하는지 잘 알고 있다. 자랑스러워하라. 당신들은 지구상에서 가장 교육받은 계층이고 따라서 가장 혜택받은 계층이다. 말했듯이 혜택은 고통이고 고통은 혜택이며 그 높은 교육수준이 가져오는 효과는 단 한 가지, 허영심의 증가뿐이다. 허영심에 사로잡힌 사람들은 대형할인마트의 라이프스타일을 추구함으로써 오래된 시장과 서점과 식당 들을 죽이고는 이 모든 것을 부패한 정치인들의 잘못으로 돌렸다. 그들은 남들이 쉽게 따라할 수 없는 서양의 언어와 라이프스타일을 가지고 개떼같이 몰려다니며 모든 것을 파괴한 뒤 외부인의 출입을 철저히 통제하는 고급브랜드 아파트를 짓고 그 안에 자신들의 유토피아를 쌓아올렸다. 언젠가 그 대가를 치르게 될 것이다,라고 말하지 않는다. 이미 치르고 있다. 사람들은 부풀어올라 이미 터져버린 허영심을 놓지 못한 채 그것을 등에 이고 고통의 파이프를 통과하고 있다. 이미 세계는 조금도 정상적이지 않다. 쥐들은 맑고 깨끗한 물을 버리고 헤로인이 섞인 설탕물로 몰려들고 있다. 그것은 중독성 때문이 아니다. 고통스러운 삶을 견디기 위해서 통증을 마비시키고 괴로움을 망각하기 위해서이다.

감당할 수 없는 가격을 허영심 때문에 포기하지 못하여 눈물이 흐를 때 절망하지 말기를, 다른 모든 사람들도 같은 선택을 할 테니. 당당한 태도로 거기서 가장 비싼 것을 집어들라. 야망을 크게 가져라. 좀더 높은 곳을 바라보라. 그러면 너는 덤으로 고급한 스피커와 팝스타가 쓰는 휴대폰도 가지게 될 것이다. 그런 식으로 기어올라간 피라미드의 꼭대기에는 한끼의 지나치게 비싼 식사와 한잔의 지나치게 비싼 에스프레소와 한채의 지나치게 비싼 아파트가 있을 뿐이며 그 모든 것은 다른 모든 피라미드의 꼭대기에 있는 것과 같을 것이다. 새로운 것은 없다.

흔히 사람들은 이점은 단점을, 효과는 부작용을 동반한다고 말하며 어두운 그림자를 당연하게 여기지만 그것은 적어도 P시에는 맞지 않는 표현이다. 이 도시에 맞게 정확하게 서술하면 이렇다. 단점의 엄청난 확장이 약간의 이점을 동반한다. 그것은 약물중독의 메커니즘과 정확히 일치한다. 깨어날 때의 고통이 클수록 순간의 쾌감은 증폭된다. 뇌는 쾌락의 꼭대기만을 학습하며 고통을 기억하는 신체는 무력하다. 이미 다른 많은 고통이 나의 주위에 가득하므로 약물의 고통을 주위의 고통과 구별하는 것은 쉽지 않다. 따라서 고통을 묵인한다. 결국 약물의 고통과 삶의 고통을 혼동하게 된다. 그러나 고통에는 절대 익숙해질 수 없다. 억지로 그 고통의 진행을 삶이라고 스스로를 납득시키며 견디어나간다. 고통 속에서 가끔 떠오르는 한조각의 빛, 사람들은 그것을 희망이나 휴머니즘이라고 부르며 칭송하지만 그것은 높은 단계의 중독자에게 찾아오는 순간적인 착란에 불과하다. 그것은 정상적이지 않다. 고통 속에서 희망을 찾는 것 자체가 이미 조금도 정상적인 태도가 아니다. 그러나 주위를 둘러싼 세계는 이미 미쳐 있다. 파도는 점점 더 높아져만 가고 누구도 가장 낮은 곳에 멈춰 서서 무방비하게 패배하여 망각되고 싶지는 않다. 그러니 피해야 한다. 달아나야 한다. 파도가 덮쳐올 때 맞서싸우는 것은 용감한 태도가 아니다. 그럴 때는 그저 비명을 지르며 멀리 도망쳐야 한다. 더 높은 곳으로, 더 높은 땅으로, 도망치는 미친 쥐들을 따라서. 그러나 이미 늦었다. 사람들은 이미 파도 안에 있다. 그들은 이미 시체들이다.

결국 삶은 수정을 질식시킬 것이다. 그녀는 개별적으로 질식될 것이다. 그녀는 아무것도 하지 않을 것이다. 결국 가장 더러운 것들이 그녀를 물들이게 될 것이다. 그녀가 가장 원하는 것을 빼앗아갈 것이다. 그녀는 그런 식으로 키워졌다. 지배자들에 의해.

그렇게, 그녀는 살아남을 것이다. 도망치는 미친 쥐들의 등에 올라타, 그녀는 살아남을 것이다. 승리할 것이다. 압사당한 채로, 그녀는 가장 높은 탑의 꼭대기에서 빛을 발하게 될 것이다, 질식된 채로.

이것이 현재 수정이 처한 사회-공간적 상황이고 거기에 예외란 없다.

Cry, as much as you can

비는 모래가 덮인 하늘을 떠나지 않았다. 텔레비전은 끊임없이 지구온난화와 적조현상에 대해 이야기했다. 습기가 도시의 주인이 되었다. 머리카락은 컬을 잃고 늘어지고 나초칩은 꺼내자마자 눅눅해져 석쇠에 구워먹어야 하는 기후이다. 빗소리가 끝이 없는 노래처럼 성가시게 귀에 달라붙는다.

마침내 비가 그치고 햇살이 돌아왔을 때 눈부신 햇살 아래 몸을 드러낸 세계는 어딘가 조금 변한 것만 같았다. 버터와 치즈가 부드럽게 녹아 흘러내리는 계절이 왔다. 맑게 갠 수요일 아침, 미나가 어머니와 함께 학교로 찾아온다. 미나는 사복을 입었으며 검은색 선글라스를 끼고 커다란 헤드폰을 긴 채 아무에게도 인사하지 않고 똑바로 앞을 바라보며 걷는다. 미나의 어머니는 핑크색 스팽글블라우스와 초록색 시폰스커트를 입고 금빛 새들백을 들고 금빛 스파이크힐을 신고 있다. 미나어머니의 얼굴은 땀과 파운데이션으로 온통 번들거리고 때때로 생각에 잠겨 주위를 잊은 듯 보인다. 그녀는 우울해 보인다. 모노톤 교복의 물결 속에서 두 사람은 발광체처럼 모두의 눈에 띈다. 둘은 교무실로 들어간다. 아이들이 몰려든다. 미나의 어머니가 미나의 자퇴서에 서명을 하고 담임선생과 이야기를 나누는 동안 미나는 선글라스와 헤드폰 속에서 빠져나오지 않는다. 한 선생이 그녀에게 망고주스를 건네지만 그녀는 손을 흔들어 거절한다. 선생이 테이블 위에 망고주스를 올려놓고 사라진다. 미나는 고개를 끄덕이고 어깨를 들썩거리며 작은 소리로 나직하게 노래를 따라 부르며 테이블 위에 놓인 망고주스를 집어 뚜껑을 따고 그것을 마신다. 미나의 어머니가 그런 미나를 바라보며 대단히 복잡한 표정을 지으며 고개를 푹 숙이고 머리를 쥐어뜯는다.

"도대체 어쩌다가 저런 애가 나왔을까요?"

"예?"

미나의 어머니가 자리에서 일어나 미나에게로 다가가 신경질적으로 미나의 어깨를 때린다. 미나가 놀라 자리에서 일어난다. 미나와 미나어머니가 교무실에서 빠져나온다. 아이들이 웅성거리며 흩어진다. 갑자기 강렬한 햇살이 복도로 쏟아져들어오고 복도의 모든 사람들이 한꺼번에 눈을 찡그리고 고개를 돌린다. 미나의 어머니는 금빛 새들백을 높이 들어 햇살을 막는다. 오직 검은색 선글라스를 쓴 미나만이 표정의 변화없이 앞을 똑바로 바라보며 걷는다. 천천히 미나와 미나어머니가 수정을 스쳐지나간다. 수정은 그러나 다가가지 않는다. 아는 체하지 않는다. 수정은 미나를 바라보지만 선글라스에 가려 미나가 자신을 바라보는지 아닌지 알 수 없다. 무엇을 생각할 겨를도 없이 미나와 미나어머니는 건물을 빠져나간다. 그러나 수정은 아무런 슬픔도 놀라움도 느끼지 못한다. 단지 뇌 한구석에서 뭔가 아주 하찮은 것이 하나 붕괴된 느낌이다. 하지만 사소한 붕괴는 오래전부터 반복되어온 것이고 그리고 그것은 어차피 아무 쓸모없이 퇴화된 어떤 것이 또 하나 사라지는 것일 뿐이다. 수정은 당분을 보충하기 위해서 매점으로 가서 에스프레소빈이 첨가된 다크초콜릿을 하나 사서 잠시 서성이다가 소나무숲으로 향한다. 천천히 걸으며 붕괴된 사소한 어떤 것에 대해 생각한다. 그러나 생각은 한곳에 집중되지 못하고 자꾸만 흩어진다. 울상을 하여 고개를 든다. 앞을 바라보자, 거기 미나가 있다. 미나가 수정을 보며 천천히 선글라스와 헤드폰을 벗는다. 미나의 뒤로 눈이 부신 해가 레모네이드 빛깔로 쏟아져내려 수정은 미나를 제대로 쳐다볼 수가 없다. 수정은 자신을 향하여 길게 뻗어나온 미나의 그림자와 미나를 분간해낼 수가 없다. 검고 긴 미나가 수정을 향해 다가온다.

"김미나."

가까이 다가온 미나의 흰자는 붉게 충혈되어 있으며 눈가는 검게 바래 있다. 수정이 뒤로 한발자국 물러선다.

“왜 피해?”

“무서워서.”

“뭐가?”

“네 그림자가 너무 길어.”

“숲으로 가자.”

둘은 커다란 소나무 아래에 앉아 한참을 아무 말도 하지 않는다.

“이수정, 나 살기 싫어. 어떡하냐?”

“응, 나도 사는 거 별로 안 좋아해.”

“왜. 너는 남자친구도 있고. 살 이유가 많지 않나.”

수정이 미나를 바라보며 미나가 살아야 할 이유를 찾기 시작한다. 그런데 아무것도 떠오르지 않아 당황한다. 그렇다면 미나는 죽어도 좋은가.

“아냐. 나도 살 이유 같은 거 별로 없어 미나야. 너는 지금까지 살 이유가 있어서 살았니?”

“아니. 옛날에는 이런 거 생각 안했어.”

수정이 미나의 뺨을 적신 눈물을 닦아준다.

“죽고 싶어.”

미나는 점점 더 격하게 울기 시작한다. 수정은 미나의 얼굴을 들여다본다. 그리고 고개를 들어 하늘을 본다. 새하얀 빛이 보인다. 어지럽다. 수정은 다시 미나의 얼굴을 들여다본다. 온통 장밋빛으로 달아올라 우는 미나는 아름답다. 그것은 거부할 수 없는 종류의 감정이었다. 수정은 팔을 뻗어 미나를 껴안는다. 솔잎 향이 수정의 코를 찌른다. 서늘한 흙의 냄새와 눈부신 빛, 아릿한 솔향, 미지근한 대기와 적당량의 습기가 한데 섞여 강력한 정신적 고양감을 안겨준다. 새하얀 빛이 끊임없이 사선으로 내리꽂힌다. 지금 그들은 빛의 한가운데에 놓여 있다. 미나의 폴로셔츠는 서늘하게 서걱거리고 비누냄새가 난다. 미나의 머리카락이 솔잎 사이로 흘러내린다. 수정은 미나의 가슴에 코를 파묻고 비누와 솔잎의 향을 맡는다. 점점 더 아득해지는 공간과 시간. 조금만 더, 하고 수정은 생각한다. 바람이 불자 솔잎이 가늘게 떨린다. 수정과 미나는 폭풍 한가운데 놓인 연인처럼 아주 오랫동안 서로를 껴안고 있다. 필사적으로, 조용하게.

멀리 수업 시작을 알리는 종소리가 들려온다. 수정은 그것이 실제로 나는 소리인지 자신의 머릿속에서 울려퍼지는 소리인지 분간할 수가 없다. 아니 분간하고 싶지 않다. 그러나 미나가 수정을 부드럽게 밀어내며 말한다. "수업시간이야."

"응."

"난 간다."

미나가 눈물을 닦고 선글라스와 헤드폰을 차례대로 끼기 시작한다. 수정은 그런 미나를 물끄러미 쳐다본다.

"간다. 안녕."

"잘 가. 안녕."

수정은 손을 흔들고 뒤돌아 교실을 향해 뛰어가기 시작한다. 미나는 선글라스 속에서 눈물을 흘린다. 수정은 돌아보지 않고 교실을 향해 달린다. 주머니에서 초콜릿을 꺼내어 포장지를 벗겨내고 한입 깨문다. 그러자 건조하게 버석이는 커피콩 조각과 섞인 몹시 깊고 쓴 달콤함이, 그러니까 상실감이 수정을 감싸안는다. 그것은 끝없이 이어진 계단을 끝없이 굴러떨어지는 느낌이며 몹시 달콤한 코코아를 마시고 난 뒤 위에서 느껴지는 살갗이 벗겨지는 듯한 쓰라림이며 그것은 수정이 처음 느껴보는 감정이다. 끝이다. 하나의 실이 잘려나갔으며 하나의 문이 닫혔으며 그래서 수정은 영원히 돌아갈 수 없는 곳을 하나 갖게 되었다는 것을 깨닫는다.

지구는 너무 빠른 속도로 자전하고 있다. 자칫하다가는 저 멀리 우주로 날아가버리게 된다.

수정은 흔들리는 바닥을 느끼며 갑자기 멈춰선다. 아주 조심스럽게 발을 다시 떼었다가 놓는다. 하지만 운동화 아래에서는 아무런 일도 일어나지 않는다. 고개를 들고 하늘을 보자 해는 바게트 모양의 길쭉한 구름 안에 들어 있다.

깊은 상실감에 수정은 잠시 숨을 멈춘다. 저기 한무리의 학생들이 다가온다. 그들은 웃으며 이야기 나누며 수정을 스쳐지나친다. '아무것도 아니다'라고 수정은 반복하여 자신을 타이르며 교실로 향하는 계단을 오른다.

미나는 갔고 사라졌고 다시 돌아오지 않는다. 수정 또한 사라진 미나를 되찾으려고 노력하지 않는다. 둘 사이에는 더이상 아무런 소리도 들리지 않는다. 수정은 미나를 잊으려고 노력하지만 상실감은 그녀를 잡고 놓아주지 않는다. 그것은 아무도 쓰지 않아 버려진 우물과 같았다. 수정은 평소처럼 걸어가다가 갑자기 우물에 빠지고 만다. 그 우물은 바닥이 없다. 물리법칙과 상관없이 수정은 천천히 일관된 속도로 수직하강하기 시작한다. 벽은 회색이나 검은색이다. 가끔 오렌지색도 나타나지만 대체적으로 무채색이다. 그것은 지속적으로 바닥이 없는 상태이다. 그러나 아래로 떨어지고 있는 것은 확실하고 그것은 문제이다. 높이 올라가기에도 시간이 모자란데 이렇게 바닥으로만 떨어지고 있으니 어쩌면 좋은가. 차갑고 딱딱한 벽에서는 약간의 습기가 느껴진다. 풀냄새가 풍겨오는 흥겨운 레게가 저 멀리에서 들려온다. 시간이 지나고 수정은 약간씩 지루해지지만 그렇다고 긴장을 놓을 수는 없다. 마침내 수정은 화가 나기 시작한다. 그러나 여느때나 다름없이 하강은 계속된다. 수정은 합리적으로 사고하려고 노력한다. 그리하여 극복과 교훈을 얻으려고 노력하지만 그것은 어쩐지 돌벽에 달걀흰자를 바르는 식으로 우습게 느껴진다.

'이제 나는 어떻게 하지.'

수정은 미나가 자신에게 던졌으나 피했던 질문을 자기 자신에게 던지는 처지가 되었다. 하지만 반복적으로 하나의 문장만 머릿속에 떠올릴 뿐 정말로 심각하게 고민하지는 않는다. 매일밤 그녀는 영어 리스닝 수준을 유지하기 위해서 자막 없이 「새터데이 나이트 라이브」를 반복하여 보며 방청객이 웃는 순간에 똑같이 따라 웃기 시작한다. 그녀는 그렇게 미국의 유머에 접근하여 갑자기 그것이 정말로 우습게 느껴지는 순간이 찾아오지만 그것이 지나친 노력으로 인한 기계적인 세뇌의 결과인지 아니면 정말로 웃겨서 웃는 건지 알 수가 없다. 그런 식으로 불확실한 것이 늘어갈수록 수정은 화가 나고 초조해진다. 어느 순간 근원적인 분노가 수정을 사로잡는다. 특히 수정이 알아들을 수 없는 단어가 연속으로 열두 번쯤 나오는 장면에서였다. 수정은 절망하여 텔레비전을 끄고 음악을 틀고 볼륨을 높인다. 그리고 춤을 추기 시작한다. 고개를 마구 흔들면서 여러 가지 좋지 않은 생각들을 털어내려고 노력한다.

"어떡해 달라붙었어 더러운 거어어어."

하지만 잘되지 않는다.

"그만둬 시끄러워 울고 싶잖아."

수정은 화를 내며 음악을 끄고 자신의 방으로 향한다. 책상에 앉아 수학문제집을 펼쳐놓고 풀기 시작한다. 첫번째 문제는 그래프를 이용하여 삼차방정식의 해를 구하는 단순한 문제이다. 수학문제의 구조는 단순하며 지극히 합리적인 아름다움을 지니고 있다. 몇개의 단계가 있다. 하나의 단계는 적게는 하나에서 많게는 세 가지 공식을 필요로 한다. 몇개의 중요한 숫자를 모은 다음 그 숫자를 가지고 다음 단계로 나아간다. 문제의 난이도가 높을수록 적용해야 하는 공식의 범위는 종잡을 수 없고 단계 또한 무수하다. 가장 높은 난이도의 문제에는 순간적으로 신의 계시를 받아야만 실마리를 찾을 수 있는 단계가 포함된다. 그 신의 계시를 사람들은 창의력이라고 부른다. 어쨌든 지도는 단순하다. 그러나 수많은 학생들이 이 단순한 지도 안에서 길을 잃고 절망하였다. 수정은 수학의 신이 지팡이를 들고 그 가엾은 학생들을 향해 번개를 내리기를 바라는 편이다. 부와 권력으로 향하는 길은 포기하고, 어서 생활의 기술을 터득하기를.

미나는 수학을 못한다. 그래서 수정은 미나를 경멸한다. 하지만 사랑한다.

수정이 세번째 문제를 풀기 시작했을 때 휴대폰이 울린다. 수정은 어두운 얼굴로 고개를 끄덕이더니 전화기를 내려놓는다.

김별은 벤치에 앉아 담배를 피우고 있다. 수정을 보더니 웃는다. 수정은 벤치 앞 바닥에 주저앉는다. 김별이 벤치에서 일어난다.

"여기 앉아. 차가워."

"싫다."

김별이 다시 벤치에 앉는다. 수정이 손가락으로 바닥을 쓰다듬기 시작한다.

"그래서 할말이 뭐니."

"없는데."

"야."

"아니 그냥. 보고 싶기도 하고."

"보고 싶다는 게 그러니까." 수정이 고개를 들어 김별을 본다.

"정확히 무슨 뜻이야?"

"무슨 뜻이냐니?"

"아니. 그냥 물어봤어. 뭔가. 모호한 말 아니니."

"C형이 폐암에 걸렸대." 김별이 허리를 굽히고 팔을 뻗어 수
정의 손목을 잡는다.

"몇살인데?"

"스물세살."

"거짓말!"

"진짜!"

김별이 한숨을 쉬며 담배연기를 내뱉는다. 둘은 아무 말도 하
지 않는다. 침묵은 검은색이다.

"나 이제 담배 끊어야겠다."

"언제부터 피웠는데?"

"중 일."

"꽤 됐네."

"수정아 너도 이제 담배 끊어."

"왜?"

"여자는 약하잖아."

수정은 미나에 대해 생각한다. 김별은 담배를 비벼끈다. 수정
이 바닥에서 전단지를 주워 갈기갈기 찢기 시작한다.

"뭐 해?"

"닥쳐. 나는 담배 피울 거야. 나는 폐암에 걸려서 죽을 거야.

스무살까지만 살 거야. 더 오래도 안 살아."

수정이 곱고 높고 부드럽게 소리친다. 김별은 당황하여 수정을 본다. 수정이 김별의 주머니에 손을 넣어 휘젓는다.

"뭐 해?"

"담배 내놔 담배."

"여깄는데." 김별이 가방을 가리킨다.

"아 씨." 수정이 담배를 꺼내 불을 붙인다. "짜증나."

"왜?"

"몰라. 그래서 더 짜증나."

"인생이 원래 그런 거야."

"내 인생은 안 그래."

미나는 이사를 갔다.

미나는 대안학교로 전학을 갔다.

아니 프랑스로 유학을 갔다.

아니 시애틀로 갔다.

이런저런 이야기가 나올 때마다 아이들은 수정을 바라본다. 수정은 귀를 막고 미나가 증오하는 수학문제에 필사적으로 매달린다.

"수정아 미나 소식 들었어?"

용감한 아이들이 수정에게 다가와 미나에 대해 물을 때면, 수정은 비밀이라고 말하며 혀를 뾰족하게 내민다.

"비밀이야."

그리고 웃음이 터진다.

아이들이 놀라며 뒷걸음질친다.

수정은 균형감각을 잃고 허우적거리고 있다. 절대 울지 않겠다고 수정은 결심했다. 그래서 자주 웃기 시작한다. 미국산 토크쇼를 보면서, 눈물을 흘리며 웃는다. 우물 안에서 수직으로 하강하며 웃는다. 하늘을 보고 웃고 땅을 보고 웃는다. 그러나 웃지도 울지도 않는 무감각한 순간이 훨씬 더 많고 수정은 그런 순간을 가장 사랑한다. 차가운 버터나 딱딱한 베이글처럼 무감각한 상태, 수정은 언제나 그런 상태를 희망하는데 왜냐하면 그런 상태에서 공부가 가장 잘되기 때문이다.

완벽하게 무감각한 상태로 수정이 자리에서 일어나 소리를 지르며 책상을 발로 걷어찬 다음 교실을 빠져나간다. 다섯 개의 책상이 차례로 쓰러진다. 아이들은 입을 벌리고 눈을 치켜뜬다. 수업 시작을 알리는 종소리가 울린다. 학생들은 투덜거리며 책상을 일으켜세운다. 한참이 지나 선생과 함께 수정이 앞문으로 들어온다. 그녀는 여전히 웃고 있다.

하지만 그래봤자 결국 아무 상관도 없어,라고 수정은 밑줄을 친다.

나는 아주 잘 살고 있으며 앞으로도 계속 그럴 건데,라고 수정은 다시 한번 밑줄을 친다.

23 : 27 : 46

나는 사람이 싫다. 멍청하니까. 멍청한 애들이 싫다. 왜 사람
들은 죽고 싶어하지? 멍청해서 그렇다. 이해할 수 없다. 나는 사
람들을 이해할 수가 없다. 나는 실용적이고 효율적이다. 나는 합
리주의자다. 그런데 사람들은 그렇지가 않다. 그래서 화가 난다.
비생산적이고 비실용적이다. 화가 난다. 공부 못하는 애들은 농
촌으로 보내서 농사나 짓게 해야 한다. 어떻게 열 문제를 풀었는
데 네 개를 맞힐 수가 있지? 이해할 수 없다. 그런 애들의 엄마
아빠가 어떤 사람들인지 안 봐도 알 수가 있다. 불쌍하다. 그래서
죽이고 싶다. 하지만 그러지 않는다. 비효율적이니까. 하지만 그
렇다고 공부 잘하는 애들이 못하는 애들보다 나은 것도 아니다.
그애들은 백화점에 진열되는 인생이 되고 싶어한다. 좋은 대학을

나와서 좋은 직장을 갖고 부자랑 결혼하는 거. 하지만 걔들은 그럴 자격이 없다. 그리고 그런 이유로 문제집을 푸는 건 비효율적인 거다. 자기 철학이 없다. 왜 그러고 사는지 모르겠다. 너 같은 인간은 세상에 존재할 이유가 없다고 말해주고 싶다. 그렇게 말한 다음에 아주 고통스럽게 천천히 죽이고 싶다. 그러고 나서 웃어야지. 그런 애들이 선생이 되면 또 자기 같은 애들을 예뻐하고 나 같은 훌륭한 사람을 질투한다. 학생주임이 나를 싫어하는 이유는 내가 자기보다 잘났기 때문이다. 단순한 이유이다. 사람이 단순해서 그렇다. 나한테 공부만 잘해서는 아무런 쓸모도 없다고 하는데 어쨌거나 대학은 성격순이 아니다. 성적순이다. 게다가 훌륭한 사람들은 하나같이 사회부적응자에 정신병자에 성격장애였다. 나는 적당한 인간이 될 생각이 없다. 나는 적당히 똑똑하고 잘난 인간이 될 생각이 없다. 나는 좋은 사람이 되지 않는다. 위대한 사람이 될 거다.

죽일 사람이 너무 많다는 게 문제다.

생각해보면 위대한 사람들은 사람들을 많이 죽였다. 위대하다는 것은 사람을 죽일 권리를 부여받는 것이다. 그러니까 사람을 죽일 권리를 갖지 못하면 위대해질 수 없다. 그러니까 조금 힘든 문제이다. 도대체 누구부터 죽여야 할지 모르겠다. 백살까지 산다고 했을 때 그때까지 그 많은 사람들을 다 죽일 수가 있을까?

어려운 문제다. 이 나라에도 이렇게 죽일 사람이 많은데 그러면 인도나 중국에는? 계속해서 더 멍청한 애들이 태어나고 태어나고 또 태어나고 바퀴벌레들같이 태어나고 또, 또, 또. 나는 세상에서 벌레가 제일 무섭다. 어제 방에 이상한 벌레가 들어왔을 때 벌레가 천장을 느릿느릿 기어다니다가 느릿느릿 기어서 창문을 뛰어넘어 날아갔다. 그냥 그게 끝이었다. 나는 토했다. 토하면서 수학에 대해 생각했다. 독서실 사물함에 숨겨놓은 술이랑 담배를 생각했다. 그때 갑자기 아침에 삼켰던 고구마 덩어리가 통째로 튀어나왔다. 나는 깜짝 놀랐다. 더이상 토할 게 없어서 방으로 돌아왔다. 다시 자리에 앉아서 수학문제집을 풀다가 다 죽어야 한다는 생각이 떠올랐다. 그거였다. 지난달에 아빠가 스피커를 새로 사줬다. 소리가 너무 좋아서 가만히 앉아서 들을 수가 없을 정도이다. 그래서 춤춘다. 김미나가 좋아하는 유투가 나온다. 나는 유투가 싫다. 하지만 듣는다. 우리 아빠는 이상하다. 내가 지난번에 일등 했을 때는 쉬운 문제를 틀렸다면서 비웃었다. 이번에는 사등 했는데 스피커를 사줬다.

나는 혼자서 담배 피우고 술 마실 거다. 나는 한시 십사분에 잘 거다. 나는 나를 사랑한다. 하지만 사람들은 안 그런다. 사람들은 나를 무서워한다. 나는 안다. 그래서 아무도 나를 사랑할 수 없다. 나 혼자만 진짜 나를 진짜 사랑할 수 있다. 나를 진짜 사랑하는 건 나밖에 없다. 잊어버리면 안된다. 그러니까 흔들리지 말아야 한다. 아무것도 믿지 말아야 한다. 김미나가 없어도 아니 처음부터 김미나가 없었어야 했다. 엄마도 아빠도 내가 토하는 것을 모른다. 나는 가끔 토한다. 아니 거짓말이다. 사실 안 토한다. 절대 안 토한다. 이번이 특이한 거다. 이렇게 살기 싫다. 아니 이렇게 살고 싶다. 아니 그냥 다 죽여버리고 싶다. 그러면 훨씬 좋을 건데. 나는 숙제를 다 하고 나서 새벽 한시 십사분에 잘 거다. 그것은 좋다. 숙제를 안해오면 보통 복도로 쫓겨난다. 운이 좋으면 점수만 깎인다. 오교시에 수업이 있으면 쉬는 시간이 네 번이다. 나는 이교시 쉬는 시간에 숙제를 한다. 진아는 삼교시 쉬는 시간에 내 숙제를 베꼈다. 나는 일교시 쉬는 시간에는 잠을 잤다. 삼교시에는 김별이랑 통화했다. 점심시간에는 학원 숙제를 했다. 가정시간에는 진아랑 화장품에 대해서 이야기했다. 나는 이렇게 시간을 효율적으로 사용한다. 그런데 다른 사람들은 뭐지? 쉬는 시간에 도대체 뭘 하는지 모르겠네. 연애도 안하고 공부도 안하면서 숨은 왜 쉬는지 모르겠다. 차라리 오징어가 되어라. 그래서 나를 위한 오징어볶음밥이 되어라. 나는 오징어를 싫어한다. 버릴 거다. 차라리 죽는 게 낫다. 보기만 해도 화가 나니까. 그렇게 평생 무시를 당하면서 살고 싶을까? 불쌍하다. 죽이고 싶지만 나는 바쁘다. 나는 위대해져야 하니까! 나는 위대해져야 하니까! 사람들을 죽이느니 돈을 버는 게 나을 것도 같다. 화장품을 모으는 게 나을 것 같기도 하다. 화장품을 버리는 게 나을 것 같기도 하다. 뭐든 다 나을 거 같기도 하다. 하지만 세상에는 정말로 죽어야 할 사람이 너무 많다. 어떤 사람들은 살아야 할 이유가 없다. 죽여야 할 사람이 너무 많다. 사람은 죽으면 뭐가 될까? 다시 사람으로 환생한다면? 끔찍하다. 지구가 멸망해야 한다. 그 방법밖에 없다면. 같이 죽는다면 나도 죽을 생각이 있다. 하지만 불가능하다. 하지만 가능하다. 하지만 불가능하다. 하지만 가능했으면 좋겠는데. 지구가 멸망했으면 좋겠는데. 다 끝나버리면 좋겠는데. 진짜다. 정말이다. 거짓말하고 있지 않다. 물론 오늘은 재밌었다. 물론 오늘은 재밌었다. 물론 오늘은. 오늘은 재밌었다. 오늘은 재밌었다. 오늘은 재밌었다. 오늘은 재밌었다. 오늘은 재밌었다.

수정은 화면을 깨끗이 지우고 올바른 숙제를 타이핑하기 시작한다. 분량을 채우는 데 이십사 분이 걸리고 문법적 오류는 일곱 개 있다. 수정은 오류를 완벽하게 교정한 뒤 인쇄 버튼을 누른다. 그리고 종이에 인쇄된 자신의 글을 보며 만점을 확신한다. 그리고 예정대로 새벽 한시 십사분에 잠이 든다.

벽장

　꿈속에서 수정은 달력을 찾고 있었다. 그런데 아무리 찾아도 달력이 없었다. 달력을 찾지 못한 수정은 아버지를 찾아나선다. 그런데 아무리 찾아도 아버지가 없다. 그래서 어머니에게 전화를 걸어보지만 받지 않는다. 집으로 돌아오니 문은 잠겨 있다. 미나에게 전화를 걸어보지만 역시 받지 않는다. 휴대폰 속 전화번호가 하나씩 지워지기 시작한다. 달력은 집 안에 있다. 달력 속 날짜가 하나씩 지워지는 것이 보인다. 수정은 휴대폰을 향해 소리치며 문을 걸어찬다. 아무도 대답하지 않는다. 아무런 해결방법도 없는 가운데 문앞을 서성이다가 잠에서 깨어난다. 잠에서 깨어나는 순간 꿈의 *절반을 잊는다. 하지만 꿈속의 절망감만은 또렷하게 남아 마음 한구석에 얼어붙어 차가운 통증이 느껴진다.

파리가 어두운 실내를 천천히 날아다닌다. 여유로운 표정이다. 수정은 일어나 불을 켜고 살충제를 뿌린다. 파리가 힘없이 바닥에 떨어진다. 배를 드러내고 가는 다리에서 경련을 일으키며 질식하여 온몸이 마비되어간다. 수정은 얼굴을 찡그리고 그러나 눈을 떼지 못한다. 기분이 나빠진 수정은 기분전환을 위해서 산책을 나선다. 엘리베이터에서 내리자 레드와 블루로 얼룩덜룩한 하늘이 눈에 들어온다. 수정이 손을 뻗어 하늘을 향해 수직으로 긋자 푸른빛이 수직으로 이동한다. 구름은 마른 장작처럼 바삭하게 말라 있다. 노을의 시간, 하루의 죽음, 하늘이 죽어가며 피를 흘리는 시간이다. 황혼의 시간에는 매순간 빛의 양과 질과 색이 변하고 그것이 인간의 마음을 흔든다. 마음은 균형을 잃어 빈틈을 드러낸다. 그 시간 외로운 사람은 울고 사랑하는 사람은 애인에게 늦은 전화를 걸어 사랑을 속삭인다. 수정은 흔들림으로부터 자신을 방어하기 위해 필사적으로 미소를 띠고 단지의 산책로를 따라 똑바로 걷는다. 하늘은 검고 붉게 죽어간다. 나뭇가지의 검은 실루엣이 하늘을 잘게 분해한다. 옅게 남은 옐로우가 아파트 너머로 서서히 가라앉으며 검은 나무의 실루엣 사이로 점점이 샛노란 나트륨등이 박힌다. 하늘은 섬세하게 커팅한 다이아몬드처럼 매순간의 빛이 다르다. 그것은 매우 아름다우나 수정은 느끼지 못하기 때문에 외면한다. 길은 가로등 불빛과 아직 한줌 남아 있는 햇살이 섞여 은은한 빛으로 가득하다. 가로등은 수직으로 뻗어 있으며 인공적인 따스함을 가지고 있어 느끼기에 편안하다.

수정은 단지 입구에서 서성이다 가는 울음소리를 내는 커다란 상
자를 발견한다.

　상자의 뚜껑을 열자 손바닥 두 짝만한 잿빛 고양이가 보인다.
고양이는 우윳빛 반투명한 송곳니를 가지고 있고 신선한 라즈베
리 빛깔의 혀를 드러내며 운다. 수정은 반사적으로 손을 뻗는다.
고양이가 눈을 가늘게 뜨며 몸을 떤다. 한줄기 신선한 바람이 수
정의 왼쪽에서 다가와 수정을 흔들어놓더니 오른쪽으로 사라진
다. 수정은 미세하게 흔들린다. 고양이의 이마를 쓰다듬자 고양
이는 한쪽 귀를 찡긋거리며 입을 벌린다. 수정은 상자에서 고양
이를 꺼내 품에 안는다. 깃털처럼 가벼운 무게에 수정은 당황한
다. 느껴지는 것은 털과 뼈와 약간의 체온뿐이다. 꼭 잡으면 으스
러질 듯이 가는 발들이 수정의 옷에 작고 날카로운 발톱을 박고
떤다. 반복하여 운다. 수정은 고개를 숙여 고양이의 눈을 들여다
본다. 통통한 아몬드 모양의 커다란 눈이 올리브색으로 빛난다.
수정은 집을 향해 걷기 시작한다. 고양이는 작지만 아주 시끄럽
다. 지나가는 사람들의 시선이 한번씩 수정에게서 머문다. 어떤
사람은 웃고 어떤 사람은 얼굴을 찡그리며 대부분의 사람은 무표
정하다. 수정은 웃으며 머리를 쓰다듬고 가늘게 허밍한다. 고양
이는 털을 세우고 끊임없이 운다. 수정은 "나비야"와 "착하다"를
반복하며 달래보지만 고양이는 조용해지지 않는다.

　"내가 무서우니."

　수정이 현관문을 열고 고양이를 바닥에 내려놓는다. 고양이는

놀라 바닥에 납작하게 엎드려 주위를 두리번거린다. 그리고 다시 울기 시작한다.

"나비야 시끄러워."

수정이 현관 앞에 둥글게 누워 자장가를 허밍하며 고양이의 목을 잡아 자신을 향해 끌어당긴다. 고양이가 이빨을 드러내고 발을 뻗어 수정의 손목을 밀쳐낸다.

"아파!"

수정이 소리를 지르자 고양이가 뾰족한 혀와 송곳니를 드러내며 위협한다. 수정은 그것이 우스워 웃음을 터뜨린다. 웃음이 멈추지 않고 길게 이어진다. 웃음이 길어지자 차츰 웃음 속으로 분노가 스며들기 시작한다. 멈출 수가 없다,고 생각한다. 무엇 때문에 웃는 것인지 도무지 알 수 없는 채로 수정은 강박적으로 웃으며 바닥을 뒹군다. 도대체 무엇이 자신을 화나게 하는지 알 수가 없다. 웃음은 점점 더 히스테리컬하게 변해간다. 심장이 빠르게 뛰기 시작한다. 심장 주위의 근육들이 수축하는 것이 느껴진다. 가슴에 통증이 느껴진다. 무엇인가 해야 한다는 생각이 든다. 수정은 웃음을 멈추고 팔을 뻗어 양손으로 고양이의 입을 틀어막는다. 고양이가 벗어나려고 목을 뒤틀고 발톱을 세우고 다리를 휘젓는다. 수정의 팔에 사선으로 선홍색 선이 그어진다. 수정은 입가에서 미소를 지우지 못한 채로 고양이를 때리기 시작한다. 의식이 멈칫거리며 뒷걸음질치며 멀어진다. 멈출 수가 없다,고 수정은 생각한다. 그리고 다음 순간 갑자기 되돌아온다. 수정은 놀란 표정을 지으며 고양이를 바닥에 내려놓는다.

"아!"

수정이 손으로 입을 막는다. 고양이는 몸을 잔뜩 웅크리고 꼬리를 감춘 채 느릿느릿 테이블 아래로 기어가 숨는다.

"이게 아닌데!"

고양이는 수정을 향해 이빨을 드러낸다.

"이게 아닌데!"

수정이 고양이를 향해 팔을 흔든다.

"아니, 아니, 아니. 이러려던 게 아니었거든? 나비야. 미안해. 그게 아니라. 그게 아니라. 그게 아니라!"

한참동안 긴장된 침묵이 흐른다. 둘은 어깨를 움츠리고 서로를 노려본다. 고양이가 먼저 눈을 돌린다. 그리고 왼발을 들어 핥기 시작한다.

"아무튼 그게 아니야."

수정은 고양이에게 먹일 것을 찾으러 부엌으로 간다. 창밖으로 흰 달이 보인다. 왼쪽으로 비스듬히 누운 반달이다. 흐릿한 불빛 아래 살짝 드러난 여자의 둥근 어깨와 같이 멋진 달이다. 그것을 바라보며 수정은 잠깐 동안 생각에 잠긴다.

'지구가 멸망하면 좋겠어. 내가 스무살이 되기 전에. 지구가 멸망하면 인간들의 멍청함도 다 구원받을 수 있다. 그러니까 그 동안은 멍청해도 된다. 참을 수 있다. 참을 수 있다. 그렇지만 내가 스무살이 되기 전에 지구가 멸망해야만 그렇다.'

수정은 낮은 접시에 크런치시리얼을 담고 그 위에 우유를 부어 거실로 돌아온다. 하지만 고양이가 보이지 않는다. 수정은 바닥에 엎드려 고양이를 찾다가 베란다 창틀에 끼어 웅크리고 앉아 있는 고양이를 발견한다. 수정이 꼬리를 잡아당기자 고양이가 수정의 손목을 깨문다. 수정은 깜짝 놀라 꼬리를 놓친다. 고양이가 이빨을 드러내고 위협하며 온몸을 공처럼 둥글게 웅크린다. 수정이 고양이의 목덜미를 잡아 들어올린다. 그리고 다른 한손으로 주먹을 쥐고 마구잡이로 때리기 시작한다. 고양이는 양발로 힘껏 수정의 손에 매달린 채 몸을 웅크린다. 그것은 겨우겨우 나무에 매달린 채 시들어버린 잿빛 감처럼 보인다. 그것은 손톱으로 칠판을 긁는 소리를 내며 슬피 운다. 그 소리는 너무 작아서 수정의 씩씩대는 숨소리에 묻혀버린다. 수정은 자신의 숨소리가 부끄러워 더 힘껏 때리기 시작한다. 수정은 자신이 지금 하고 있는 일을 도무지 믿을 수가 없다. 그러나 의식은 저 멀리 뻗어나가고 수정은 몽롱한 가운데에서 잊은 꿈에 대해서 생각한다. 그것을 떠올리기 위해 노력한다. 주먹이 고양이의 뼈에 부딪히며 독특한 소음을 만들어낸다. 뼈와 뼈가 힘껏 부딪치는 순간의 천박한 쾌감은 수정을 계단 아래로 밀어 넘어뜨린다. 계단은 길고 가파르다. 계단의 끝에 도착하기 전까지는 아무것도 추락을 멈출 수가 없다.

수정은 숨을 몰아쉬며 가까스로 고양이를 바닥에 내려놓는다. 그리고 상처 입은 자신의 손을 쓰다듬는다. 그리고 한참을 멍하게 고양이를 바라보다가 갑자기 멋쩍은 미소를 지으며 시리얼이 담긴 그릇을 고양이를 향해 내민다.

"먹어."

하지만 고양이는 먹지 않는다. 가쁜 숨이 가라앉지 않는다.

다시 한번, 수정은 고양이에게 시리얼을 권한다. 고양이는 고개를 돌리고 도망치기 시작한다. 수정은 재빨리 고양이의 왼쪽 뒷발을 붙잡는다. 고양이가 날카로운 비명을 지른다. 수정이 고양이의 목을 잡는다. 고양이가 비명을 지르며 수정의 팔을 할퀴고 물어뜯는다. 수정이 고양이의 목을 잡고 때린 다음 시리얼이 든 접시에 고양이 얼굴을 처박는다. 고양이가 우유 속에서 소리친다. 우유에 거품이 일며 일그러진 소리가 들려온다. 수정이 손을 놓는다. 고양이가 재채기를 하며 온몸을 털다가 비틀거리며 넘어진다. 사방에 우유가 튄다. 수정은 소리를 지른다. 고양이는 간신히 몸을 일으켜 베란다 창틀 사이로 숨는다. 수정은 고양이 꼬리를 잡아당긴다. 고양이가 바닥에 사선으로 된 발톱 자국을 남기며 끌려나온다. 고양이는 눈을 커다랗게 뜨고 수정의 팔을 할퀴고 물어뜯는다. 상처에서 선홍색 피가 스며나와 팔을 타고 흐른다. 수정은 피가 흐르는 손가락으로 접시를 잡는다. 우유에 피가 섞여 딸기우유가 된다. 그것은 다시 베란다로 기어간다. 수정이 팔을 뻗어 그것의 꼬리를 잡아당긴다. 피가 팔을 감아 바닥으로 떨어진다.

"먹어."

하지만 먹지 않는다.

“먹어.”

하지만 먹지 않는다.

“먹어! 먹어! 먹어!” 수정이 소리치며 그것의 목을 잡고 억지로 입을 벌린다. 그것이 수정의 손가락을 깨문다. 날카로운 이빨에 검지 끝 살점이 떨어져나간다. 놀란 수정은 고양이를 놓는다. 떨어져나간 살점이 손가락 끝에 힘없이 매달려 있다. 수정은 그것을 뜯어낸다. 조금씩, 살점이 떨어져나간 곳이 붉게 물들기 시작한다. 수정은 고개를 들어 검게 침묵하는 텔레비전의 화면을 바라본다. 소파 위에서 리모컨을 집어 텔레비전을 켠다. 알 수 없는 가요 프로그램이 진행되고 있다. 아이들이 소리를 지르는 사이 열다섯 명의 남자아이들이 똑같은 표정을 하고 한명씩 무대 앞으로 뛰어나와 춤을 추고 다시 자신의 자리로 들어가는 것을 열다섯 번 반복한다. 수정은 믿을 수가 없다. 그들은 수정 또래의 남자아이들이다. 그리고 그들은 자신이 멍청하다는 것을 인정하는 멍청한 김별과 같은 타입의 아이들로 생각된다. 수정은 욕을 하며 텔레비전을 끈다. 피가 묻은 리모컨을 티셔츠로 닦아 다시 소파 위에 올려놓는다. 상처 입은 손가락을 입에 물고 고양이를 향해 기어가기 시작한다. 수정은 자신이 몹시 불쾌한 기분에 휩싸여 있다는 것을 느낀다. 목을 비틀고 발목을 꺾고 싶을 정도로 불쾌하다. 이 모든 상황이 전반적으로 몹시 불쾌하다. 그것은 왜인가? 그것은 아마도 아마도 아마도 꿈 때문일 것이다. 수정은 꿈속의 또렷한 절망감을 기억해낸다. 그것은 다시 수정을 껴안는다. 절망감의 내부는 산소가 희박하다. 그리고 그 순간 꾸었던 꿈의 나머지 절반이 떠오른다.

수정은 집으로 찾아온 열쇠수리공과 함께 알 수 없는 도시로 향한다. 수정과 남자는 지하철을 탔는데 내려야 할 곳을 계속 놓쳐 지하철을 갈아타고 또 갈아탄다. 시간은 밤 아홉시 이십분이었고 차가 끊길 시간이 다가오고 있었다. 남자는 목적지로 향하는 열다섯 개의 노선을 제시했다. 그것은 하나같이 단순하고 또 편리해 보였다. 수정은 환승역으로 가려고 했지만 언제나 내리는 데 실패했다. 그래서 남자를 따라 버스를 타고 환승역으로 가기로 했다. 시간은 밤 아홉시 이십분이었고 하늘은 대낮처럼 환했으나 거리는 이미 어둠속에 휩싸여 있었다. 폭 이 미터짜리 좁은 시내를 따라 수정과 남자는 천천히 걸었다. 라디오에서 레게가 흘러나오자 남자는 바닥에 누워 해맑게 미소지으며 팔을 뻗어 수정에게 흰 알약을 권했다. 수정은 고개를 흔들고 인상을 쓰며 가방에서 담배를 꺼냈다. 수정이 남자의 팔을 잡아끌자 남자가 미소를 지우지 못한 채 자리에서 일어나 다시 걷기 시작했다. 노천 카페가 나타나자 수정과 남자는 구석에 있는 테이블에 자리를 잡았다. 남자는 개울에서 얼굴을 씻었고 수정은 커피를 시키려고 하였지만 이미 컵 안에 진흙처럼 검고 축축한 설탕과 크림과 커피가루가 한가득 들어 있었다. 수정은 뜨거운 물을 가득 붓고 스푼으로 천천히 저은 다음 그것을 마셨다. 시간은 흘러가지 않았다. 수정은 남자와 함께 지독하게 시고 떫은 다방커피를 마시며 카페에 앉아 있었다. 작은 시내가 흐르는 진흙땅에 놓인 의자 위에서.

"이곳은 밤 아홉시 이십분이 되어도 해가 지지 않아."

남자가 말했다. 시간은 흐르지 않고 날은 여전히 환했으나 수정은 놓쳐버린 지하철을 생각하며 마음이 어두웠다. 수정은 알지 못하는 도시의 가이드북을 테이블 위에 펼쳐놓았다. 남쪽의 성을 중심으로 푸른 강이 감싸고 있는 도시이다. 지도는 트램과 메트로의 노선을 표시하고 있었다. 수정은 고개를 들어 보이는 풍경과 지도 속 풍경을 맞춰보았다. 맞지 않았다. 여전히 시간은 아홉시 이십분. 손목시계를 들여다본 것이 생각난다. 그리고 아무 일도 없었다. 수정은 잠에서 깨어났다.

고개를 들어 창을 바라보자 하얀 달은 여전히 멋진 자세로 누워 있다. 산속에서 오렌지색 불빛이 두 번 깜빡거린다. 수정은 그것을 향해 기어가기 시작한다. 그것이 발톱을 세우고 덤벼든다. 수정이 그것의 꼬리를 잡는다. 잿빛 꼬리에 수정의 피가 물든다. 그것의 눈동자가 새까맣게 가늘어진다. 수정은 그것을 있는 힘껏 벽을 향해 집어던진다.

그것은 모래를 가득 담은 부대자루가 벽에 부딪혔다가 바닥에 떨어지는 것과 같은 소리였다.

고양이는 옆으로 길게 누운 채 물에서 방금 꺼낸 금붕어처럼 천천히 고통스럽게 죽어가기 시작한다. 수정은 무릎을 꿇고 앉아 고양이를 들여다보며 고양이의 배를 살살 문지르기 시작한다. 수정이 눈을 깜—빡 하자 뜨거운 눈물이 고양이의 배 위에 떨어진다. 올리브색 눈동자는 이미 빛을 잃었다. 도대체 무슨 일을 한 거지?

그녀는 고양이에게 미안하다고 반복하여 사과한다. 바닥을 기어다니며 미안이라는 말을 주문처럼 외운다. 하지만 고양이는 이미 끝이 났다. 급기야 고양이의 목을 조르다 말고 통곡한다. 다시 한번 고양이를 높이 들었다가 손을 놓는다. 그것은 코트의 단추가 떨어지듯이 힘없이 바닥에 부딪힌다.

"너에게 잘해주지 못해서 미안해 / 내가 너를 얼마나 / 사랑했는지 알겠어 하지만 / 너는 모르지 너는 죽었으니까."

수정은 빛을 잃은 고양이의 눈에 눈을 맞추고 애원한다. 고양이는 계속해서 낮게 그르렁거리며 뒷발을 버둥거린다. 야윈 꼬리는 아무렇게나 늘어져 있으며 잿빛 털은 빛을 잃었다. 입에서 신음소리가 가늘고 길게 새어나오더니 열린 입 사이로 끈적끈적한 흰색 액체를 토해내기 시작한다. 그것은 굉장히 지독한 냄새를 풍긴다. 수정은 바닥을 두드리며 흐느낀다. 반복하여 미안하다고 사과하며 고양이의 목을 조르다가 손가락에 흰색 액체가 묻자 수정은 곧장 화장실로 달려가 딸기향이 나는 핸드워시로 꼼꼼히 손을 씻고 핸드타월로 물기를 닦아낸다.

수정이 다시 고양이 앞에 무릎을 꿇고 앉자 고양이가 목을 약

간 들어올리고 수정을 본다. 수정도 고양이를 바라본다. 올리브
색으로 신비롭게 빛나던 아름다운 눈동자는 더이상 아무것도 보
고 있지 않다. 수정은 흐린 눈을 닦아낸 다음 휴대폰을 든다. 여
러 장의 사진을 찍고 동영상에 고양이의 낮은 신음소리를 담아
그것을 반복하여 재생한다.

그러는 동안에도 고양이는 조금씩 서서히 죽음을 향해 가고
있다. 그러나 그것은 너무 서서히였다. 수정은 답답함과 지루함
과 미안함을 동시에 느낀다. 잠을 자야 한다. 학교에 가야 한다.
수정은 담배를 피우며 최선의 방법을 떠올린다. 그것은 최선이며
따라서 더없이 비겁한 방법이었다. 수정은 담배를 비벼끄고 방향
제를 뿌린 다음 신발장에서 크고 튼튼한 비닐봉지를 두 장 꺼내
어 그 안에 고양이를 담아 단단하게 묶는다. 고양이는 축 늘어져
아무런 반항도 하지 않는다. 그러나 여전히 낮은 신음소리와 작
은 뒤틀림이 비닐봉지의 사각거림과 섞인다.

"안녕 / 잘 가 / 미안."

수정은 딱 세 마디를 던진 채 창을 열고 비닐봉지를 던진다.
그리고 그것이 바닥에 부딪히는 소리를 듣지 않기 위해서 재빨리
창을 닫고 귀를 막고 침대 위에 웅크린다. 한참을 움직이지 않는
다. 잠에 빠져든다.

수정이 눈을 떴을 때, 침대 끝에 작은 거미 한마리가 앉아 있
었다. 수정은 엄청나게 놀라 침대에서 뛰쳐나온다. 거미는 꼼짝

도 하지 않은 채 이불 끝에 앉아 있다. 수정이 조심스럽게 거미에게로 다가가 이불을 툭툭 치며 쫓아내려 하자 거미는 느릿느릿 이불 안으로 숨어든다. 수정이 이불을 들추자 거기엔 검은 구멍이 하나 있고 구멍 안을 들여다보자 손바닥만한 거미가 거미줄을 치고 있다. 수정은 비명을 지른다. 거미가 여덟 개의 다리를 재빨리 움직인다. 그러자 작은 거미들이 일렬로 모여든다. 그것들은 일렬로 구멍 안으로 기어들어간다. 검은 씨앗 같은 몸통들이 불빛을 받아 반짝거린다. 수정은 다시 이불을 덮는다. 그리고 책상을 잡고 토하기 시작한다.

수정의 입에서 지독한 냄새를 내는 하얗고 *끈끈한* 액체가 직선으로 길게 흘러내린다. 수정은 고개를 숙인 채 입을 벌리고 두 팔을 허우적거리며 뭐라고 웅얼거리지만 무엇을 말하는지 알 수 없다. 이불 속에서 고양이의 낮은 신음소리가 들려온다. 수정의 눈에서는 눈물이 흘러내리기 시작하고 그것 또한 하얗고 *끈끈한* 액체이다. 수정의 온 얼굴이 희고 *끈끈한* 액체로 뒤덮인다. 끔찍한 냄새가 난다. 이불 속의 고양이는 좀더 분명한 목소리로 울기 시작한다. 강철같이 튼튼한 털이 표면을 빽빽하게 뒤덮고 있는 가늘고 긴 다리 하나가 이불의 틈으로 모습을 드러낸다. 수정은 눈을 감고 책상에 고개를 처박고 있지만 그 모든 것을 볼 수 있다. 책상이 균형을 잃고 천천히 무너지기 시작한다. 수정은 비명을 지르지만 하얀 액체가 목을 가득 메우고 있어서 아무런 소리도 나지 않는다. 책상이 진흙처럼 뭉개지며 수정을 향해 쏟아져내린다.

수정은 거울 앞에 선 자신을 바라본다. 뭉개진 책상이 초콜릿 케이크처럼 수정의 온몸에 달라붙어 있다. 수정은 허벅지에 묻은 책상을 닦아낸다. 하얀 액체가 턱을 타고 흘러내린다. 거울 너머로 여전히 거대한 거미의 다리가 빛을 받아 검게 번들거리고 있다. 검은 그림자는 다리의 끝에서부터 가늘고 길게 뻗어나와 수정의 발밑까지 이어진다. 수정은 바닥에 흩어진 책상을 모아 둥글게 뭉쳐 침대 아래로 굴린다. 무언가 부드러운 것이 부드러운 것과 만나 부딪치는 소리가 들린다. 고양이가 큰 소리로 비명을 지른다.

"죄송해요!"

수정은 하얀 액체를 흘리며 사과한다. 그리고 고양이를 껴안고 울기 시작한다.

"미안해. 내가 잘못했어. 미안해. 너를 죽인 걸 후회해. 정말로 후회해."

고양이가 수정의 뺨을 할퀴자 거기서 하얀 액체가 쏟아져내린다. 그것은 수정의 목과 고양이의 얼굴을 적신다. 고양이가 빠져나가기 위해 몸을 버둥거린다. 침대 위에서는 여전히 검은 다리가 빛나고 있다. 차츰 의식이 희미해진다. 현실의 공간이 수정에게서 멀어져간다. 지금 수정이 있는 곳은 조금씩 수축하는 매끄러운 나무 바닥이다. 넓이는 무한대이며 가속도는 없다. 겁에 질린 수정은 고양이를 꼭 안고 놓지 않는다.

“미안해. 미안해.”

바닥이 천천히 젤리처럼 말랑말랑해지기 시작한다. 수정은 비명을 지르다가 고양이를 놓친다. 고양이가 바닥에 떨어져 부서진다.

“아아!”

수정은 고개를 꺾고 하늘을 향해 소리친다. 천장에는 거미의 다리 하나가 커다랗게 매달려 진동한다. 천장이 지속적으로 팽창한다. 수정은 조각난 고양이를 모으기 시작한다.

“아아!”

고양이 조각에 베인 수정의 손바닥에서 붉은 피가 스며나온다. 수정은 하얀 액체가 아닌 붉은 피가 흘러나오는 것에 안도한다. 그러나 깊이 벤 상처가 욱신거린다. 바닥이 약간씩 출렁인다. 수정이 손을 세워 바닥을 가른 뒤 안으로 팔을 깊숙이 집어넣는다. 무언가 수정의 손을 잡아당기기 시작한다. 안쪽에서 크고 검은 것이 아른거린다.

잠에서 깨어난 수정은 침대 옆 탁자를 더듬어 손거울을 찾는다. 거울에 비친 수정의 얼굴과 몸은 지나칠 정도로 깨끗하다. 손바닥에는 상처의 흔적도 없다. 수정은 빠르게 침대에서 빠져나와 이불을 들춘다. 아무것도 보이지 않는다. 수정은 크게 한숨을 쉰다. 양손으로 얼굴을 더듬는다. 아무것도 없다. 수정은 욕실로 가 찬물로 얼굴과 머리를 씻는다. 환풍기가 유난히 시끄러운 소리를 내며 돌아간다. 갑자기 창이 큰 소리를 내며 흔들린다. 수정은 놀라 눈을 크게 뜨고 주위를 두리번거린다. 조용하고 신속하게 방으로 돌아와 천장과 책상과 침대 밑을 살핀 다음 침대에 누워 이불을 끌어당긴다. 그때 현관문이 열리고 수정의 부모가 들어오는 소리가 들린다. 수정의 부모는 낮은 소리로 낄낄거린다. 수정은 숨을 죽이고 귀를 기울인다.

식탁에 유리로 된 병이 부딪히는 소리.

유리잔이 부딪히는 소리.

조심스럽게 수정의 방문이 열렸다 닫힌다. 수정은 뻣뻣하게 굳어 눈을 꼭 감고 물리방정식을 떠올린다.

수정의 어머니가 방으로 들어가 문을 닫는 소리.

수정은 이불을 걷고 침대에서 빠져나온다.

라이터를 켜는 소리.

갑자기 적어도 자신이 백이십살이 될 때까지는 지구가 멸망하지 않을 거라는 생각이 든다.

이대로 아무 일도 없이

흘러간다 이거지.

어디선가 쇠붙이가 달그락거리는 소리가 들려온다. 창이 덜컹거린다. 시계가 째깍거리는 소리가 유난히 귀에 거슬린다. 수정은 시계에서 건전지를 빼서 책상서랍 속에 넣는다. 수정의 아버지가 재떨이에 담배를 비벼끈 다음 침을 뱉는 소리. 서랍을 여는 소리. 병뚜껑을 따는 소리. 술 따르는 소리. 어머니가 방에서 나오는 소리. 수정의 부모는 다시 한번 웃는다.

안방문이 닫힌다. 침대의 매트리스 스프링이 삐걱거린다. 백열등이 찡긋거린다. 아버지의 발자국소리가 거실을 울린다. 창이 덜컹거린다.

"바람이 많이 부네."

"뭐?"

"바람이라고."

어디선가 정말로 쇠붙이가 달그락거리는 소리가 들려온다. 수정이 숨을 쉴 때마다 수정의 머리카락들이 사각거린다. 시계가 째깍거린다. 수정의 가슴이 팽창했다가 수축할 때마다 옷과 옷이 스치며 운다. 다리를 웅크리자 이불이 구겨지며 소리를 낸다. 너무 많은 소리가 갑자기 너무 크게 들려와서 수정은 귀에서 통증을 느낀다. 거실에서 텔레비전 소리가 들려온다. 축구장의 함성소리와 아나운서의 흥분한 목소리가 들려온다. 수정은 침대를 빠져나와 옷장문을 열고 안으로 들어가 문을 닫는다. 더이상 아무런 소리도 들리지 않는다.

'지구가 멸망 안한다는 건 아무도 안 죽는다는 거야. 핵전쟁이 일어날 리가 없어. 오늘도 여러 가지의 전쟁이 일어나고 있지만 그중에 지구를 멸망시킬 만한 전쟁은 없어. 지구가 멸망 안한다는 건 내가 스물세살에 폐암에 걸릴지도 모른다는 거야. 교통사고를 당해서 죽을지도 모른다는 거야. 늙을 거야. 못생겨질 거야. 실수를 저지를 거야. 우스워질 거야. 마흔네살까지밖에 못 살 수

도 있어.'

수정은 두꺼운 겨울코트에 얼굴을 묻고 몸을 웅크린다. 눈물이 흐른다. 짙은 라벤더향이 느껴진다. 이런 기분이 박지예를 죽게 만들었을까. 천천히 질식당하는 기분이다. 수정은 눈물을 닦고는 벽에 기댄다. 그러자 벽이 부드럽게 수정을 밀어내며 잔잔하게 흔들린다. 손을 뻗어 벽을 더듬자 벽은 젤리로 되어 있다.

'이건 뭐지? 또 꿈인가.'

수정은 손바닥을 펴고 벽을 두드린다. 거기 부드럽고 탄력있는 젤리벽이 있다. 수정이 손을 세워 찔러넣자 벽은 쉽게 갈라진다. 수정은 조심스럽게 갈라진 틈새로 비집고 들어간다. 아무것도 보이지 않게 깜깜하지만 그것은 여러 종류의 베리로 만든 붉은 젤리라는 것을 향기로 느낄 수 있다. 젤리 안은 아주 넓어서 끝이 없어 보인다. 바닥도 벽도 없는 공간 그 자체인 공간이다. 계속해서 입속으로 젤리 덩어리가 밀려들어오고 안으로 아래로 위로 천천히 떠밀려간다. 거대한 젤리의 한가운데로 미끄러져 들어간다. 그리고 더, 계속해서 간다.

그리고 아무 일도 일어나지 않은 채로 수정은 계속해서 미끄러져 들어간다.

그리고 갑자기 수정이 젤리를 씹으며 깨달음의 소리를 지른다!

"이래서 미나가 벽장 속으로 들어간 거였어!"

"그래 여기는 말랑말랑하고 따뜻하고 동화 속처럼 환상적이야."

수정은 계속해서 젤리를 먹는다. 배가 고프기 때문이다.

"하지만 이건 도피적이야. 벽장 속이 좋아봤자 벽장 속이지. 벽장 속에서 행복해봤자 벽장 밖에선 아무것도 아닌데. 그걸 알아야 하는데. 미나. 젤리가 되고 싶었니."

"벽장 안은 넓어서 벽장 안으로 충분하다고 생각할 수도 있지만 벽장 밖을 좀 생각해봐야지. 이건 아주 달아. 그래봤자 벽장 속이지. 그러나. 나는 내일 정말로 학교에 가기 싫지만 갈 거야. 나는 여기서 나가기 싫지만 나갈 거야. 진짜야."

수정은 미나의 비밀을 알게 된 것이 기뻐서 큰 소리로 하하하 웃으며 젤리를 씹어먹고 미나를 비웃으며 우월감을 손에 넣는다.

"이제는 미나 앞에서 진짜 당당하게 가슴을 내밀고 웃을 수 있겠어."

갑자기 수정은 자신이 더이상 미나를 사랑하지 않는다는 것을 깨닫는다. 사랑이 비밀스러운 이유는 비밀만이 사랑을 유지시키기 때문이다. 미나의 비밀을 손에 넣었으니 수정은 이제 더이상 미나를 사랑할 수 없다. 수정은 이제 미나를 정리하며 또 잊는다. 이제 그녀가 미나를 순수하게 경멸할 수 있다는 의미다. 수정은 미나를 지우며, 계속해서, 젤리를 씹어먹는다. 평소처럼 모든 불필요한 기억들이 빠르게 지워져간다. 시간은 여전히 밤 아홉시 이십분에 멈추어져 있고, 벽장 속은 크고 넓으며 아무 말도 하지 않는다.

제 2 부

올드타운

더운 날 오후 미나가 수정의 집을 찾는다.

"뭐 하냐."

미나가 문에 기대어 어색하게 웃는다. 청바지와 운동화 사이로 하얀 발목이 보인다. 수정은 팔짱을 끼고 미나를 본다.

"뭐 하냐." 다시 한번 미나가 묻는다.

"보고 있어." 팔짱을 낀 수정이 심각한 표정으로 말한다.

"뭘?"

"너를."

"나가자."

"나가기 싫어."

"싫어도 나와."

미나가 수정의 팔을 잡아당긴다. 수정은 엉겁결에 문밖으로 끌려나온다. 미나가 한손으로 수정의 손목을 잡은 채 엘리베이터의 버튼을 누른다. 수정이 고개를 숙이고 팔을 긁는다.

"너 혹시 이사갔어?"

"아니."

"아니. 그냥. 그런가 했지. 네가 안 와서."

"너도 안 왔잖아."

왕복 팔차선 도로를 둘은 느긋하게 가로지른다. 차들이 메마른 소음을 내며 둘을 스쳐지나간다. 미세한 회색 먼지가 한겹씩 티셔츠 위에 쌓인다. 미나가 손가락을 뻗어 어딘가를 가리킨다.

"크레이프 먹을래?"

"아니."

"나는 먹을래."

미나가 크레이프를 든 손으로 해를 가린다. "선글라스 사야겠다."

수정은 자꾸만 뒤를 돌아보며 이마를 찌푸린다.

"하지 마."

"왜?"

"주름 생겨."

수정은 이마를 펴고, 고개를 접고, 말을 꺼낼 순간을, 해야 할 말을, 다가올 말들을, 가만히 기다리지만 그것은 오지 않는다. 수정은 고개를 약간 기울이고 사선으로 미나를 쳐다본다. 미나는 크레이프를 먹는 데 열중하여 있다.

"요새 뭐 해? 놀아?"

"아니 학교." 미나가 달콤한 꿀과 버터가 흐르는 크레이프를 한입 베어문다. "다녀." 그리고 손등으로 입가에 묻은 버터를 닦아낸다.

"전학 갔어?"

"아니. 대안학교."

수정이 웃음을 터뜨린다. "와. 놀라워 김미나. 거긴 어때? 좋아?"

"그냥 그래." 미나가 얼굴을 구긴다. "존나 병신 같아. 존나 병신 같은 애들의 표본 전시장이라고 할 수 있겠지." 미나가 양 팔을 벌려 병신 같은 아이들의 양을 가늠해본다.

"그렇겠지?"

"아니 진짜 온갖 병신들. 애정결핍 환자들. 루저들. 사회부적응자들. 우울증. 성격장애. 정신병자 아니 정신병자인 척하는 평범하기 짝이 없는."

'너도 그렇잖아.' 수정은 생각한 다음 미나에게 다정하게 팔짱을 낀다. '이제 너도 그런 애들이야. 그런 네가 자랑스러운가?' 수정은 다정하게 미소를 지으며 미나를 쳐다본다. 무심하게 눈을 내리깔고 크레이프를 핥는 미나를 아무리 쳐다봐도 그것은 알 수가 없다.

"너 요새도 정신병원 원장이 쓴 책 읽니?"

"정신병원 원장이 책을 썼어? 어디 정신병원? 재밌겠는데? 제목이 뭐야?"

"야. 너 왜 그래. 그거 있잖아. 너 그때 읽은 거. 그 옛날에 정신병 발명한 의사의 제자가 쓴 거. 제자인가 선생인가. 그거. 뭐야 너? 잊은 거니?"

"……응? 걔 말하는 거냐 혹시? 걔가 정신병원 원장이라고? 무슨 넌 좀 작작 좀 지어내라."

"몰라 암튼 읽니 안 읽니?"

"안 읽는데. 왜?"

"크레이프 맛있니?"

"어. 먹어볼래?"

"아니."

"우리 버스 타자. 버스 타고 우리 올드타운에 가자." 미나가 수정의 팔을 잡아당긴다.

"싫어. 나 지갑 안 가지고 나왔어. 휴대폰도 없다."

"나는 있어."

둘은 버스에 올라타며 버스 운전기사에게 차례대로 공손하게 인사를 한다. 운전기사는 레이밴 스타일의 검은 선글라스를 끼고 있다. 얼굴은 구릿빛으로 주름지고 머리는 은빛으로 곱고 가늘다. 버스 안에는 사람이 거의 없다. 라디오에서 공장노동자의 따뜻한 사연이 흘러나온다. 버스가 덜컹거리며 출발한다. 차가운 에어컨 바람이 창백한 미나와 수정의 팔을 싸늘하게 한다. 미나가 엠피스리플레이어를 꺼내며 수정에게 묻는다. "들을래?"

"뭔데."

"비웃지 마." 미나가 몹시 부끄러워한다. "저스틴 팀버레이크. 비웃지 마."

"뭐라고? 누구라고?"

"비웃지 마."

"너 멍청이 학교에 가더니 정말 멍청이가 되었구나."

"몰라 요새 갑자기 좋아서 미치겠어."

"왜."

미나는 점점 더 부끄러워한다. 그대로 작아져서 바퀴벌레나 귀뚜라미가 되어서 버스 좌석 틈새로 사라져버릴 것만 같다.

"그러게 그게 나도 미스터리야. 뭐랄까. 건들건들하잖아? 열심히 안해. 춤도 대충 추고 노래도 대충 부르고 여자도 대충 꼬시고. 근데 그게 또 건성은 아닌 것 같애. 몰라. 장난스러운데 그게 또 나름 진지해 보이지 않냐?"

미나는 힘차게 고개를 끄덕이더니 창밖을 바라본다.

"그게 아냐."

"뭐가?"

"장난스러운 게 아냐. 니가 그런 식으로밖에 안 봐서 그렇게 보이는 거야. 걔는 나름대로 최선을 다하고 있는 거야. 진지하게."

"오오. 너도 좋아하는구나? 그치? 언제부터? 언제부터?"

"설마." 수정이 얼굴을 찡그린다. "싫어. 안 좋아해. 나 개 몰라. 본 적 없어."

"설마. 너 봤어. 보면 누군지 알걸. 맨날 나오잖아 텔레비전에."

"몰라 생각 안 나."

미나가 버스 창을 열고 크레이프 포장지를 던진다. 수정이 날아가는 크레이프 포장지를 따라 시선을 옮긴다. 그것은 은빛펄이 미세하게 박힌 흰색 고급 비닐종이이다. 포장지 전체에 오렌지색으로 크레이프의 브랜드 네임이 찍혀 있고 그것은 아름답다. 크레이프 포장지는 순식간에 사라지고 수정은 다시 미나를 본다. 버스 운전기사가 미나를 향해 소리지른다. 미나가 허벅지 옆으로 은밀하게 오른손 가운뎃손가락을 치켜들며 웃는다. "미친 새끼."

"미나야 너 욕 좀 줄여."

"왜?"

"사람들이 가볍게 여길 거야."

"뭘?"

"너의 존재 말이야."

"닥쳐."

신호가 바뀌고 버스가 멈춰선다. 난간에 걸린 플래카드가 바람에 휘날린다. 미나가 갑자기 손을 치켜들어 한 건물을, 그 건물의 옥상을 가리킨다. 매연으로 더럽혀진 상아색 오층짜리 건물에는 삼익독서실이라고 쓰인 간판이 걸려 있다.

"저기서 죽었어." 미나가 웃으며 수정을 돌아본다.

"누가?"

"지예."

수정이 웃는다.

"왜 웃어?"

"네가 먼저 웃었잖아?"

"내가 언제?"

"너 방금 웃었잖아?"

"내가 언제? 내가 언제? 내가 언제?"

"그래 안 웃었어. 미안해. 내가 잘못 봤어."

"아니…… 그게." 미나의 표정이 굳는다. "사실은 웃었어."

수정이 고개를 끄덕인다. "괜찮아. 웃어. 웃어. 우는 것보단 낫네."

"난 미친 거야."

"야. 넌 정상이야. 네가 왜 미쳐?"

"웃고 싶지 않은데 웃는 걸 보면 미친 거지."

"그런 네가 좋아." 수정이 웃는다. 미나도 따라 웃는다.

"근데 걘 왜 죽은 거야? 왜 죽었을까? 아무리 생각해도 모르겠어. 좌절감. 뭐 그런 거? 그런데 좌절감이 도대체 뭐야. 나는 좌절 같은 거 안해. 알잖아?" 미나는 대답이 없다. 수정이 한숨을 쉰다. "요즘 나는 크레이프 포장지를 던져서 재수없게 거기에 맞은 사람을 죽이고 싶어. 아니. 거기 맞은 사람만 빼고 다. 죽여버리고 싶어."

"총이 있으면 편할 텐데. 그치 않냐? 멀리서 보고 다 쏴죽이면 되잖아."

"총 쏘기도 쉽지가 않아. 무겁대. 그리고 사람은 막 움직이고 총알은 조그맣잖아."

"너도 막 움직이면서 쏘면 되지. 야 다 왔어. 내려."

수정과 미나는 올드타운의 한가운데에서 내린다. 둘은 거대한 다리 아래를 지나 왕복 십이차선 도로를 가로지른다.

"저쪽으로 가자." 미나가 손을 뻗어 가리키는 곳을 수정이 바라본다.

거기 벽돌을 쌓아올린 야트막한 담장들이 있다. 바닥에는 네모난 보도블록이 나란히 나란히 약간씩 비틀거리며 이어진다. 기와는 붉으며 또 푸르다. 골목은 좁아서 두 명의 여자아이로도 꽉 찬다. 화사한 꽃양산을 들고 검은색 정장을 입은 젊은 여자가 발을 멈추고, 수정과 미나가 일렬로 여자의 옆을 스쳐지나간다. 여자에게서는 시트러스 계열의 향이 난다. 길 한편에 금간 항아리가 버려져 있고 그 안에는 한무더기의 스티로폼 조각들과 고장난 우산이 꽂혀 있다. 개가 짖는다. 라일락의 향기. 담장 너머로 목련나무가 보인다. 하늘은 싱싱한 레모네이드 빛깔로 환하고 길은 상하좌우로 편차가 심하다. 수정이 뒤를 돌아보자 지나온 길은 담장에 막혀 보이지 않는다. 낮은 옥상 위에 가지런히 놓인 상추 잎사귀들이 바람에 흔들린다. 햇살은 나른하고 길은 끝없이 조용하다. 햇살이 점점 진해진다. 둘은 고개를 숙이고 양손을 주머니에 꽂은 채 묵묵히 걷는다. 뜨거운 바람이 뺨을 간질인다. 햇살이 등을 두드리고 배를 살살 문지른다. 계속해서 걷는다. 폐가 점점 달아오른다. 어린아이가 칭얼거리는 소리. 나른한 햇살에 달구어진 의식은 천천히 몽롱해진다. 길이 조금씩 높아진다. 천천히, 발걸음은 하늘을 향하고, 수정과 미나는 지금 햇살을 딛고 걷는다. 그러나 수정은 자꾸만 뒤를 돌아보며 겁에 질린 표정을 한다. 바람이 불자 해가 바뀐다. 그리고 다시 한번 수정은 뒤를 돌아본다. 또다른 담장이 지나온 길을 가로막는다. 미나를 본다. 미나는 이어폰을 끼고 눈을 지그시 감은 채 휘청거린다. 현기증. 수정은 겁에 질린다. 현기증. 머리가 아프다. 현기증. 머리가 깨질 것같이 아프다. 딱정벌레 두 마리가 딱 붙어서 담장을 기어간다. 수정은 그것을 보고 놀라 있는 힘껏 비명을 지르기 시작한다아아아아아 아아아아아아 아아아아아아아아아으아아아아아악 나를 여기서 나가게 해줘 아아아아 여기가 어딘지 모르겠어 으아아아으아아아 으아아으아아아아 으아아아아아악아…… 아……

수정이 두 손으로 담장을 짚고 그것을 무너뜨리고 말겠다는 듯이 온몸을 뒤틀며 차츰차츰 바닥으로 무너져내린다. 그것은 악몽 속의 한장면같이 초현실적이다. 겁에 질린 미나가 뒷걸음을 치면서 수정의 이름을 부른다. 수정의 높고 곱고 매끈한 비명이 부글부글 끓으며 천천히 가라앉는다. 주위가 다시 조용해진다. 미나는 주위를 두리번거린 다음 천천히 수정에게 다가가 수정의 어깨를 흔든다. 수정이 천천히 새빨개진 얼굴을 든다. 이마가 땀으로 흠뻑 젖어 있으며 눈동자가 몹시 까맣다. 수정이 눈을 꼭 감았다가 다시 크게 뜨고 미나를 올려다본다. 미나는 수정의 표정에서 아무런 의미도 읽어낼 수가 없어 불안하다. '화가 났나? 미쳤나? 아니면 슬픈가? 아니면 골목 공포증 같은 건가.'

"괜찮아?"

"미안해."

"아니야. 괜찮아. 나가자. 미안해."

"니가 왜 미안해. 암튼 여기서 나가자. 산책하자."

수정의 얼굴은 다시 평상시의 빛깔로 돌아와 있다. 그러나 미나의 팔을 끌어안은 수정의 몸은 아직도 뜨겁다.

둘은 골목을 빠져나와 한참동안 말없이 걷다가 횡단보도가 나오자 멈춰선다. 문득 왼쪽을 바라보자 거기, P 다리가 있다. 네 겹으로 이루어진 풍경이 눈에 들어온다. 첫번째 그레이, 두번째 블루, 세번째 티타늄 화이트, 네번째 다크그레이. 구름, 하늘, 다리, 길. 그 위로 황금빛 햇살이 비스듬하게 쏟아진다.

"P다리로 가자." 수정이 손을 뻗어 다리를 가리킨다.

다리는 진홍색 아치와 흰색의 철골구조물로 이루어져 있다. 진회색 아스팔트를 발라 만든 인도는 차가 지나갈 때마다 커다란 소음을 내며 흔들린다. 강 너머로 아파트와 공장의 굴뚝 그리

고 하얗게 손을 흔드는 유람선이 더러운 거품을 일으키며 지나
간다.

"요새 뭐 하고 지내?" 미나가 수정에게 묻는다.

"무슨 대답을 바래?"

"니가 하고 싶은 대답?"

"안 솔직해도 된다는 거네?" 수정이 미나를 바라본다. "내가
하고 싶은 말을 하라는 거니까? 넌 내가. 너 없이 잘 못 지냈으면
좋겠지? 아니 나 잘 지내."

"근데 왜 화를 내."

"내가 언제?" 수정이 입을 벌리고 웃는다. "나 웃고 있는 거
안 보여? 웃고 있어. 근데 어떻게 화를 내. 민호는 어때? 잘 지
내?"

"그 새끼야 뭐. 아 걔 여자친구랑 헤어졌어."

"와."

"야 너 진짜 진심으로 좋아한다."

"진짜? 진짜? 와. 잘됐다." 수정이 고개를 젖히고 두 손을 모
은다. "나는 오늘부터 민호를 사랑할 거야. 그러기로 결정했어."

"자전거가 너를 향해 달려가고 있다."

수정이 깜짝 놀라 눈을 뜬다. 그러나 어디에도 자전거는 없다.
수정이 미나를 노려보고 미나가 그런 수정을 향해 미소짓는다.

"축하해 너는 더 이상해졌구나."

"거짓말 마. 니가 더 이상해. 학교는 어때? 다닐 만해?"

"학교 얘기 하지 말라니까. 진짜 가기 싫었는데 엄마 땜에 억지로 다니는 거야. 엄마 친구가 거기 선생으로 있거든. 괜찮다고 해서. 썅. 괜찮다고 하길래."

"그래서 괜찮니?"

"괜찮데. 괜찮아. 괜찮지. 씨발 뭐가 괜찮아. 다들 자기가 존나 특별한 줄 알아. 다들 완전히 관심에 굶주려가지고 특별해 보이려고 그것만 연구해. 갑자기 삭발을 하거나 짝짝이 스타킹을 신거나 하는 식으로. 오직 관심을 받고 싶기 때문에! 아니 자기가 신고 싶어서, 진짜 신고 싶어서 그렇게 신는 거면 이해해. 그런데 그게 아니잖아? 딱 보면 알잖아. 그게 관심끌기용인지 아니면 진짜 신고 싶어서 딱 꽂혀서 신는 건지. 근데 아니야. 딱 봐도 알아. 너도 딱 보면 알걸. 진짜 딱 보면 관심이야. 남들이 자기를 어떻게 생각할지 하루종일 그것만 생각해. 단지 남들 눈에 좀더 정상적으로 보이려는 게 아니라 남들 눈에 좀더 비정상처럼 보이려고 하는 게 좀 다른 거지. 하지만 핵심은 똑같잖아. 진부해. 그런데 자기가 특이한 줄 알아. 진짜 확 말해주고 싶다니까."

"말해줘 그럼."

"어어, 그럴까봐. 근데 불쌍하지 않냐? 하긴. 어떤 애는 지가 시를 쓴대. 그래서 보면 딱 봐도 완전 쓰레기. 근데 선생들이 그걸 막 칭찬하는 거 있지. 그게 뭐야. 진짜 미치겠어. 적어도 일반학교 애들은 시는 안 쓰지 않냐? 완전히 무슨 18세기 사람들 같애. 그것도 무슨 이상한 유럽 변두리 국가. 아직 자본주의도 아닌 뭐 그런 이상한 데. 아직도 가톨릭 믿고. 아직도 염소젖이나 짜고."

"상상이 안 가."

"그치. 나도 여기 오기 전엔 그랬어. 그런 애들이 아직까지 있다는 게 믿어지지가 않는 거야. 선생들은 막 인자하게 고개를 끄덕여. 진짜 아우 나 원 참."

"그러길래 학교는 왜 그만뒀어."

미나가 말을 멈추고 수정을 본다.

"매일밤 악몽을 꿨어. 그게 무서워서 잠을 안 잤어. 그게 내 불면증이야."

미나의 얼굴이 붉어진다. "잊혀지지가 않아."

"울지 마, 미나야."

"안 울어 이 씨발년아! 엄마가 내가 저러다 자살하면 어떡하냐고 아빠한테 울면서 전화를 걸었대."

"자살하려고 그랬니?"

"아니. 내가 왜 자살을 해! 사람들이 나를 너무 몰라! 아아아…… 암튼 엄마가 그렇게 힘들면 그냥 다니지 말라는 거야. 학교가 나를 힘들게 하나? 진짜? 정말? 글쎄? 그럴지도 모르지. 아몰라. 생각을 하면 할수록. 나중에는 뭐가 뭔지도 모르겠어졌어. 나중에는. 나중에는. 그래서 그냥 그렇다고 쳤어. 나는 그냥. 잠이 자고 싶었어. 너무 자고 싶었어. 그런데 잘 수가 없는 거야. 그래서. 그래서. 그래서 아 그래서…… 아 근데 내가 무슨 말 하고 있었지 지금?"

"모르겠다."

"모르겠다."

"나는 물비린내가 좋아."

"나는 싫어."

"암튼 민호 건들지 말기. 내 거야."

"내가 민호 건들면 미친 거지 제정신이냐. 근데 너 남자친구 있지 않냐? 깨졌어 벌써?"

"아니. 걔는 개고. 민호는 민호지."

"슬프다."

"뭐가?"

"니가."

한쪽 다리에 깁스를 하고 목발을 짚은 젊은 여자가 수정과 미나를 향해 다가온다. 둘은 서로의 반대편으로 멀어지며 여자에게 길을 터준다. 이어서 두 대의 자전거와 조깅을 하는 한 남자까지 지나가는 동안 둘은 좀더 멀어진다.

"너 아직도 거기 살지? 이사 안 간 거 맞지?"

수정이 다시 미나에게 다가가며 묻는다.

"어, 어, 어, 안 갔어. 안 갔다는데 왜 그렇게 의심하냐."

"근데 왜 나는 네가 이사간 거 같지? 암튼. 있잖아. 나 저번에 고양이 죽었다?"

"왜?"

수정은 얼굴을 찌푸리더니 왼손으로 오른손 손가락을 꾹꾹 누른다.

"왜? 아파?"

수정은 고개를 흔든다. "너 내일 뭐 해?"

"나는 학교 갔다 오면…… 뭐 별거 없어. 한시면 끝나."

"좋네. 그럼 내일 만나자. 놀자."

"너 내일 학교 안 가? 학원은? 과외는?"

"야 우리 학교 내일 개교기념일이야. 벌써 잊었구나. 과외는 낼 없구. 학원은 아프다고 하고 빠질래."

"학교 개교기념일을 누가 기억하냐."

"좋네. 다 잘 까먹어서. 나는 다 기억하는데."

둘은 다시 침묵 속에서 다리를 건너기 시작한다. 하늘을 바라보면 다리를 가득 뒤덮은 어두운 회색의 구름이 보인다. 둘은 묵묵히 고개를 숙이고 그 아래를 통과한다. 다리는 하늘을 향한 듯 조금씩 높아지다가 천천히 낮아진다. 커다란 개를 끌고 조깅을 하는 여자는 검은 모자와 마스크와 장갑으로 무장을 하고 있다. 한무리의 싱그러운 남학생들이 자전거를 타고 수정과 미나를 스쳐지나간다. 저 멀리 다리의 끝에 놓인 버스정류장과 버스가 차례대로 모습을 드러낸다. 둘은 버스를 향해 뛰어가기 시작한다.

버스는 느리게 올드타운을 빠져나온다. 올드타운은 배낭을 멘 관광객과 쇼윈도우를 들여다보는 여자들로 가득하며 삐뚤고 얼기설기한 좁은 골목은 가득 찬 자동차와 매연으로 숨이 막히는데

다 낮은 지하부터 산꼭대기까지 집으로 가득 차 있다. 그에 비하면 수정과 미나가 사는 도시 외곽에 있는 뉴타운은 평평한 땅에 격자형으로 선을 그어 만든 계획도시로서 선 안으로 네모반듯한 시멘트 건물들이 가득하고 건물 사이사이로 시원하게 뻗은 도로에서는 힘이 느껴진다. 선과 면으로 이루어진 합리적인 풍경이다. 좁고 혼잡한 도로가 직선으로 된 넓고 단조로운 도로로 바뀌는 사이 서서히 해가 저문다. 도로는 끝없이 일직선으로 이어진다. 몇분을 주기로 똑같은 간판과 인테리어를 걸친 상점들이 이어진다. 피자 체인점과 베이커리 체인점과 스테이크 체인점의 자리를 또다른 베이커리 체인점과 치즈케이크 체인점과 커피 체인점으로 채우고 다시 그 자리를 또다른 커피 체인점과 샐러드뷔페 체인점과 베트남음식 체인점으로 대체한다. 이리저리 흔들리며 도착한 곳은 상품들로 가득한 또다른 상점이다. 평생 겪어야 할 데자뷰를 수십분 동안 집약하여 경험하는 수정과 미나의 얼굴은 평온하다. 수정은 한낮의 골목길을 떠올리고 미나는 삼익독서실을 떠올린다. 미나는 수정이 지른 비명을 다시 한번 듣는다. 수정은 졸음이 몰려오는 것을 느낀다. 다시 건물과 차의 수가 줄어들고 배경색이 회색에서 짙은 초록으로 바뀌는 경계에서 미나와 수정은 버스에서 내린다. 둘은 버스기사를 향해 명랑하게 소리쳐 인사한다. 풍경은 단조롭게 상쾌하고 풀냄새가 진하다. 수정이 새로운 버스에 올라타고 미나가 손을 흔든다. 수정이 미나를 향해 손을 흔든다. 버스가 출발하고 미나가 천천히 길을 가로지른

다. 미나는 잘 관리된 산책로 사이로 사라진다. 수정의 버스는 산
책로를 우회하여 좀더 깊숙이 이동한다.

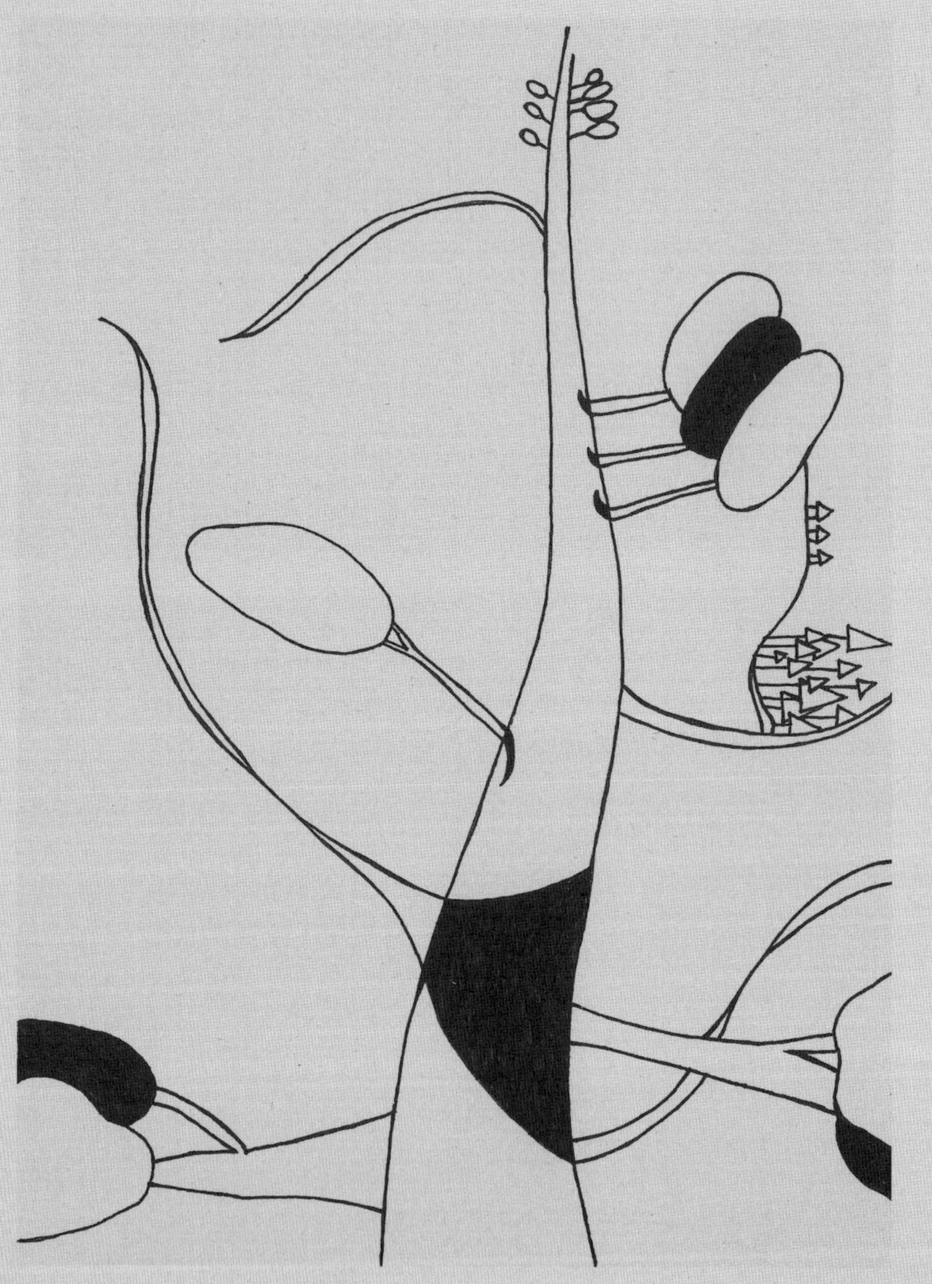

파티

　수정, 검은색 커다란 배낭을 메고 검은색 트레이닝복을 입고 미나의 집으로 향한다. 문이 열리자 저 멀리 샴페인골드 컬러의 샹들리에가 꿈과 같이 빛난다. 촛불 모양의 전등이 다섯 개의 층으로 둘러싸고 있으며 아래쪽에는 큼직한 터키석과 섬세하게 커팅된 크리스털이 물방울 모양으로 가지런히 매달려 있다. 수정은 습관처럼 불이 들어온 촛불 모양 전등의 개수를 세어본 뒤 고개를 끄덕인다. 열두 개다.

　미나가 방에서 나온다. 그녀는 머리를 모두 넘겨 묶은 채 반팔 티셔츠와 반바지를 입고 있으며 손에는 대입검정고시 문제집과 연필을 들고 있다.

　"민호는?"

“학교 아직 안 끝났어.”

“그래?”

“너 민호 보러 온 거지?”

“너희 집은 변한 게 아무것도 없네.”

“그래서?”

“민호 오늘도 학원 가니?”

“몰라. 너 가방엔 뭐야?”

“그냥 뭐 잡다한 거.”

“잡다한 거 뭐.”

“딸기.”

“딸기?”

수정이 가방을 열고 딸기가 가득 든 비닐봉지를 꺼낸다.

“엄마가 한 박스 선물 받았대. 썩기 전에 빨리 먹으래. 딸기잼
이라도 만들자.”

“나 딸기잼 만들 줄 몰라.”

“나도 몰라.”

“딸기뿐이야?”

“딸기뿐이야.”

“뭐야. 난 또 긴장했잖아.”

“그럼 내가 뭘 또 가지고 왔을 거 같니?”

“문제집?”

“너는 내가 너랑 같이 공부하는 거 본 적 있니?”

"아니."

"음악 좀 틀어줘 미나야."

"뭐가 좋겠어."

"신나는 거. 음. 뉴 오더?"

"뉴 오더라면 난 없어."

"짜증나."

"민호 랩톱에 있어."

수정이 가방을 내려놓는다. 미나가 딸기가 든 비닐봉지를 들고 식탁으로 간다. 수정이 민호의 랩톱을 스피커에 연결한다.

"민호 언제 오나 민호 언제 오나 민호 언제 민호 오면 영화 틀어달라고 하자."

"술 마실래?"

"뭐 있는데?"

"보드카."

미나가 한손에는 푸른색 스카이 보드카를 한손에는 붉은색 크랜베리주스를 들고 윙크한다.

"엄마한테 혼나지 않니?"

"오늘 엄마 안 들어와."

"왜?"

"출장갔어. 그리고 언제 우리 엄마가 우리 술 마시는 거 가지고 뭐라고 한 적 있냐?"

"담배 피우면 뭐라고 하잖아."

"우리가 피우면 자기도 피우고 싶어서 그래."

"민호한테 빨리 돌아오라고 하자 같이 마시자고 하자."

"니가 보내 근데."

"응?"

"민호한테도 민호의 삶이 있어. 걔 우리랑 노는 거 별로 안 좋아해."

"진짜? 정말? 거짓말. 믿을 수 없다. 거짓말."

"진짜. 거짓말 아냐."

"그래도. 그래도 미나야. 그래도 오라고 해줘. 미나야."

"알았어. 기다려봐." 미나가 민호에게 문자를 보낸다. "보냈어."

"답장 왜 안 와. 빨리 오라고 해줘 미나야."

"보낸 지 삼초밖에 안됐어 이년아."

수정이 양쪽 눈꼬리를 축 내린 애처로운 표정으로 미나를 본다. 그럴 때 수정은 마치 어미를 잃은 강아지 같아서 누구든 다가가서 쓰다듬고 싶어진다. 미나는 수정에게로 다가간다. 수정이 계속해서 미나를 쳐다본다. 미나는 어쩔 줄을 모른다. 수정이 강아지가 아니라는 사실에 정신을 집중한다. 그러나 쓰다듬고 만다.

"왜애?"

"머리카락이 붕 떴어."

"고마워. 쓰다듬어줘서."

노래가 멈추자 공기가 차가워진다. 둘은 가만히 서서 다음 노래를 기다리지만 그것은 오지 않는다. 미나가 민호의 랩톱으로 다가가 플레이어의 반복 기능을 활성화시킨다. 그리고 뒤를 돌자 수정이 서 있다. 미나가 흠칫 놀란다.

"왜 그렇게 심하게 놀라?"

"귀신 같아서."

수정이 웃는다. "그런데 미나야 너 요즘은 어때? 요즘도 계속 우울하니?"

침묵.

"힘드니? 우울하니? 죽고 싶니? 요즘도?"

미나가 빠른 속도로 텔레비전을 향해 다가간다. 수정이 미나의 어깨를 두드리며 미나를 쫓는다. "왜? 어떤데? 아냐. 대답하기 싫으면 안해도 돼."

"무슨 대답을 원해?"

"니가 하고 싶은 대답."

미나가 웃는다. "지금 이 순간 나는 니가 정말 싫다."

수정이 난처한 표정을 짓는다. "화가 났다면 미안해. 왜 나는 항상 너를 화가 나게 할까?"

"나를 화나게 하고 싶은 거지."

"왜?"

"나를 화나게 하고 싶으니까."

"왜?"

"그걸 내가 어떻게 알아! 그걸 내가!"

"진정해 미나야. 미나야 너는."

"너는 뭐?"

"너는…… 내가 어떤 사람인 거 같아?"

"무슨 뜻이야?"

"그러니까." 수정이 미나의 얼굴을 본다. 미나의 얼굴에 순간적으로 냉기가 스쳐지나가지만 수정은 그것을 눈치채지 못한다.

"그러니까. 내 말은. 나는 너한테 미안하다고 말하고 싶었어. 너랑 더 깊은 대화를 나누고 싶었는데 그게 잘 안되었던 것 같아. 미안해."

침묵.

"미안해. 나는 너한테 도움이 되지 못했어."

"이제 와서 이러지 마 수정아."

미나를 바라보는 수정의 표정이 일그러진다.

수정은 미나와 진지한 대화를 나누고 싶다. 아니 미나가 전처럼 죽고 싶다고 울면서 자신을 향해 무너지는 모습을 보고 싶다. 그러면 이번에는 자신도 함께 무너지며 서로의 진심을 나눌 수 있을 거라고 확신한다. 하지만 여기엔 짙은 솔향도 어지러운 햇살도 없다. 수정은 이미 미나를 거절했다. 따라서 미나는 다시는 수정을 향해 문을 열지 않을 것이다. 수정은 미나에게 다가갈 시기를 놓쳤다. 시기를 놓쳐 망친 것을 되돌릴 수는 없다. 그러나 상관없다는 것이 수정의 생각이다.

"나는 니가 이제는 괜찮았으면 좋겠어. 하지만 너는 사실 그 때도 괜찮았던 거야."

수정은 새로운 가설을 제시한다.

"그때 너는 나와 한층 더 친해지고 싶었던 거야. 왜냐하면 이 제 지예가 없으니까. 이제 너한테는 완전히 나만 남은 거지. 그런 데 그게 잘 안되었던 거야. 내가 상냥하지 못했거든. 나의 상냥하 지 못함을 늦었지만 사과할게. 그리고 나는 앞으로도 너와 더욱 더 친하게 지내고 싶어."

"나는."

"나는?"

"늦었다고 생각해."

수정이 미나를 향해 두 팔을 앞으로 쭉 뻗는다.

"나는……"

"늦었어."

"나는 나는."

수정이 팔을 허우적거린다.

"나는 나는 나는."

"수정아……"

"나는 나는 나는 나는 나는 나는 나는."

"수정아……" 미나가 수정을 향해 애원한다. "나는…… 아……" 수정이 뻗었던 팔을 내리고 이해할 수 없다는 눈빛으로 미나를 노려본다.

“그래서야?”

“뭘?”

“그래서 이제 아무것도 안 묻는 거야? 아무것도 궁금하지 않은 거야?”

“뭘 물어?”

“내가 어제 골목길에서 소리지른 거하고 내가 고양이 죽인 거하고 또 뭐지. 또 뭐지? 그래서 모른 척하는 거야? 왜? 일부러 그러는 거야? 왜? 야. 그러지 마 미나야. 그러지 마. 나는 네 관심이 필요해.”

수정이 미나의 손을 잡고 흔든다. 미나의 팔이 힘없이 흔들린다.

“왜 대답을 안해 왜 대답을 안해 대답을 하라 대답을.”

“하지 마 어지러워.”

“미안.” 수정이 미나의 손을 놓는다.

“너는 원래 그러잖아.”

“내가 뭘?”

“넌 원래부터 별 이유도 없이 갑자기 화내고 소리지르고 그런 거 잘해. 몰랐냐? 내가 한두 번 놀란 줄 알아? 이젠 놀라지도 않아.”

“거짓말. 계속 놀라면서.”

“야.”

“내가 언제 내가 언제 내가.”

"항상! 넌 언제나 그래. 그래서 내가 얼마나 무서운 줄 알아?
가끔? 아니 자주?"

"그럼 표현을 하지 그랬어."

"어떻게?"

수정이 두 팔을 커다랗게 벌린다. "이렇게."

"그게 뭐야?"

"표현. 무섭다. 그런 거. 표현." 수정의 표정은 심각하다. 그러
나 미나는 웃는다.

"왜 웃어?"

"너 코미디언 같애."

"나 코미디언 아니야."

"됐어. 그만둬."

"뭘 그만둬."

"아니 내가 표현을 한다고 치자. 아니 표현을 해봤자, 그래서?
내가 표현을 한다고 니가 달라지겠냐? 너는 원래 그래. 너는 원
래 그런 애야. 달라질 게 없어. 나는 그걸 느껴. 너는 원래 그래.
너는 무서운 애야. 어제 니가 고양이 죽었다고 했을 때. 사실 조
금 놀랐어. 아니, 아니 별로 안 놀랐어. 왜냐하면 너는 고양이를
죽일 만한 인간이니까. 내 생각엔 그래. 내가 너랑 몇년을 만나면
서 그런 확신이 들어. 너는 고양이를 죽일 만한 인간이야. 그것도
쉽게. 아주 쉽게. 그리고 너는 원래 앞뒤가 안 맞아. 아니 안 맞는
다고 할 수도 없지. 너 나름대로는 잘 맞겠지. 너 딴에는. 너는 웃

다가 울어. 그렇게 소리지르고도 웃었잖아. 관심? 그러는 너는 나한테 진지하게 관심가진 적 있었냐? 내가 악몽 꾼다고 했을 때. (울먹이며) 내가 죽을 것같이 힘들었을 때. 너는 뭘 했는데? 뭐? 치즈케이크가 먹고 싶다고 그랬지?"

"미안해 정말 미나야." 수정이 부끄러운 표정을 지으며 손가락으로 자신의 배를 가리킨다. "배가 너무 고파서 그랬어."

"이것 봐. 너는 언제나 이런 식이야." 미나가 손등으로 눈에 맺힌 눈물을 닦는다.

"울지 마 미나야."

"손대지 마! 나한테 손대지 마!"

미나가 소리를 지르며 뛰어오른다.

"그래 너는 나를 같은 레벨로 취급 안하는 거 알아. 너는 아무도 너랑 같은 레벨로 취급 안하잖아. 너는 전부 다 줄세워서 니 발아래에다 묶어놓으려고 하잖아. 나는 그걸 알았어. 처음부터 알았어. 니 눈빛만 봐도 느낄 수 있어. 그리고 그건 내가 대단해서 느낄 수 있는 게 아냐. 누구나 널 보면 그걸 느껴. 근데 말하지 않는 것뿐이야. 왜 말하겠어? 귀찮고 성가시게 그런 걸 왜 말해? 너랑 아무런 상관도 없는데 왜 말해? 아무튼 나도 그걸 알았어. 하지만 나는 너를 만났어. 왜냐하면 너는 재밌으니까. 너는 재밌는 애고 너랑 놀면 재밌으니까. 그리고 너도 나랑 노는 거 재밌어 하니까. 그러니까. 그딴 건 상관없다. 나는 너처럼 누가 높고 누가 낮고 이런 사고방식이 솔직히 이해가 안돼. 알 수가 없어. 그

리고 관심없어. 그러니까 나는 니가 줄을 세우든 피라미드를 쌓
든 솔직히 상관없어. 신경쓰기 피곤해. 하지만 그렇다고 해서, 내
가 신경 안 쓴다고 해서 모르는 건 아니라고. 나도 그 정도는 알
아. 너는 고양이가 니 말을 안 듣는다는 이유만으로 화가 나서 때
려죽일 수 있겠지. 안 봐도 알아. 너는 유치해. 무서울 만큼 유치
해. 그래서 무서워. 사람들은 다 너 같아. 아니면 너같이 되고 싶
어해. 그래서 무서워. 죽을 만큼 무서웠어. 아니 나는 한번 죽었
을 거야. 나는 이미 한번 죽었어. 지긋지긋해 이런 거. 이런 건 정
상적인 삶이 아니야. 학원. 집. 학교. 시험. 학교. 학원. 숙제. 과
외. 학원. 집. 과외. 학원. 집. 학교. 다시 학원. 다시 과외. 다시
시험 다시 숙제 다시 학교 다시 학교 다시 학교. 집. 학원. 도대체
이게 정상적이라고 생각해? 미친 거야. 다들 미친 거야. 견딜 수
가 없어. 더이상. 이런 거. 이건 지옥이야. 지옥이야. 지옥이야.
그래서 지예가 죽은 거야. 나는 이해할 수 있어. 너는 이해 못하
지? 나는 이해해. 그게 너랑 나의 차이야. 너 같은 애들 때문에
지예가 죽은 거야. 너는 살인자야. 하지만 너는 모르지. 절대 몰
라. 평생 몰라. 너 같은 애들이 어떤 애들인지 잘 알아. 아니 옛날
엔 몰랐는데 이제는 알겠어. 너는 생명체가 아닌 것 같아. 그냥
무생물인 것 같아. 너는 나보다 저 소파랑 더 닮았어. 근데 어떻
게 그럴 수가 있어? 나는 이해가 안돼. 니가 이해가 안돼. 알아.
니가 나를 어떻게 생각하는지. 너는 나를 언제나 내려다보잖아?
하지만 나는 상관없다고. 그딴 거. 니가 날 내려다보든 올려다보

든. 나는 똑바로 쳐다본다. 나만 똑바로 쳐다보면 된다. 그렇게 생각했어. 다른 게 다 무슨 상관이야. 근데 가끔 니가 그렇게 날 바보 취급하는 거 솔직히 가끔 정말 화가 나. 지긋지긋해. 니가 미워져. 아니 이젠 그것도 끝났어. 다 끝났어.”

“그래서 너는 내가 싫은 거네.”

“그만하자.”

“그러니까 지금 니 말은 네가 나보다 높다 이거잖아. 네가 나를 우습게 보는데 그렇지 않다. 나는 사실 더 높은 곳에서 너를 내려다보고 있었다,는 얘기잖아 지금.”

“도대체 니 머릿속은 어떻게 생겨먹은 거냐? 도대체 어떻게 하면 내 얘기가 그딴 식으로 이해가 되냐? 진짜 신기하다. 도대체 몇번을 말해야 해? 어? 말했잖아. 나는 너처럼 누가 높고 누가 낮은지 그런 데 관심없다고! 나는 니가 남을 올려다보든 내려다보든 비스듬히 보든 신경 안 쓴다고! 하지만 그렇다고 해서 모르는 게 아니라고! 그냥 신경을 안 쓰는 것뿐이라고, 말하고 있는 거잖아 내가 지금?”

“솔직히 말해봐. 니가 그런 데 별로 관심이 없는 건 니가 그런 거에 관심이 없어도 괜찮으니까 그런 거잖아. 그래, 그런 거잖아. 너는 그렇잖아. 너는 인생이 만만하잖아. 그래서 여유롭고 평화롭잖아.”

“그러는 너는? 너는 또 뭐가 그렇게 여유가 없고 만만하지가 않은데? 니가 나보다 머리가 나빠? 가난해? 뚱뚱해? 넌 나보다 훨씬 나은 인간이야. 나도 알아. 너 똑똑한 거."

"아냐 니가 더 똑똑해. 너는 프로이트도 읽고 융도 읽고 나보다 음악도 더 많이 듣고."

"아니야 니가 훨씬 더 똑똑해. 그건 그냥 장난삼아 한번 읽어본 거고. 그냥. 사실 난 그거 솔직히 하나도 이해 못하거든? 멋있어 보일라고 그냥 한번 읽어본 거거든? 너도 알잖아? 나 멋있는 거 좋아하는 거."

"야. 김미나. 거짓말하지 마. 너는 똑똑해. 내가 알아. 너는 노력을 안해서 그렇지 나보다 훨씬 더 똑똑해. 그런데 그런 노력을 공부가 아니라 융에다가 쏟아붓는 거지." 수정이 두 팔을 뻗어 무언가를 쏟아붓는 시늉을 한다.

"나 그 책 삼십 쪽도 안 읽었어."

"그래? 그럼. 음. 다른 거. 그래. 너 또 뭐 읽었지? 아무튼. 너 나랑 같이 과외 받을 때 보면 걔가 얘기하는 책 다 알잖아. 나는 모르는데 너는 다 알아. 들뢰즈도 알고. 데리다도 알고. 또 뭐지? 맑스도 있다. 넌 다 알잖아."

"맑스는 너도 알잖아."

"그리고 너는 나보다 잘살잖아."

미나가 순간 할말을 잊고 수정을 바라본다.

"왜 말이 없어 김미나."

"야. 도대체. 너는 도대체. 뭐냐? 너는. 정체가 뭐냐? 맞아. 나는 항상 니 이런 면이 이상했어. 그래. 이게 니 이상함의 핵심이야."

"아니. 이건 니 핵심이다. 너는 부자야. 나는 아니고. 너는 다 가졌어. 나는 아니고."

"내가 너보다 뭘 더 가졌는데?"

"야 왜 모르는 척해. 이상해 김미나. 너희 집이 우리집보다 잘 사는 건 상식이야. 왜 모르는 척하고 그래? 황당해. 이것 봐. 이게 너의 집이야. 호화로운 너의 집."

"씨발 그래 우리집이 니네 집보다 넓다 치자 아니 우리집이 니네 집보다 돈이 많다 치자."

"치는 게 아냐. 그건 그냥 사실이야."

"그래 사실이다! 씨발 그래 우리집 존나 부자다! 그래 됐냐? 아니 이게 아니지. 이게 아닌데. 씨발 너 진짜 짜증나. 그래 우리 집이 부자라고 치자. 아니 이것도 아니지. 아. 내가 무슨 말을 하려고 했지? 그러니까. 그러니까. 너는 왜 그런 피해의식으로 가득 차 있냐? 그래 이거다. 아니 이것도 아닌데. 야…… 아 존나…… 너 때문에 다 까먹었어. 책임져. 씨발…… 아냐 생각났어. 생각났어. 그래…… 확실히 너는 나보다 똑똑해. 그리고 니네 집이 우리집보다 부자는 아니라고 해도. 그리고 사실 우리집도 부자는 아냐. 우리집 빚 장난 아닌 거 너 그거 모르지? 우리 엄마 진짜 불쌍하다. 씨발 내가 왜 이딴 얘기를 너한테 하냐. 짜증나 이게 다 너 때문이야. 그런 표정 짓지 마. 너 싫어. 너 이 빌라에서 국산차 모는 집 우리집밖에 없는 거 그것도 모르지? 우리

집 벼락부자인 거 너도 잘 알잖아? 겉으로는 안 그런 척해도 다들 뒤에서 존나 씹어대. 너 우리집이 옛날에 어땠는지 알아? 존나까진 아니지만 아무튼 못살았어. 매달 생활비 걱정하고. 그렇다고 지금 걱정 안한다는 건 아냐. 어려서 나 시장에서 옷 사입었어, 됐냐? 그리고 시장에서 씨발 김치만두가 먹고 싶은데 씨발 엄마가 돈 없다고 안 사준다고 그래서 울었다가 진짜 뒈지게 맞은 적도 있어. 너는 그런 적 있냐? 너는 그런 적 없잖아. 어떻게 따지면 니가 나보다 잘살잖아. 평균적으로 따지면 그래. 너는 내가 할 수 있는 것 중에 돈 없어서 못하는 거 없잖아? 게다가 외동딸인데 그럼 엄마아빠가 다 해줄 거 아냐? 나는 맨날 육십 퍼센트는 민호한테 아니 칠십 퍼센트는 빼앗겨. 개가 이대독자라서. 삼대독자도 아니고 이대독자가 뭐야 진짜 황당해. 그런데 너는 안 뺏기잖아. 그리고 너는 공부도 잘하지. 남자친구도 잘 사귀잖아. 그런데 왜. 그래. 니가 나 그렇게 생각하는 거, 맨날 억울한 눈빛으로 보는 거 알았어. 너는 니네 집에 나 데려가는 거 싫어하잖아. 맨날 우리집 와서 맨날 저 거지 같은 샹들리에 쳐다보고 공원 쳐다보고 분수 쳐다보고 주차장에 깔린 외제차 쳐다보는 거 알어. 너 왜 그러냐. 니네 아파트단지에도 외제차 많잖아? 진짜 도대체 나는 이유를 모르겠어. 성적으로 따지면 내가 너한테 상대 안되는 거 알잖아. 그런데도 너는 언제나 내 성적 훔쳐봤지. 그리고 내 논술답안지는 보면서 니 거는 안 보여줬잖아."

  "샹들리에 쳐다본 건 미안해. 그냥 예뻐서 그랬어."

"아니 미안하라고 한 얘기는 아니야. 사과할 건 없어. 아무튼 나는 니가 이해가 안돼. 뭐가 그렇게 불안하고 못마땅해? 뭐가 그렇게 무서워? 왜 언제나 그렇게 송곳 위에 서 있는 것처럼 떨고 있어? 왜 그렇게 무서운 눈을 하고 나를 쳐다봐? 수정아 나는 니가 무서워. 너는 가끔 보면. 모르겠어. 너는 왜 맨날 맨 밑바닥에서 짓밟히고 있는 것처럼 위로만 위로만 올라가려고 해? 너가 무슨 굴뚝이냐? 고양이는 왜 죽였어? 진짜 죽인 거 맞아? 근데? 그래서? 아냐 안 들어도 알 만해. 무서워서 죽였다고 하겠지. 근데 그게 말이 된다고 생각해, 너는? 무섭다고 죽여? 너는 판단이 안되냐? 니 무서움에 누구는 목숨이 왔다갔다할 만큼 너는 니가 그렇게 잘났다고 생각해?"

"아냐 그게! 아냐! 아냐! 그건 그냥 둘이 싸우다가 실수로 죽인 거야. 그리고 사실…… 아니 나도 내가 왜 죽였는지 모르겠어. 그래서 생각 안하려고 해. 생각해도 답이 안 나올 거 같아서. 그러면 무섭잖아. 너무. 내가 왜 죽였을까. 나도 무서워. 나도 내가 끔찍해. 나는 나를 후회해."

"넌 언제나 참 쉽게 말해."

"아니야 진짜야. 믿어줘 미나야. 그래서 꿈도 꿨어. 그래서 나 있지."

수정이 미나에게 다가가 미나의 손을 잡는다.

"야 나는 니가 내 손목 감싸안고 웃을 때마다 무서워."

"진짜?"

“그래서 뭔데 할말이?”

“나 그래서 벽장 속에 들어갔었다.”

“그래서?”

“뭐가 그래서야. 너도 벽장 자주 들어가잖아. 나는 네가 좋아할 줄 알았어.”

“야 너 진짜 미친 거 아냐?”

“왜? 너 벽장 안 들어가 이제?”

“아니 들어가는데.”

“그런데?”

“나 들어가는 거랑 너랑 무슨 상관이야. 나 들어간다고 니가 거길 왜 들어가. 아니 그거야 니 맘이지. 그런데 그런다고 내가 왜 좋아해. 그게 무슨 헛소리야.”

“야……”

“잠깐만. 민호한테 문자 왔어.”

“뭐래?”

“네시에 온대. 근데 자기 오늘 피곤하대.”

“필요없어. 지금 몇시야?”

“두시 반.”

“그래? 그럼 아직 괜찮네. 자 그럼 우리 다시 싸우자. 어디까지 얘기했었지?”

“벽장.”

“아, 벽장. 그래.” 수정이 고개를 끄덕인다. 그리고 살며시 웃으며 입을 막는다. "야 나 진짜 니 비밀을 알았어."

"무슨 비밀."

"나 네가 벽장에서 뭐 했는지 알았어."

"내가 뭘 했는데?"

"젤리."

"젤리 뭐."

"너는 거기서 젤리를 먹었어. 나오고 싶지 않았겠지 그렇지? 자 어때 말해봐."

"이수정."

"응?"

"니가 지금 나를 엄청 피곤하게 하는 거 알고는 있냐?"

수정이 입을 다물고 상처 입은 눈으로 미나를 쳐다본다.

"아니 내 말은……"

"그래…… 그렇구나. 알았어. 그만하자. 나도 피곤해. 그럼 이 제 뭐 하지? 청소할까?"

"우리집 깨끗하거든."

"그러니? 아, 그러네. 그럼 딸기케이크 만들까?"

"그러시든가."

둘은 어깨를 축 늘어뜨리고 말없이 부엌으로 간다. 비닐봉지 에 든 딸기를 싱크대에 모두 쏟아놓은 다음 물을 틀고 나란히 서 서 딸기를 씻기 시작한다. 잠깐 동안 어색한 침묵이 이어진다.

"너 근데 딸기케이크 만들 줄 아나?" 미나가 먼저 입을 연다.

"아니. 너는?"

"나도 몰라. 야 담배 있냐?"

"피울까? 그래도 돼?"

"피워도 된다니까 오늘은. 근데 베란다에서만. 베란다로 와."
미나와 수정이 나란히 부엌과 식당을 빠져나와 거실의 베란다로
간다.

"알았어." 수정이 바지 주머니에서 담배를 꺼낸다. "있다!"

"나도 있어."

"그래?"

"어. 야 라이터 줘봐." 미나가 담배를 입에 물고 불을 붙인다.
"아 오늘 담배맛 죽이는데."

"고마워."

"그러게. 고마워. 필립모리스. 우리를 중독시켜줘서."

"너희 집은 진짜 풍경이 좋은 거 같애."

"무슨 풍경?"

"이거 말이야. 풍경. 이걸 이 각도로 보면 이 풍경의 주인이 된
느낌이 들잖아. 다 내 거 같잖아. 근데 이걸 이런 각도로 보는 사
람은 많겠지? 이걸 이런 각도로 보는 모든 사람들이 그 생각을
하겠지?"

"이걸 이 각도로 보고 이렇게 말하는 사람 니가 처음이야."

"정말?"

"어. 근데."

"응?"

"아냐 됐어."

"말해줘 미나야."

"아니 그냥. 그래서 우리 얘기 끝난 거야? 아니 끝난 거다. 이제 끝난 거다?"

"응." 수정이 고개를 끄덕인다. "근데 우리가 무슨 얘기를 했었지?"

"아 몰라. 생각하기 싫어. 짜증나."

"나도."

"이래서 안돼 너랑은. 짜증나. 나 먼저 나간다."

"야 가지 마."

"아 씨발 뭐야 이게. 생각해보니까 진짜 쪽팔리네. 아니 아까도 사실 쪽팔렸어. 아까 니가 더 똑똑해 아니 니가 더 똑똑해 할 때 사실 속으로 아니 도대체 이게 뭔가 진짜 솔직히 속으로 웃겨가지고."

"웃지 그랬어."

"어떻게 웃어. 나름 심각하게 얘기하고 있는데."

"모르겠네. 그럼 어떻게 웃지."

수정과 미나는 민호의 랩톱으로 케이크 만드는 법을 찾아 그 가운데 가장 쉽고 단순해 보이는 방법을 따른다. 딸기는 삐뚤빼뚤하고 생크림은 울퉁불퉁 발라졌으나 그래도 신선한 딸기와 생크림이 좋은 맛을 낸다. 둘은 작은 은수저로 딸기케이크를 조금씩 떠먹으며 끊임없이 담배를 피우고 크랜베리 보드카를 만들고 계속해서 음악을 갈아치운다. 볼륨을 좀더 높이고 바닥에 누우면 부드러운 비트가 온몸을 건드린다. 차분한 음악이 나오면 바닥에 누워 손을 휘젓기도 하고 신나는 노래가 나오면 소파 위에 올라가 팔다리를 흐느적거리며 춤을 춘다. 가볍게 발걸음을 옮기며 복도의 끝에서 끝까지, 눈을 감고 거실을 빙글빙글 돌면 구름을 걷는 느낌이 든다. 리듬에 정신을 집중하여 몸을 흔들고 비속어 가사를 특히 큰 소리로 따라 부른다. 이 순간 둘은 즐겁고 행복하다. 백 퍼센트의 감정을 느낀다. 아름다운 기분을 느끼고 그 열기를 믿는다. 음악은 심장을 두근거리게 하고 혈색을 좋게 하여 고개를 까딱거리는 사이 달콤한 호르몬이 흘러나온다. 그리하여 수정과 미나는 자신들의 빠르고 명쾌한 화해와 더욱 두터워질 우정을 확신하게 된다. 그러나 민호는 일곱시가 넘도록 돌아오지 않는다. 미나는 이미 바닥에 누워 잠들어 있다. 수정 또한 피곤하고 어지럽고 나른하지만 그래도 깨어 있기 위해 노력한다. 그러나 잠이 쏟아진다. 수정은 미나를 흔들어본다. 미나는 잠꼬대를 한다. 수정은 담배를 비벼끄고 술잔에 남은 술을 모두 마신 뒤 미나 곁에 누워 눈을 감는다.

　마침내 민호가 집에 돌아왔을 때 엄청나게 탁한 실내공기와 바닥에 아무렇게나 누워 잠든 두 명의 여자애가 있었다. 테이블 위에는 못생긴 딸기 생크림케이크가 한조각 놓여 있고 푸른 술병이 투명하게 빛을 낸다. 민호는 커다란 담요를 가져다가 머리부터 발끝까지 둘을 덮는다. 그리고 케이크 옆에 잔뜩 쌓인 딸기를 하나씩 집어먹으며 얼굴을 찡그리고 입술을 내민다.

"이게 뭐냐고 이게."

민호는 미나에게로 다가가 미나의 옆구리를 살짝 걷어찬다. 미나가 뒤척이더니 몸을 뒤집는다. 민호가 만족하여 웃는다.

수정이 잠에서 깨어나자 민호는 방에서 게임을 하고 있다.

"오빠 뭐 해?"

수정이 민호 뒤에 서서 모니터를 들여다본다. 민호가 어깨를 으쓱한 다음 책상 위에 놓인 우유를 팩째 입에 대고 마시기 시작한다.

"나 꿈에 오빠 봤어."

"무슨 꿈?"

"내가 외국으로 오랫동안 떠나게 되었는데 오빠가 마중을 나왔어. 나는 마지막으로 한국음식을 맛있게 먹어서 부모님을 기쁘게 해드리자 하고 한국식당에 갔는데 오빠가 모든 음식을 거절했어. 그래서 결국 공항에서 나와 떡볶이집을 찾는데 떡볶이집이 되게 많은 거야. 문앞에다가 이만한 대왕오징어를 널어놓고 바로 바로 튀겨서 오징어튀김을 만들어."

"오."

"그런데 오빠는 그것도 싫대. 다 싫대. 그래서 배고파 죽는 줄 알았어."

"너 근데 왜 나한테 오빠라고 하냐 갑자기."

"싫어?"

"음."

"에이. 좋네."

"아니야."

"야 너 왜 우리 민호 꼬시고 지랄이야."

미나가 빠른 속도로 쿵쿵거리며 다가온다.

"민호 여자친구랑 깨졌다며."

"닌 남자친구랑 안 깨졌잖아."

"뭔 헛소리야 김미나."

"병신아 재가 지금 너 꼬시고 있는 거 안 보이냐? 재 남자친구
있다. 난 말했다. 책임 안 져."

"닥쳐 시끄러 꺼져 김미나."

"야 김미나만 꺼지라지 죽어도 이수정은 꺼지라고 안하네. 그
래 둘이서 잘먹고 잘살아라."

미나가 민호의 방문을 닫으려고 하자 반사적으로 수정이 방문
을 열려고 한다.

"아 씨 꺼져."

"왜 이래."

"나오지 마 니네."

"야 야 힘들어 하지 마 미나야."

"아 씨 그냥 닫게 놔둬 좀!"

“아 왜 이래 진짜 김미나 시끄럽다고!”

“닥쳐, 노는 거야.”

“이게 뭐가 노는 거야 힘들어 죽겠어!” 수정이 소리친다.

“야 문 고장나!” 민호가 소리친다.

“너희 집 문 튼튼해서 안 고장나!” 수정이 소리친다.

“아 씨 시끄러워 나 안해.” 민호가 일어나 문을 밀자 문이 벌컥 열리며 미나가 바닥에 넘어진다. 그녀는 날카로운 비명을 지르고 곧이어 울음이 터진다.

“야 이 개새끼야 거기서 문을 확 밀면 어떡해 이 씨발놈아.”

“괜찮아?” 수정이 조심스럽게 미나를 향해 다가간다.

“괜찮아?” 민호가 한손에 우유를 들고 조심스럽게 미나를 향해 다가간다.

“이 씨발놈들아 괜찮겠냐아아아아…… 내 엉덩이 내 엉덩이.”

미나가 눈물로 범벅이 되어 빨개진 얼굴로 민호와 수정을 노려본다.

“별로 세게 안 밀었는데.”

“웃기지 마 씨발 새끼야.”

“미나야, 진정해, 미나야.” 수정이 미나의 어깨에 손을 올린다.

“손 안 치워?”

미나가 수정을 노려본다.

“내가 그랬니?” 수정이 미나를 노려본다.

"어쩌라고."

"내가 안 그랬어."

"그래서 어쩌라고."

"내가 안 그랬어! 내가 안 그랬어!"

"니네 또 싸우냐? 하지 마 미나야 내가 잘못했."

"꺼져 김민호! 이수정 너도 꺼져 짜증나 다 꺼져."

수정이 물끄러미 미나를 바라보다가 갑자기 고개를 끄덕인다.

"그래."

그리고 식당으로 가 식탁 위에 놓인 배낭을 멘다.

"안녕, 잘 있어."

그리고 민호의 손에 들린 우유를 빼앗아 미나의 주위를 빙글빙글 돌며 뿌리기 시작한다. 미지근한 우유가 미나의 허벅지에 튄다.

"자 동그랗게 동그랗게. 됐지? 자 동그랗게 동그랗게. 자 됐지? 됐어. 자 치료 다 됐어. 이제 너는 일어나서 걸을 수 있다. 일어서라. 일어서! 안 일어서? 그래 그럼. 됐어. 자 됐다. 안녕."

검은 트레이닝복에 검은 배낭을 메고 옅은 장미색 대리석 바닥에 우유를 뿌리는 수정은 어쩐지 밭에다가 제초제를 뿌리는 농부 같다. 수정은 텅 빈 우유팩을 들고 몇번 더 미나의 주위를 돈다. 우유가 수정의 짙은 장미색 면양말을 적시고 옅은 장미색 바닥을 적신다. 수정은 계속해서 중얼거리고 그 중얼거림은 거실 천장에 걸린 상들리에와 창문을 흔들고 미나와 민호는 숨을 죽이고 수정을 따라 시선을 옮긴다.

수정이 마지막으로 미나의 주위를 돌아 커다란 반원을 그리며 현관으로 향한다.

"진짜 안녕."

문이 닫히고 현관문 잠금장치가 알록달록한 빛깔과 달콤한 멜로디를 내며 잠긴다.

미나와 민호가 서로를 쳐다본다.

"뭐야 저거." 미나가 말한다. 그리고 바닥에 흥건한 우유를 본다. "씨발년 지금 이거 뿌려놓고 도망친 거야?"

"야 쫓아가봐." "아 왜?"

"그냥 저렇게 가게 놔둘 거야?"

"아 그게 뭐 어때서."

"그러지 말고 좀 쫓아가봐. 쟤 좀 이상해."

"아 뭐가 이상해. 쟤 원래 저래. 원래 조온나 이상해. 아 나 그리고 다 젖었어. 엉덩이가 척척해서 못 나가!"

민호가 미나를 보며 얼굴을 찌푸린다.

"아 그럼 니가 나가든가!"

"그럴라고." 민호가 신발을 신고 문을 닫으며 말한다. "청소."

"싫어!"

미나가 텅 빈 바닥에 누워 이수정을 부르기 시작한다. "이수정 이수정 이수정." 차가운 우유가 미나의 머리카락을 적신다. 우유에 젖은 머리카락이 차가운 대리석 바닥에 달라붙는다.

민호는 엘리베이터를 지나쳐 비상구 출입문을 열고 계단을 뛰어내려간다. 입구에 도착하자 저기 약간 남은 햇살에 수정의 한 손에 들린 우유팩이 희미하게 반짝거린다. 수정은 느린 걸음으로 천천히 빌라를 빠져나가고 있다. 민호는 수정을 두 번 크고 길게 소리쳐 부른 뒤 달리기 시작한다. 수정은 여전히 느린 걸음으로 걷고 있다. 민호가 헐떡이면서 수정의 옆에 선다. 약간 숨을 고르고 수정의 어깨를 툭 친 다음 우유팩을 빼앗아 길가의 쓰레기통에 던져넣고 다시 수정에게로 와 나란히 선다. 수정이 놀란 눈으로 민호를 좇는다. 수정은 헤드폰을 끼고 있다. 그리고 수정은 울고 있다. 젖은 눈을 깜빡거리는 수정을 보며 민호는 딱히 할말이 생각나지 않아 입을 다문다.

"왜? 왜 왔어?" 수정이 손등으로 눈물을 닦는다. "미나가 뭐라고 그래?"

"아니. 집에 가는 거야?"

눈꼬리를 축 늘어뜨리고 고개를 끄덕이는 수정은 엄마를 잃은 아가 새처럼 측은해 보인다. 민호는 그런 수정을 보며 냉정한 얼굴로 미나에게 우유를 뿌리던 수정을 떠올린다. 그리하여 여전히 무슨 말을 해야 할지 알 수가 없다.

"집에 데려다줄게. 가자."

"그, 래."

둘은 손바닥 하나만큼 떨어져서 천천히 걷는다. 수정이 가끔씩 민호를 올려다보면 거기 저녁놀에 비친 흰 뺨과 입술이 있다. 민호는 수정이 자신을 바라보는 것을 느끼지만 고개를 똑바로 고정하고 앞을 바라본다. 가끔씩 수정의 반대편으로 고개를 돌려 의미없이 눈앞에 펼쳐진 풍경을 훑고 다시 앞을 바라본다. 수정이 다시 민호를 올려다본다. 이번의 시선은 유난히 길고도 집요하게 이어진다. 민호는 전봇대가 가까이 다가오는 것을 보고 말없이 팔을 뻗어 수정의 어깨를 잡아챈다.

"아 뭐야 뭐야 왜? 차가 박았어?"

"너 저기 전봇대에 박을 뻔했어."

"아. 고마워."

둘은 다시 손바닥 두 개만큼 떨어져서 길을 따라 걷는다. 손바닥은 하나가 되었다가 다시 세 개가 되었다가 한다.

"근데 있지. 나한테 술냄새 안 나?"

"담배냄새밖에 안 나."

"아이 씨…… 어떡해……"

"집에 가서 머리감아."

"나 사실." 수정이 고개를 푹 숙이고 말한다. "나 사실. 오늘 미나네서 자려고 했는데. 그래서 가방에 잠옷도 챙겨왔는데. 칫솔하고 로션도 가지고 왔는데." 민호가 수정을 본다. 수정이 눈꼬리를 축 늘어뜨리고 손등으로 코를 문지르며 민호를 올려다본다. 민호는 다시 한번 미나의 주위를 빙글빙글 돌며 우유를 뿌리던 수정의 모습을 떠올린다.

"다음에 와."

"다음에 언제? 이제 미나가 나랑 안 놀 거야. 그러겠지? 어떡해?"

"아냐. 놀 거야. 미나 화 안 났어."

"에이. 안 놀 거야."

"놀 거야."

"어째서?"

"미나랑 놀아주는 사람 너밖에 없어. 너도 알잖아?"

"에이. 그래도 걔는 차라리 혼자 놀지 나랑 안 놀걸. 그리고 나도 놀 사람 미나밖에 없어."

우유를 붓던 수정의 모습은 민호의 머릿속에 달라붙어 떨어지지 않는다. 그것은 지금 민호를 사로잡은 단 하나의 이미지이다. 그러나 민호는 그것에 대해 말하지 않는다. 그래서 대화는 이어지지 않는다. 둘은 침묵 속에서 걷는다. 길을 따라 단조로운 풍경이 이어지고 그들의 정신도 아마 그와 같을 것이다. 저 멀리 수정의 아파트단지가 모습을 드러낸다. 그것은 어떤 비유도 상징도 불가능한 황폐함을 가지고 있고 그들의 정서도 아마 그와 같을 것이다. 수정이 비밀번호를 누르고 둘은 나란히 문 안으로 사라진다. 수정이 민호를 올려다보고 내려다본다. 민호의 깨끗한 스니커즈를 보며 수정은 자신의 오늘의 옷차림에 대해 생각해본다. 마치 계룡산으로 합숙훈련을 떠나는 지방공립학교의 삼류 핸드볼팀 같은 옷차림이다.

엘리베이터의 문이 열리자 둘은 나란히 엘리베이터에 오른다.

"어디 가?"

"니네 집, 가는 거 아냐?"

"나는 맞는데. 너는? 너도 우리집 가?"

"가면 안돼?"

수정의 가슴이 빠르게 뛰기 시작한다. 수정이 민호를 올려다본다.

"근데 왜?"

민호는 대답하지 않는다. 오직 엘리베이터의 소음만이 나직하게 울린다. 엘리베이터가 멈춰서자 둘은 나란히 엘리베이터에서 내려 수정의 집으로 들어간다.

"들어와. 하지만 내 방은 안돼. 더러워."

수정이 두 팔을 들어 엑스자를 표시한 후 방으로 향한다. 민호가 수정을 따라 방으로 들어간다.

"미나 방보다 깨끗한데?"

"아악."

수정이 검은색 후드 짚업 카디건을 벗자 아기코끼리 덤보가 그려진 분홍색 티셔츠가 나타난다. 민호가 그 티셔츠를 보고 뭐라 말할 수 없이 미묘한 표정을 짓는다. 수정이 거실로 나와 전화기를 들고 소파에 걸터앉아 리모컨으로 텔레비전을 켠다.

"엄마? 응. 나 집. 방금 왔어. 미나네. 근데 엄마 뭐 해? 바빠? 응. 아니? 그래. 언제 와? 뭐? 아빠는? 밥 먹었지. 응. 미나네서

먹었다고. 알았어. 그래. 내일 학교 가. 응. 내일 학교 가는 날 맞
다고. 됐어. 응? 아니. 웃기네. 아 나 다음주 학원비 내야 돼. 그
치. 알았어. 끊어. 응, 응, 응. 안녕." 수정이 전화를 끊고 민호를
향해 묻는다. "뭐 마실래?"

"물!"

"너 거기서 뭐 하니?" 수정이 벌떡 일어나 민호에게로 달려간
다. 민호는 수정의 침대에 길게 누워 미소짓는다.

"나 발 안 닦고 자는데."

"나도 오늘 머리 안 감았어." 민호가 머리를 긁으며 웃는다.

수정은 아무 말 없이 방을 빠져나간다. 민호가 수정을 따른다.
수정이 냉장고에서 작은 생수병을 꺼내 민호에게 내민다.

"부모님 언제 오셔?"

"안 와."

"그래?"

"아—니, 몰라. 늦게 오셔."

"여기서 담배 피워도 돼?"

"아—니, 베란다. 근데 너 담배 피우니?"

민호가 주머니에서 담배를 꺼낸다. 그것은 아직 포장도 뜯지
않은 럭키스트라이크이다.

"예쁘다! 어디서 났어, 그거?"

"친구가 일본 갔다가 사다줬어."

"피워봤어? 어때? 맛있어?"

"아니. 피워볼래?"

수정이 고개를 끄덕인다. 둘은 베란다로 들어가 문을 닫는다. 수정이 베란다창을 활짝 연 순간 불어닥친 바람에 수정의 앞머리가 헝클어진다. 민호가 손을 뻗어 수정의 앞머리를 다듬어준다.

"왜. 웃기게 됐니." 수정이 이마를 찌푸린다.

민호가 담배에 불을 붙인다. "여기 앉아도 되냐." 민호가 나란히 놓인 두 개의 은색 철제의자를 가리키며 말한다.

"아니."

"그래."

"농담이야. 앉아. 앉으라고 갖다논 거야. 의자잖아."

"아 그래."

수정이 고개를 숙이고 낄낄거린다.

"웃기냐."

"응."

"웃지 말고 앉기나 해."

민호가 수정의 팔을 잡아당긴다. 수정이 민호 옆으로 쏟아진다. 고개를 돌리자 손바닥 하나만큼 떨어진 곳에 민호의 얼굴이 있다.

"오빠 여자친구랑 헤어졌다며?"

"그 얘기 하지 말자."

"왜 헤어졌는데?"

"그냥. 모르겠어." 민호가 한참을 골똘히 생각에 잠겨 있다가 말을 잇는다. "내가. 헤어지자고 그랬어."

"그러니까 그 언니가 그러재?"

"어?"

"그러니까 여자친구가 뭐래?"

"몰라. 연락 끊었어."

"누가? 그 언니가? 왜?"

"내가."

"왜?"

"그 얘기 하지 말자니까." 민호가 머리카락을 잡아뜯는다. "안 감았더니 진짜 간지럽구나." 수정이 눈을 가늘게 뜬다. "뺑이야. 감았다. 오늘 아침에. 근데 자꾸 연락 온다."

"그래서?"

"뭐." 민호가 어깨를 으쓱한다. "휴대폰 꺼놨어."

"나쁘다." 수정이 헝클어진 민호의 머리카락을 정리해준다. "내 남자친구는 착한데."

"좋겠다."

"응."

"담배 어디다 꺼?"

수정이 의자 아래 놓인 커다란 무쇠 접시를 가리킨다. "이게 재떨이야? 우아 멋진데." "당연히 아니지." "남자친구랑은 얼마나 됐어?" "글쎄? 한…… 사주?" "에." "너는 얼마나 됐었는데?" "구백일." "우아." "좀 넘었어." "우아 지겨워서 어떻게 사귀어 그렇게 오래?"

"안 지겨워."

"나는 제일 오래 간 게 두 달이야. 한 달을 못 넘겨. 애랑도 금
방 헤어질 거야."

"그게 사귀는 거냐. 장난치는 거지."

"그런 너는 구백일이나 사귀어놓고 어떻게 그렇게 쉽게 헤어
지니?"

"넌 어려서 이해 못해."

"나 너보다 한 살밖에 안 어려."

"좋겠다. 한 살이나 어려서."

수정이 담배를 비벼끈다. 민호가 수정의 의자등받이에 팔을
걸친다. 수정이 의자에 두 다리를 올리고 무릎 사이에 고개를 묻
고 강아지처럼 한숨을 쉰다. 민호가 수정 쪽으로 좀더 몸을 기울
인다. 산에서 불어오는 저녁바람은 얼음처럼 차갑다. 수정의 팔
에 소름이 돋는다. 민호가 수정의 머리를 쓰다듬는다. 수정이 고
개를 들어 민호를 본다. 둘은 아무런 감정의 움직임 없이 서로를
바라본다. 머뭇거리며 시간을 지연시킨다. 민호가 팔을 다시 의
자팔걸이에 걸친다. 그리고 수정의 뺨을 뚫어지게 쳐다보다가 말
한다. "나 갈게." 수정의 표정이 약간 어두워진다. 민호가 일어선
다. 수정이 두 다리를 의자 아래로 내리고 두 팔을 앞으로 쭉 뻗
어 스트레칭을 한다. 민호가 수정의 한팔을 잡고 살짝 위로 들어
올린 뒤 그 사이로 빠져나간다. 수정이 의자팔걸이를 두 손으로

꼭 잡은 채 멀어져가는 민호를 바라본다. 민호가 그런 자신을 봐주기를, 그러기를 바란다. 그리고 그 순간 민호가 고개를 돌려 수정을 본다. 수정이 일어선다. 빠른 걸음으로 민호에게 다가가 민호의 팔을 잡는다. "잘 가. 안 나가도 되지?"

"그래. 근데 너 그 티셔츠 진짜."

"진짜 뭐?" 수정이 고개를 내려 티셔츠를 내려다본다. 아기코끼리 덤보의 눈과 마주친다. "이게 뭐."

"웃기 아니 귀엽다고."

"그치. 귀엽지. 나도 아주 마음에 들어."

민호가 소리내어 웃는다. "잘 있어."

"안녕."

문이 닫히고 수정은 한참동안 팔짱을 끼고 문앞을 서성인다. 살며시 웃음이 번진다. 방으로 달려가 침대 위로 뛰어내린다. 침대가 흔들린다. 곧이어 정지한다.

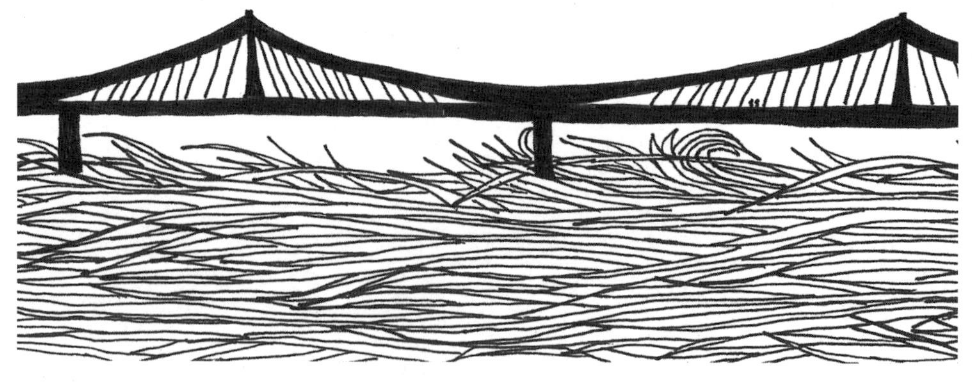

Would you be my fucking boyfriend?

긴 모니터 위로 콘트라스트가 강한 흑백의 화면이 비친다. 민호는 베개에 비스듬히 기대어 모니터를 들여다보고 있다. 수정은 민호의 옆에 책상다리를 하고 앉아서 바닥에 놓인 문제집과 화면을 번갈아 보며 연필 꼭지를 물어뜯는다.

"오빠 이 문제 알아?"

수정이 민호에게 문제집을 내민다. 민호가 진지한 표정으로 문제집을 들여다보다가 문제집 표지를 확인한다.

"나 문과야. 이딴 거 안 풀어."

"난 이과라 저딴 영화 안 봐."

"왜. 나선형계단. 현기증. 이과적이잖아."

"저 남자 완전 변태 싸이코 미친놈 늙은이."

수정이 말끝을 흐리고 민호의 눈치를 본다.

"너는 저 남자가 이해가 가니?"

"너는 안 가?"

"가는구나. 에이."

"에이."

민호가 수정의 말투를 따라하며 웃자 수정이 얼굴을 찡그린다.

"나 방학 동안 저기 가."

"어디?"

수정이 모니터를 가리킨다. "저기. 샌, 프란, 시스코."

"놀러?"

"아니, 어학연수. 뭐. 핑계삼아 놀러 가는 거지."

민호가 미소를 지으며 수정을 끌어안는다. 수정이 민호의 어깨에 기대어 연필을 물어뜯자 민호가 연필을 빼앗아 바닥에 던진다.

"야 연필심 부러져. 어떡해."

"졸려."

"자."

수정이 민호의 어깨에 따뜻한 손바닥을 올려놓는다. 그리고 고개를 꺾고 천장을 본다. 어느새 해가 지고, 불 꺼진 방은 어둠 속에 있다. 모니터 속 화면을 빼고 모든 것이 어둠속에 윤곽을 감추었다. 수정이 민호의 어깨에 얼굴을 묻자 민호가 수정의 손을 잡는다.

"졸려."

"나도 졸려 민호야."

민호가 수정의 허리를 껴안고 침대 위로 쓰러진다. 수정이 웃는다.

"간지러워, 하지 마."

"간지러워?"

"그렇다."

둘은 함께 웃는다. 웃음소리가 잦아들자 낮은 숨소리가 방 안을 채운다. 둘은 한참동안 움직이지 않는다. 책상 위에 놓인 수정의 휴대폰이 진동한다. 수정이 일어나려고 하자 민호가 수정을 꼭 안고 놓아주지 않는다. 수정의 휴대폰이 책상 위에서 반짝거리다가 꺼진다.

다시 한번 휴대폰이 진동하며 어둠속에서 깜빡거린다. 아무 소리도, 아무런 움직임도 없이 둘은 어둠속에 누워 있다. 수정은 민호의 가슴이 뛰는 것을 느낀다. 민호의 가슴이 점점 더 빠르게 뛰는 것을 느끼고 민호의 손바닥이 뜨거워지는 것을 느낀다. 수정은 미소를 지으며 이 지극히 생물학적인 반응에 대해 생각한다. 그러자 모든 것이 약간은 지루하고 시시해진다. 다시 한번 휴대폰이 진동하며 깜빡거린다. 수정은 다시 한번 민호의 품에서 빠져나오려고 한다. 이번에는 민호가 순순히 수정을 놓아준다. 수정이 휴대폰을 집어들고 도착한 메시지를 또박또박 읽는다.

"뭐 해. 심심해. 놀자."

"누구?"

"남자친구." 수정이 민호를 보며 씩 웃는다. "부럽지?"

"그래, 부럽다."

민호가 하품을 하더니 눈을 감는다. 긴 속눈썹이 눈 아래에 근사한 그늘을 만든다. 수정이 그런 민호를 내려다보며 미소짓는다. "마스카라 하면 예쁘겠다."

"응?"

"마스카라. 마스카라 해줄까?"

민호가 수정의 팔을 잡아당기자 수정이 팔을 빼며 휴대폰을 귀에 댄다. "누구?" 수정이 민호의 눈을 똑바로 쳐다보며 말한다. "남자친구." "뭐?" "쉿." 민호가 수정의 손을 잡고 손바닥을 간질이기 시작한다. 수정이 손을 빼려고 하지만 꼭 잡고 놓아주지 않는다.

"야. 어디야. 뭐 해."

"푸하하하."

수정이 가볍게 민호의 등을 때린다. 민호가 작게 신음한다.

"뭐가 웃기냐?"

"아무것도."

"어디야. 뭐 해."

"집."

"나와."

"싫어."

"왜?"

"야 우리." 수정이 민호를 보며 말한다. "헤어지자."

"뭐?"

민호가 웃음을 터뜨린다. 수정이 이번에는 좀더 세게 민호의 등을 때린다. 민호가 입을 막고 웃음을 참으려 하지만 쉽지가 않다. "쉿!" 수정이 엄한 얼굴로 민호의 어깨를 흔든다. "쉿!"

"알았어. 가만히 있을게." 민호가 수정의 귀에 대고 속삭인다.

"쉿!"

"뭐? 뭐라고? 다시 말해봐."

"헤어지자고. 김별."

"이수정 장난해?"

"나 심각한데." 수정이 호흡을 가다듬다가 민호를 보고 웃음을 터뜨린다. 민호도 따라 웃는다. 수정이 가까스로 호흡을 정리하고 말을 잇는다.

"헤어지자. 그래. 정말 죄송한데, 우리 이제 그만 헤어지자. 안 되겠어. 너랑 나랑은. 더이상. 아니 우리 방금 헤어진 거야. 그래. 우리 끝! 됐다. 정리."

"야, 야, 야, 끊지 마. 끊지 마. 끊으면 죽어, 죽어, 너."

"진정해. 안 끊어."

김별이 한참동안 침묵한다. 그리고 어딘가를 향해 큰 소리로 욕을 한다. 목소리가 크고 위협적이다.

"갑자기 왜 그래? 어? 수정아."

"궁금하니? 너와 헤어져야 하는 이유가? 사랑하는 사람이 생겼어."

"푸하하." 민호가 다시 한번 크게 웃음을 터뜨린다. 수정이 민호의 입을 막는다. "조용히!"

"뭐라고? 잘 안 들려 다시 말해봐."

"아까부터 왜 자꾸 두 번 말하게 하지? 사랑하는 사람이 생겼다고. 말했잖아. 못 알아들어? 영어로 말해줄까?"

"아 왜 그러세요. 수정씨. 진정하시구요. 일단 만나서 이야기하세요."

"누구세요?"

"저 별이 친군데요. 별이 애 좋은 놈이에요."

"저도 알아요. 별이 좋은 놈인 거. 별이 바꿔주실래요?"

"네. 야, 김별! 전화 받아."

"그래 만나서 얘기하자."

"뭘 만나서 얘기하니. 더이상 할 얘기가 뭐가 있니."

"사랑하는 사람이 누군데!"

"나 화장실 좀." 민호가 침대에서 일어난다. 수정이 고개를 끄덕인다. 그리고 침대에 걸터앉아 심각한 얼굴로 모니터를 들여다보기 시작한다. 여자주인공이 비극적인 표정을 지으며 비극적인 걸음으로 정원을 가로질러 뛰어간다. 그런 그녀를 남자주인공이 쫓는다.

"나 너 사랑 안해."

"그 새끼가 누구냐고."

"여자야. 됐니?"

"여자 누구."

"김미나."

"너 미쳤구나."

"그래 나 미쳤어. 사랑에." 수정이 낄낄거린다. 여자가 탑에서 뛰어내린다. 수정이 놀라 소리친다. "아!"

"뭐?"

"아무것도 아냐."

"미친년."

"욕하지 마."

"야 이 미친년아."

"그럼 끊자. 안녕. 잘 지내시고. 행복하렴."

"이 미친."

수정이 휴대폰 폴더를 닫고 침대 위로 던진 다음 조신하게 앉아 민호가 돌아오기를 기다린다.

"끝났어?"

수정이 고개를 끄덕인다. 민호가 수정의 옆에 걸터앉는다. "영화도 끝났네."

"그러네."

"넌 어떻게 나랑 있을 때마다 헤어지냐."

"네가 나를 헤어지게 하나봐."

"내가 뭘."

"정말이야. 잘 생각해봐."

수정이 민호를 보며 웃는다. 그러자 민호도 수정을 보며 웃는다. 수정은 민호가 웃는 것을 보면 기분이 좋다. 그는 보는 사람을 싱그럽게 만드는 웃음을 가지고 있다.

"……좋아."

"뭐?"

"좋다고. 오빠가 웃으니까. 웃음. 이거. 웃음. 웃음이라는 거. 오빠가 웃으니까 좋아."

수정이 한번 더 민호를 향해 웃는다. 둘은 서로를 향해 어색하게 미소짓는다. 그것은 공범자들이 짓는 어둡고 은밀한 웃음이다.

"나 숙제해야 되니까. 오늘은 그만 돌아가줄래? 그런데 이 영화…… 결말이 마음에 드네."

"취향 독특해."

"그래서 마음에 드는 거 아냐 내가?" 수정이 민호의 팔을 쿡쿡 찌른다. "그치? 그치? 어때? 그렇잖아. 어서. 말해봐."

휴대폰이 울린다. 수정이 재빨리 전화를 끊은 다음 김별의 번호를 수신거부번호에 지정하는 동안 두 개의 문자메시지가 도착한다. 수정은 메시지를 읽어본 뒤 모두 삭제한다. 또다른 메시지가 도착한다. 수정은 이번에는 메시지를 읽어보지도 않고 삭제한다. 심각한 표정으로 휴대폰을 들여다보는 수정을 민호가 멍하게 바라본다. 수정이 고개를 들고 민호를 본다. "담배 피우고 싶지 않니?"

민호가 고개를 끄덕인다.

둘은 거실을 가로질러 베란다로 간다. 수정이 양손으로 민호의 왼손을 잡아 자신의 뺨에 댄다. "사랑해." 민호가 손을 빼고 담배에 불을 붙인다.

"그런데 왜 오빠는 담배를 안 피우는 척해?"

"나 담배 안 피워."

"그럼 이건 뭐냐."

"그건 그냥 가끔."

"그냥 가끔 피우는 건 담배가 아닌가."

"어."

수정이 민호를 보며 달콤하게 미소짓는다. "내가 희귀한 거 보여줄까?"

"뭔데."

수정이 입에 담배를 물고 휴대폰 폴더를 연다.

"자. 여기. 이거 봐."

"야 계속 문자 오는데 괜찮아?"

"오라고 해." 수정이 이마를 찡그린다.

"근데 이게 뭐야?"

"죽어가는 고양이."

"뭐?"

"고양이가 죽어가고 있어. 그런 거지." 수정이 연기를 길게 내

뽑는다. "아아 담배 끊어야 되는데."

"그래. 끊어."

"싫다. 거기 동영상도 있다."

"어디?"

수정이 동영상의 재생 버튼을 누르고 볼륨을 높인다. 어두운 화면 속에서 작은 새끼고양이가 길게 누워 신음하고 있다. 민호가 거실을 본다. "여기서 찍었네." "응." "나비야, 죽지 마, 나비야." 수정의 평평한 목소리가 들린다. "이거 니 목소리야?" 수정이 고개를 끄덕인다. "니네 고양이야?" "아니. 아니 사실 그럴 뻔했는데. 죽어서 망했어." "사왔냐?" "쓰레기장에서 주워왔어." 화면 속에서 수정이 팔을 뻗어 고양이의 꼬리를 잡고 잡아당긴다. 민호가 호기심으로 눈을 빛내며 화면을 들여다본다. 고양이가 힘겹게 고개를 들어 이빨을 드러내고 위협한다. 수정의 평평한 웃음소리가 들려온다. 그리고 이어 사과한다. 그리고 흐느낀다. 그리고 다시 웃는다. 그리고 다시 사과한다. 그것은 20세기 전후 부조리극과 비슷하게 느껴진다.

"근데 애 죽어가는 거 확실해?"

"확실해."

"근데 왜 찍었어? 왜 죽었어? 어쩌다가?"

"내가 죽였거든."

민호가 수정을 본다.

"진짜야. 내가 죽였어. 어때. 대답해봐. 이걸 보니까 내가 싫어져?"

"이걸 보면 니가 싫어져야 되냐."

수정은 고개를 끄덕인다. "미나는 그렇대. 내가 싫대."

"세상은 넓어. 다른 새로운 친구를 사귀어봐."

"필요없어. 이제 나는 오빠만 있으면 돼." 민호가 웃으며 수정의 어깨를 껴안는다. "헤어지는 거 봤잖아? 그게 다 오빠를 위해서야. 오빠를 위한 나의 사랑."

민호가 동영상을 리플레이한다. "그런데 어떻게 죽여? 고양이를? 고양이는 잘 안 죽지 않냐?"

"벽에다 집어던져. 반복해서." 수정이 담배를 비벼끄고 민호에게서 휴대폰을 빼앗는다. "이제 됐어. 자라나는 청소년에게 그런 건 좋지 않아."

수정은 갑자기 화를 내기 시작한다. 씩씩거리며 베란다의 난간을 반복해서 다섯 번 걸어찬다. 민호가 당황하여 수정을 바라본다.

"튼튼하네. 됐네. 그럼. 다 피웠지? 나가자."

민호는 방금 벌어진 상황을 전혀 이해하지 못한다. 그러나 그것에 대해 묻지 않는다. 궁금하지 않기 때문이다.

이해하지 않을 것. 그리고 침묵할 것. 그것이 그의 삶의 방식이다. 그렇게 단조롭고 평화롭다. 아무것도 기록하지 않으며 아무것도 말하지 않는다. 생각은 그저 왼쪽에서 오른쪽으로 스쳐지나가고 바람과 모래에 섞여 날아가버린다. 그런 식으로 하루가

간다. 시간은 쉽게 흘러가고 걱정할 것은 아무것도 없다. 간단하게 말해 그는 아무런 생각도 없고 아무런 의견도 없는 인간이라고 말할 수 있다. 물론 누군가 그에 대해 이렇게 설명하면 그는 그렇지 않다고, 나는 그것보다는 좀더 복잡한 인간이다, 나도 지능이라는 것이 있다, 하루종일 생각한다, 나는 네가 생각하는 것보다는 좀더 비열하며 좀더 난해하며 좀더 더러운, 섬세한 인간이라고 항의할 것이다. 하지만 그것은 오해이다. 그는 다른 남학생들과 마찬가지로 자신을 과대평가하고 있다. 그가 말이 없는 이유는 할말이 없기 때문이다. 과묵함은 단순한 뇌를 상징한다. 예의바름은 건조한 마음을 상징한다. 그는 할말이 없으면 할말을 생각하기 위해 애쓰는 것이 아니라 그냥 입을 다문다. 그리하여 처음에는 할말이 없어서 말을 하지 않지만 나중에는 말을 하지 않으니까 점점 더 할말이 없어지는 상황으로 발전한다. 그는 점점 더 아무런 생각도 의견도 없는 인간이 되어가고 있으며 바로 그것이 그의 매력이다. 여름에도 잘 타지 않는 흰 피부와, 티셔츠와 청바지가 잘 어울리는 적당하게 마른 좋은 골격의 신체는 사람들에게, 특히 여학생들에게 매력과 신비의 상징으로 여겨진다. 그러나 그는 자신의 마음에 드는 사람 앞에서는 수다스러웠고 장난스러운데다가 어느정도 위험스럽기까지 했으며 마음에 드는 상대에게는 스트레이트하게 접근하는 편이었다. 그러나 그것은 예의바름에 가려 성급해 보이지 않으며, 그의 과묵함 때문에 어느정도 진지한 선택으로 여겨진다. 그러나 그 접근에는 가치판단이 완벽하게 결여되어 있으며 바로 그런 점이 민호를 현대적으로 돋보이게 하며 수정과 민호가 서로에게 매력을 느끼는 이유이다.

　수정과 민호는 근본적으로 같은 종류의 인간이다. 둘은 사람들의 행동을 이해하지 못하며 또한 이해하려고 노력하지 않는다. 수정은 민호의 생각을 도무지 알 수가 없지만 그것에 관심이 없으므로 괜찮다. 민호가 웃으면 좋고 민호가 얼굴을 찡그리면 나쁜 거라고 생각한다. 그런데 민호는 계속해서 웃기 때문에 모든 것은 괜찮다. 그들은 아무 말도 하지 않고 아무것도 묻지 않으며 자신 외에 아무도 느끼지 않는다. 서로에게 아무것도 기대하지 않는다. 그들은 서로의 눈에서 같은 무감함과 차가움을 읽고 놀란다. 그러나 그것뿐이다. 어쩌면 그들은 아무것도 말하지 않아도 서로를 잘 안다고 믿는다. 그들은 어려서부터 또래의 아이들이 자신의 예측에서 벗어나지 않게 행동하는 것을 관찰하며 이미 끝난 체스판을 들여다보는 것과 같은 즐거움과 지루함을 동시에 느꼈다. 여전히 그들은 습관대로 행동한다. 그렇게 그들은 침묵한다. 언어를 모르는 짐승처럼 아무 말도 없이 서로를 베고 누워 편안하다. 누군가 그들을 바라보며 이것은 최상의 플라톤적인 관계, 고귀하고 결백한 관계라고 지적할지도 모른다. 왜냐하면 그들이 오랜 시간 서로의 숨결에 귀기울이며 서로의 살을 베고 누워 잠든 장면은 아름답기 때문이다. 두 개의 미성숙한 영혼과 육체가 무방비상태로 오후의 옅은 어둠속에 놓여 있을 때 그것은 한봄의 찬란한 햇살보다 눈이 부시고 아름답다. 그들은 젊음 그 자체로 아름다우며 미성숙 그 자체로 매력적이다. 그러나 그들의 뇌는 그 순간에도 언어로 더럽혀지고 있으며 그들의 관계는 서로에 대한 게임, 서로를 유혹하고 유혹당하는 게임에 지나지 않는다. 그들은 언어를 가진 짐승이며 그것 없이 살 수 없는 짐승이다. 의도적으로 그것을 무시하고 배제할 뿐이다. 그것은 언어 이전의 근원적인 관계, 사람들이 말하는 참되고 이상적인 관계와 거리가 멀다. 그들은 단지 레스토랑에서 하얀 천을 무릎에 깔듯이 사방에 깨끗이 소독한 면천을 널어놓고 더러운 것이 몸에 달라붙지 않기 위해서 예의바르게 행동할 뿐이다. 민호는 묻지 않는다. 수정은 묻지 않는 민호를 묻지 않는다. 그렇게 계속해서 아무것도 일어나지 않는다. 시간, 침묵의 시간들이 길게 늘어진다, 그것이 영혼을 움직일 수 있을까. 단지 물리적인 기댐과 반복적인 포옹으로 영혼을 구원할 수 있을까. 그런 시간들 속에서 서로가 서로의 마음에 마음을 열까. 아니 그들은 끝없이 영원토록 같은 포즈 같은 표정을 고집할 것이다. 그들은 언제까지고 아무런 대화도 없이 서로에게 기대어 침묵 속에서 시간을 보낸 뒤 학원의 시간표에 맞춰 손을 흔들 것이다.

이런 텅 빈 시간은 수정에게 아무런 위로도 도움도 되지 않는다. 수정은 화가 난다고 말하는 대신에 화에 대한 우회적인 표현으로 베란다의 문을 걸어차는 타입의 인간이다. 그리고 민호는 집의 튼튼함을 확인하기 위해 베란다를 걸어찼다는 수정의 말에 의문을 갖는 것을 개인의 사생활에 대한 무례한 참견으로 여기는 타입의 인간이다. 민호의 가풍은 누가 무슨 행위를 하든 그것을 비난하지 않고 그저 개인의 특성으로 보고 여유롭게 인정하자는 것이다. 그런 가풍은 민호 집의 자랑이다. 그리고 그것은 그의 부모의 고유한 가치관이라기보다는 그의 부모와 그의 부모의 친구들과 그의 부모의 가족들 전체가 공유하는 가치관, 분위기이다. 누가 무슨 행동을 하든 그것을 그저 인정하기. 인정하기. 인정하기. 그들은 인정하기라고 생각했다. 다양성을 존중하는 분위기를 만들었다고 자부하고 만족의 미소를 지었으나 결국 그들의 자녀는 그저 타인에게 무감해졌을 뿐이다.

수정은 여전히 화를 가라앉히지 못하고 씩씩거린다. 그런 수정을 보며 민호는 수정이 귀여우며 따라서 매력적이라고 생각한다.

"나오지 마. 나 갈게."

"나도 안 나갈 생각이었어."

민호가 수정을 보며 웃는다. 수정은 대충 둘러멘 빈티지 가죽 크로스백이 민호와 참 잘 어울린다고 생각한다. 민호가 커다랗게 손을 흔들고 문이 닫힌다. 수정의 얼굴에서 미소가 빠르게 사라진다. 수정은 한동안 필사적으로 현관문을 바라본다. '돌아와. 돌아와서 문을 열고 한 번만 더 웃어줄래.' 하지만 문은 열리지 않는다. 휴대폰이 진동하며 새로운 문자메시지의 도착을 알린다. 수정은 주머니에서 휴대폰을 꺼낸다. 그리고 더러운 먼지를 털어내듯이 휴대폰을 가볍게 바닥에 던진다. 휴대폰은 튼튼해서 쉽게 부서지지 않는다. 수정은 다시 한번 휴대폰을 들어 바닥에 집어

던진다. 휴대폰이 두 조각으로 분리된다. 다시 한번 바닥에 던진다. 그리고 한구석에 놓인 아버지의 등산화를 신고 휴대폰을 짓밟기 시작한다. 휴대폰이 좀더 많은 조각으로 분리된다. 수정은 한손으로 벽을 짚고 호흡을 진정시키며 계속해서 휴대폰을 짓밟는다. 멈출 수가 없다,고 생각한다.

잠시 뒤, 수정은 완전히 재가 되어버린 휴대폰을 내려다본다. 그리고 크게 한숨을 쉰 다음 거실을 한바퀴 둥글게 돌아 바닥에 떨어진 쿠션을 소파 위에 올려놓고 테이블 위에 아무렇게나 놓인 잡지들을 정리한 다음 양팔을 스트레칭하며 부엌으로 간다. 한동안 부엌에서 수정의 부산한 발소리가 이어진다. 돌아온 수정의 손에는 커다란 비닐봉지가 들려 있다. 수정은 바닥에 무릎을 꿇고 앉아 부서진 휴대폰을 비닐봉지에 주워담다가 갑자기 날카롭게 비명을 지르며 엄지손가락을 입에 문다. 그녀는 안방으로 간다. 서랍이 열고 닫히는 소리가 들린다. 다시 돌아온 수정의 손에는 밴드가 들려 있다. 수정은 조심스럽게 밴드를 엄지손가락에 감는다. 그녀는 봉지를 단단히 묶어 쓰레기통에 넣는다. 소파에 앉아 텔레비전을 켠다. 촌스러운 복고풍의 스탠드업 코미디가 화면을 가득 채우고 있다. 수정은 간간이 웃음을 터뜨리며 밴드를 감은 엄지손가락을 만지작거린다. 갑자기 벌떡 일어나 베란다의 담배와 재떨이를 치운 다음 다시 소파로 돌아와 전화를 건다.

"엄마? 나야. 응. 나 휴대폰 잃어버렸어. 친구랑 강에 놀러 갔다가. 갑자기 유람선을 타고 싶더라고. 아니? 미나랑. 아 숙제 다

했어. 밥도 먹었어. 배 터져. 배 터져. 바다에 빠뜨려, 아니 강물에 빠졌다니까. 뭐? 진짜야. 어떻게 찾아? 찾아도 다 고장나서 못 쓰지 않겠어요. 어떡하지? 죄송해요 엄마. 뭐 아직도 할부가 안 끝났어? 왜? 어떡하지. 아 진짜 죄송해요. 응. 그냥 엄마 쓰던 거 나 주면 안돼? 알았어. 내일? 그래. 지금? 학원 가기 이십……팔분 전. 응. 엄마 진짜 미안. 근데 엄마. 나 탕수육 먹고 싶어. 응. 알았어. 사랑해."

수정은 전화기를 바닥에 내려놓은 다음 소파에 눕는다. 오른손을 높이 쳐들고 엄지손가락을 까딱거린다. 그때 초인종이 울린다.

"누구세요?"

"야. 나야. 나와봐." 김별의 낮고 초조한 목소리가 조용한 거실을 울린다.

"니가 여길 왜 왔어. 빨리 집으로 돌아가. 나 학원……"

"나와봐 좀!" 김별은 낮게, 그러나 위협적으로 으르렁거린다.

수정이 엄지손톱을 물어뜯으며 인터폰 화면을 들여다본다. 어둠속에 선 김별의 모습은 짙은 초록색이다. 그는 고개를 돌리고 인터폰의 바깥쪽을 바라보고 있다. 단단한 턱선이 눈에 들어온다. 그는 어디를 보는가. 수정은 그것이 궁금하다.

"기다려."

김별은 아파트계단에 걸터앉아 담배를 피우고 있다. 시장바구니를 든 두 중년여자가 못마땅한 그러나 약간은 겁에 질린 딱딱한 얼굴로 김별을 바라보며 단지를 가로지른다.

"너 여기서 교복 입고 담배 피우면 쫓겨나."

"아 뭐 어때 내 아파트도 아닌데."

"파출소에 신고 들어가는데."

"상관없어."

"근데 너 아까 어디 본 거야?" 수정이 인터폰 속 김별이 바라볼 만한 위치를 찾아 두리번거린다. "놀이터. 놀이터밖에 없는데. 그럼 너 아까 나 안 보고 놀이터를 본 거니?"

김별이 일어난다. 담배를 발로 밟아끄더니 다짜고짜 수정의 팔을 잡아채어 끌고 가기 시작한다. 수정이 팔을 빼보려고 하지만 팔이 마치 나무토막이 된 것처럼 뻣뻣하다. 수정은 눈과 입을 커다랗게 벌린 채 아파트 입구까지 끌려간다.

"아파!"

수정이 가까스로 소리를 지르자 김별이 멈춰선다. 수정이 손목을 감싸안고 바닥에 주저앉는다.

"괜찮아? 삐었어?"

수정이 김별을 노려본다. "아. 씨발."

수정이 욕을 하자 김별은 당황하여 어쩔 줄 몰라한다.

"미안해. 미안해. 미안해. 이수정."

"대답해. 지금 어디 가는 거야."

"어디 가서 얘기 좀 하자."

"나 할말 없는데."

"난 있어."

"그렇군. 그러네." 수정이 손목을 높이 들어 팔랑팔랑 흔들며 생각에 잠긴다.

"너 손가락 왜 그래?"

"내 손가락이 어때서?"

김별이 수정의 손목을 잡아 끌어내린다. 그리고 밴드를 감은 엄지손가락을 만진다.

"만지지 마."

"미안. 아파? 어쩌다가?"

"칼에 베었다." 수정이 물끄러미 김별을 본다.

"어쩌다가."

"실수야. 실수." 수정이 손목을 흔들며 다시 생각에 잠긴다.

"너 지금 뭐 하냐?"

"생각."

"무슨 생각?"

"그래. 일교시는 빠져도 돼." 수정이 김별을 본다. "내가 지금 학원에 가야 하거든? 그런데 일교시를 빠지기로 했어. 너 때문에. 어때. 고맙지 않니?" 김별이 무슨 말을 하려고 하자 수정이 막는다. "아니. 괜찮아. 택시 타고 가자. 나 피곤해. 마침 저기 택시가 오고 있어."

김별이 택시를 세우고 수정을 위해 재빨리 문을 연다. 수정은 가방을 내려 가슴에 안고 택시에 올라탄다.

“H백화점 앞이요.”

둘은 아무 말도 하지 않는다. 수정은 계속해서 손목을 만진다. 김별은 두 손으로 지갑을 꼭 잡고 그것을 내려다본다. 수정이 창에 바싹 기대어 엄지손톱을 물어뜯기 시작한다. 차는 계속해서 신호에 걸린다. 김별이 한숨을 쉰다. 수정이 한숨을 쉰다. 기사가 거울로 수정과 김별을 보더니 마찬가지로 한숨을 쉰다. 라디오에서는 심수봉이 부르는 「키사스, 키사스, 키사스」가 흘러나온다. 노래가 끝나자 라디오 디제이가 뉴스속보를 전한다. “북한이 함경도에서 또다른 핵실험에 돌입했다고 합니다. 자세한 지역과 실험 내용과 규모는 아직 확인되지 않은 상태라고 하고요.” 디제이가 말끝을 흐린다. 그녀의 목소리는 이치에 맞지 않게 밝고 경쾌하다. 정규방송이 중단되고 뉴스속보가 흘러나온다. 여자 아나운서가 딱딱한 목소리로 같은 내용을 반복하여 전한다. 신호가 바뀌고 택시가 천천히 멈춰선다. “허 참!” 택시기사가 가볍게 핸들을 내리친다. 아나운서는 이어 미국이 북한에 대한 경제제재조치를 강화하기로 했으며, 정부가 북한에 대한 인도적 식량지원을 잠정중단하기로 했으며, 유엔이 강도높은 비난성명을 채택하기로 만장일치로 결정했다고 전한다. 뉴스가 끝나고 광고가 이어지는 동안 택시 안의 세 사람은 계속해서 아무 말도 없다. 수정이 택시를 세운다. 김별이 지갑에서 돈을 꺼낸다. 수정이 택시에서 내린다. 김별이 기사에게 거스름돈을 돌려받고 인사를 하고 택시 문을 닫는 동안 수정은 멈추지 않고 걷는다. 김별이 수정을 따라

잡기 위해 가볍게 뛴다. 수정이 골목 안에 있는 작은 케이크숍으로 들어간다.

"여기 금연이야."

웨이트리스가 수정의 앞에 바나나스무디와 치즈케이크를 김별의 앞에 거품이 눈부신 카푸치노를 내려놓는다.

"이게 오늘 나의 저녁이야."

김별이 은색 스푼으로 카푸치노의 우유거품을 떠먹는다.

"나 오십분 안에 학원에 도착해야 돼. 자 이제 너의 하고 싶은 이야기를 말해봐."

김별은 말없이 우유거품을 떠먹는다.

"맛있니? 그래 맛있겠지. 여기는 자메이카에서 페어트레이드된 유기농 커피빈만 사용하거든. 하지만 그만 먹고 이야기해."

"내가 다 잘못했어. 앞으론 안 그럴게." 김별 자신도 자신이 말하는 내용이 어색한 듯 목소리가 붕 떠 있다.

"왜 사과해? 누가 너보고 사과하래?"

"정우가……"

"정우가 너한테 사과하라고 시켰구나. 안되겠네 정우. 그렇게 안 봤는데. 야 너 이제부터 정우랑 놀지 마."

"야 너 갑자기 나한테 왜 이래? 아 도대체! 장난하는 거지? 사랑하는 사람 생겼다는 거 거짓말 맞지?"

"이런 물음도 다 정우가 알려준 거니? 자 꺼내봐. 어서."

"뭘?"

“정우가 적어준 대사 쪽지.”

“그런 거 없어!”

“이상하다. 있을 텐데. 암튼 이제 그만하자. 시끄러워.”

“시끄러워? 너는 내가 개소리하는 걸로 보이냐?”

“너 아까부터 계속 욕하는데.”

“알았어. 미안해. 욕 안할게. 나 이제 욕 안해.”

“아냐. 계속해서 욕해. 이제 나랑은 상관없는 일이야.”

수정이 고개를 비스듬히 숙이고 미소짓는다. 김별이 한숨을 쉬더니 수정을 노려보기 시작한다. 수정은 약간의 공포를 느낀다. 하지만 허리를 더욱더 꼿꼿이 세우고 스무디를 마신다.

“솔직히 말해봐.”

“나는 지금 대단히 솔직해.”

“누구냐?”

“뭐가.”

“니가 사랑에 빠졌다는 애가 누구냐고.”

“몰라도 돼.”

“왜?”

“왜 알아야 되지, 니가?”

“걔도 너 사랑한대?”

“아니. 내 짝사랑이야.”

“미친년 지랄하네.”

수정이 김별을 향해 몸을 숙이고 차분하게 말한다. “죽고 싶니? 욕하지 말랬지?"

"알았어. 미안해."

김별이 약간 놀란 눈으로 수정을 본다. 수정이 포크를 옆으로 뉘어 케이크를 작게 자르며 말한다.

"생각해봐. 우리 만난 지 한 달도 안됐어. 그러니까 없던 일로 해도 될 정도야."

"야."

"걔는 너랑 달라. 걔는 나를 안 좋아하거든. 너는 나를 좋아하지? 니가 나한테 메신저로 그랬잖아. 점점 더 너를 사랑하게 되어간다. 문법에 맞지 않는 번역투의 문장이라 기억나. 그런데 미안해. 나는 너를 안 좋아해. 나는 너를 안 좋아한다고. 그런데 나는 걔를 좋아하고 그런데 걔는 나를 안 좋아해. 아니 사실 나도 걔 안 좋아해. 좋아한다는 게 다 뭐야? 웃기네. 아무튼 나는 걔를 좋아하기로 결심했어. 하지만 나는 너를 좋아하기로 결심한 적 없어. 나는 걔를 좋아하기로 결심했는데 걔는 아직 결심 안했어. 하지만 걔는 나를 보고 웃어. 걔는 네모반듯해. 네모반듯하지 않은 걸 싫어해. 그런데 네모반듯하지 않은 나를 보고 웃어. 걔는 내가 마음에 안 들면 얼굴을 찡그리는 대신 웃어. 하지만 나는 걔가 왜 그러는지 알아. 나는 안다고. 언니, 여기 카페라테 한잔 주실래요? 시럽 빼고요. 우유 대신 소이밀크로 넣어주세요. 진하지 않게요. 그리고 그게 나는 신기해. 그리고 그게 다지. 하지만 아직 시작이야. 앞으로는 더욱 커져."

김별이 스푼을 바닥에 떨어뜨린다. 김별이 그것을 줍기 위해 몸을 구부리자 수정이 막는다.

"야 줍지 마. 더러워. 여기 스푼 하나 더 가져다주세요. 아. 어지러워. 말을 너무 많이 했어. 그것도 대단히 친절하게. 마음에 안 들어. 자 이제 네가 말해봐. 어지러워."

"솔직히." 김별이 수정을 보며 망설인다.

"이야기해봐. 다 들어줄게. 아 어지러워."

"솔직히…… 나 니가 하는 말 하나도 이해 못하겠어. 그러니까 무슨 말이야…… 그러니까 너는 지금 내가."

"내가 이래서 너를 안 사랑하는 거야. 못 알아들었으면 그냥 웃어. 왜 물어보는데? 내가 어떻게 알아 내가 뭐라고 말했는지. 말 다 끝냈는데. 주의깊게 들었어야 할 거 아냐."

"너 원래 이렇게 재수없게 말하냐?"

"야 소리 낮춰. 작게 말해."

"너 원래 이렇게 재수없게 말하냐." 김별이 아주 작은 소리로 소곤거린다.

수정이 웃음을 터뜨린다.

"왜 웃어?"

"그렇게 속삭이라는 건 아니었어."

웨이트리스가 수정의 앞에 늘씬한 라테용 글라스를 놓는다. 수정이 웨이트리스를 올려다보며 달콤하게 미소지으며 감사를 전한 다음 빠르게 미소를 지우고 무표정한 얼굴로 김별을 바라보며 한손에 턱을 괴는 일련의 과정은 한치의 오차도 없이 능숙하여 보는 사람의 감탄을 자아낸다.

수정의 눈은 검은 눈동자가 유난히 까맣고 커다랗다. 그리고 그 검은 눈동자에서는 감정이나 의미를 찾아보기가 힘이 들며 언제나 평온하고 담담해 보인다. 김별은 수정이 자신을 그런 눈으로 바라보는 것이 싫다. 기분이 나쁘다, 아니 좀더 다른 뭔가가 있다,고 김별은 생각한다. 김별은 정신을 집중하여 자신의 그런 미묘한 감정을 설명할 언어를 찾아보지만 떠오르지 않는다. 하지만 어떤 남학생이 자신을 그런 눈빛으로 쳐다봤으면 그 남학생의 얼굴에 침을 뱉고 그의 얼굴을 주먹으로 힘껏 때렸을 것이라는 것은 확실하다. 김별은 단 한 번도 이런 상황에서 자신이 어떻게 행동해야 하는가에 대해 고민해본 적이 없다. 김별이 전에 사귄 여학생들은 이렇지 않았다. 바로 그 점이, 김별의 마음을 끌었다. 그러나 오늘의 수정은 매력적이라고 하기에는 지나치게 위험해 보인다. 수정이 천천히 라테를 삼키는 모습은 매력적이다, 그러나. 김별은 뭔가 할말을 생각해내려고 하지만 그것은 쉽지 않다.

"너 어디가 좀 아픈 것 같애."

김별은 이렇게 말하고 나서 곧바로 후회한다.

"그래? 괜찮은데 나는."

"아니 너 요새 좀. 이상해 보여."

"사랑에 빠져서 그래."

수정이 고개를 비스듬히 기울이고 꿈꾸는 듯한 표정으로 허공

을 바라본다. 김별은 순간적으로 그 눈부시게 화창한 분위기에
빨려들 뻔했다가 가까스로 튕겨나온다. 그러고 나서 잠깐 동안
그러나 아주 진지하게 수정을 때려야 하나 말아야 하나 갈등한
다. 수정과 눈이 마주치자 얼굴이 달아오른다. 수정이 싱긋 웃는
다. 김별은 천천히 주먹을 들어올려 수정의 뺨을 향해 날리는 자
신을 상상한다. 수정은 소파 끝으로 밀려날 것이다. 고개를 숙이
고 뺨을 감싸안은 채 신음할 것이다. 수정의 뺨은 희게 질리고 희
미하게 손자국이 보이며 그것은 점점 더 진해질 것이다. 눈가에
는 눈물이 맺힐 것이며 그것은 이내 테이블 위로 커다랗게 떨어
질 것이다.

김별은 손바닥을 테이블 위에 올려놓고 놀란 눈으로 그것을
바라본다. 그런 다음 주먹을 쥐고 수정을 노려본다. 입을 벌렸다
가 다문다. 주먹으로 가볍게 테이블을 두드린다.

"왜? 때리려고?"

"내가 왜?"

당황한 김별이 어색하게 미소를 지으며 양손을 들어 보인다.
수정이 겁에 질려 튕기듯이 몸을 뒤로 젖힌다. 김별이 당황하여
얼굴에서 미소를 지운다. 한참동안 둘은 완전히 정지한 채 서로
를 겁에 질려 바라본다. 김별이 수정의 눈을 들여다본다, 필사적
으로. 그러자 수정이 김별의 시선을 피해 카푸치노 잔을 바라본
다, 필사적으로.

"넌 나를 못 때려. 너는 내 몸에 손 못 대."

수정의 목소리가 가늘게 떨리고 그것을 느낀 김별이 웃음을
터뜨린다.

"그래 그렇게 웃어. 별거 아냐."

"미친년."

수정이 김별의 말을 듣지 못한 것처럼 아무렇지도 않게 미소
지으며 두 팔을 쭉 뻗어 스트레칭을 한다. "으―쌰. 다시 한번.
으―쌰. 커피를 마시면 어디든지 갈 수 있을 것 같은 기분이 들
어. 그래서 좋아. 카페인 때문이야. 좋네. 그러니까 나는 나갈래.
너는? 어때? 어떡할래?"

수정이 자리에서 일어나 김별을 향해 늘씬하게 미소짓는다.
그리고 살짝 눈을 굴려 주위를 확인한 다음 김별을 향해 몸을 굽
히고 귓가에 속삭인다.

"이제 다시는 나한테 연락하지 마. 죽여버릴 거야. 진짜로. 진
짜로 죽여버릴 거야. 진짜로 죽여버릴 거라고 이 씨발 새끼야."

수정이 고개를 들어 카페 안을 훑는다. 자신을 바라보는 몇몇
사람들이 수정과 눈길이 마주치지 않기 위해 빠르게 고개를 돌린
다. 수정은 모든 것이 참 잘되어가고 있다고 생각하며 카페를 빠
져나와 학원으로 향한다.

"니네 안됐다. 라이팅 선생이 바뀔 것 같아. 마이크가 미국으
로 돌아가겠대."

"왜요?"

“왜요?”

“왜요?”

“몰라. 돌아가겠대. 북한 때문에 무서워서 여기 더 못 있겠대.”

“진짜요? 왜요?”

“정말이요?”

“거짓말.”

“마이크 겁쟁이.”

“마이크 귀엽다 쫄았어.”

“농담이고 그건. 난 몰라. 글쎄. 원래 담달에 돌아가기로 되어 있었다던데?”

“몰랐어요.”

“누가요?”

“그럼 이제 우리 누가 가르쳐요?”

“궁금하면 직접 원장님한테 물어보렴.”

“가라고 해. 가라고 해.”

수정이 소리친다.

“사는 게 무서운데 살지도 말라고 해. 문 잠그고 나오지 말라고 해. 미국 가서 총 맞아 죽어버려라.”

일동침묵.

“이게 뭔지. 참. 나는 요즘 세상 돌아가는 꼴이 마음에 안 들어. 황당해. 가관들이야.”

모두가 자신의 다음 말을 기다린다는 것을 알아챈 수정이 말을 멈추고 강사를 바라본다.

"수업 시작 안하세요?"

강사의 얼굴이 모욕감으로 희게 질린다. 어떤 말인가를 꺼내려다 말고 고개를 흔들고 곧이어 수업이 시작된다.

반의 분위기는 비정상적으로 가라앉아 있다. 오직 수정만이 지나치게 열정적으로 수업에 참여한다. 오늘의 수정은 궁금한 것, 이해가 가지 않는 것이 많다. 모든 것을 질문하고 강사의 말에 강박적으로 고개를 끄덕인다. 배낭을 가슴에 꼭 끌어안은 채, 필사적으로, 왼쪽 다리를 떨며 노트에 끊임없이 뭔가를 적는다. 강사는 가벼운 두려움을 느낀다. 수정은 빠른 속도로 문제를 풀어나간다. 집요하게 질문을 퍼부은 다음 결국 모든 것을 이해한다. 모두 문제집에 머리를 처박고 숫자를 끼적이지만 수정 때문에 마음이 혼란하여 문제를 제대로 풀 수가 없다. 강사의 두려움도 점차 부풀어오른다. 창도 없는 창백하게 흰 교실에 형광등 불빛만이 떨어져 쌓인다. 수정을 제외한 모든 사람들이 불쾌한 열기를 느낀다. 강사의 얼굴이 붉게 달아올라 땀이 맺힌다. 그녀는 종이를 반으로 접어 부채질을 하기 시작한다. 갑자기 수정이 손을 뻗어 화이트보드에 적힌 부등호를 가리킨다. "저거 틀렸어요."

"너는 어떻게 그렇게 무례하니!"

반사적으로 강사가 소리친다. 그녀는 자신의 목소리가 너무 히스테릭하여 놀란다. 그녀는 쓰러지지 않기 위해 교탁에 몸을 의지한 채 숨을 몰아쉰다.

"거기 부등호 방향이 바뀌었잖아요."

수정이 다시 한번 강사의 오류를 지적한다. 강사가 수정을 노려본다.

"아니야. 안 바뀌었어."

"바뀌었어요."

"아냐. 안 바뀌었어."

"말도 안돼. 차분히 생각을 좀 해보세요." 수정이 과장되게 한숨을 쉰다. "그쪽이 어떻게 더 커요. 거기 그래프를 보면."

"더 커."

"거짓말."

"이수정. 너 나가."

"제가 왜요. 선생님이 나가요."

강사의 얼굴이 일그러진다.

"제가 왜 나가……"

"야 그만해. 잘못했다고 어서 사과드려." 한 여학생이 수정의 어깨를 흔들며 강사에게 어색하게 미소짓는다. "죄송해요, 애가 오늘 마이크 때문에 기분이 좀 안 좋은가봐요."

수정이 여학생의 뺨을 때린다. 여학생이 비명을 지르며 수정의 팔을 거칠게 낚아채어 비틀기 시작한다.

"좋은 말로 할 때 이거 놔. 아프잖아." 수정이 이마를 가볍게 찌푸린다.

"야 그냥 놔줘. 놔줘. 저런 애랑 싸워봤자 너만 손해야. 야 이수정. 너 당장 나가. 두 번 말 안한다. 나가. 그리고 수업 끝날 때까지. 지하에서 기다리고 있어."

강사가 피식 웃으며 천장을 올려다보고 손으로 부채질을 한다. "이거 뭐…… 참…… 야 뭐 하니? 빨리 안 나가?"

"안 나가."

수정이 울음을 터뜨린다.

"안 나가. 안 나가. 안 나가." 수정이 소리를 지르더니 주먹으로 책상을 치며 흐느끼기 시작한다. 강사가 수정에게 다가간다. 팔을 뻗어 수정의 어깨를 흔든다. "너. 나가. 당장." 강사는 최대한 딱딱하게 밀어붙인다. 냉정한 어조이지만 그것은 어쩐지 애처롭게 느껴진다. 그녀는 자신의 삶과 직업에 대한 회의감이 압도적으로 밀려오는 것을 느낀다. 눈물이 흐르려고 하지만 필사적으로 참는다. 천천히 숨을 고르며 참을 수 있다고 스스로를 타이른다. 함께 울지 않을 것, 그것은 계속해서 상대보다 우월한 위치를 유지하기 위한 최소한의 노력이다.

'니가 지금 우는 이유는 울음을 참는 방법을 아직 모르기 때문이다. 거기에 익숙하지 않기 때문이다. 하지만 곧 알게 될 거다. 살아남고 싶다면, 살아남기 위해서, 너는 알게 될 거다. 그리하여 울지 못하게 될 거다. 나와 똑같이 메마른 인간이 될 거다. 삶이란 정말 더러운 것이다. 너는 아직 모르겠지만. 이 시궁창에 한쪽 발을 담가야 하는 순간이 너한테도 분명히 올 테니까. 분명히. 분명히. 그때가 되면 너도 나만큼이나 아니 나보다 더 추해지겠지. 그것을 알기 때문에 나는 화내지 않겠다. 나는 너에게 아무런 도움도 주지 않고 계속해서 우월한 채로 니가 얼마나 더러워지는지 지켜보겠어.'

강사는 수정의 머리에 대고 저주를 퍼붓는다. 그러나 수정은 더욱더 큰 소리로 슬피 우는데 그것은 모두를 향한 항의와 반항의 표시로서 유난히 귀에 거슬린다. 그럴수록 강사는 좀더 냉혹해지기 위해 최선을 다한다. 휘청거리는 다리를 추스르고 감정을 감춘 얼굴로 교실을 둘러본다. 곱게 빚은 하얀 밀가루반죽 같은 얼굴들에는 공포와 걱정이 깃들어 있다. 대체적으로 멍청해 보이는 얼굴들이다. 그것들을 본 강사는 다시 한번 화가 치민다. 그러나 그 화를 밑바탕으로 하여 더 멀리 나아가고야 말겠다고 맹세한다. 그녀는 수업을 포기할 생각이 전혀 없다. 그녀는 윤기나는 검은 생머리를 쓸어넘기며 다시 교탁, 그녀의 자리로 앞으로 돌아온다.

"다시 수업하자. 쟤 신경쓰지 마."

수정이 가늘고 길게 흐느낀다. 강사가 이를 악물고 칠판을 지운다. 아이들이 머뭇거리다가 칠판을 향해 고개를 돌린다. 강사가 책을 뒤적거리다가 페이퍼를 떨어뜨린다. 한 남학생이 벌떡 일어나 그것을 줍는다. "고마워." 강사가 균형잡힌 미소를 선보인다. 그리고 약간 긴장된 목소리로 로그방정식에 대해 설명하기 시작한다. 그녀는 시험에 자주 나오지 않는 세 가지 유형에 대해

언급한 다음 기계적으로 유머를 삽입하고 혼자서 웃는다. 이어서 시험에 자주 나오는 일곱 가지 유형에 대해 설명한다. 다시 한번 농담을 늘어놓는다. 학생들이 웃음을 터뜨린다. 성공이다. 수정이 일어나 가방을 싸기 시작한다. 그리고 교실을 나가려다 말고 손가락을 뻗어 강사를 가리킨다.

"틀렸어."

있는 힘껏 문을 닫은 수정은 문이 닫히는 소리가 너무 커서 놀라 펄쩍 뛴 다음 고개를 숙이고 빠른 걸음으로 걷기 시작한다. 복도와 복도를 서성이는 아이들 인사하는 아이들 자판기에서 주스를 뽑아 마시는 아이들 의자 위에 다리를 올리고 앉아 엠피스리 플레이어로 리스닝 파일을 들으며 문제집을 푸는 아이들 이수정을 부르는 아이들 문을 열고 학원으로 밀려드는 밀려나가는 아이들 사이로 수정은 고개를 숙이고 빠르게 스쳐지나간다. 누군가 큰 소리로 수정을 부른다. 수정은 대답하지 않고 거리로 나아간다.

거리는 이미 어둡다. 수정은 사람들 속으로, 혼잡한 시내의 한가운데를 향해, 분주한 거리로 섞여든다. 수정은 덕지덕지 붙어 있는 간판을 하나하나 노려보며 이유없는 분노를 느낀다. 사람들이 지나치게 많다. 사람들 사이를 스쳐지나는 동안 분노는 점점 커져간다. 다른 모든 사람들과 마찬가지로 수정 또한 빠른 속도로 걷는다. 이곳에서는 모두가 바쁘게 뛰어 앞사람을 밀치고 어깨를 부딪친다. 그러나 그것은 그들이 무례하기 때문이 아니다. 그들은 단지 이 도시의 속도를 따라잡기 위해 노력할 뿐이다. 이

도시는 사람들이 좀더 무례해지기를 좀더 이기적이 되기를 바라
며 그것을 충족하지 못하는 사람들을 배제한다. 사람들은 배제되
지 않기 위해 좀더 공격적으로 앞사람을 밀치고 앞으로 나아가야
한다.

수정은 좌우로 길게 뻗은 길 사이로 이어지는 작은 골목길을
하나씩 머릿속에 떠올리며 차례대로 그 길을 걷기 시작한다. 거
기 현기증이 날 정도로 많은 상품들이 있다. 시신경은 한껏 긴장
하여 거기에 놓인 모든 상품들을 하나씩 차례대로 인식한다. 시
선은 아름다운 치즈머핀에서 잠깐 머문다. 거기엔 주름 장식이
우아한 초록색 원피스가 있다. 크리스털이 세팅된 토오픈슈즈가
있다. 남색 양복을 입고 세일팻말을 가슴에 품은 하얀 마네킹이
있다. 거리라는 거대한 카탈로그 속 수정의 역할은 커다란 검은
가방을 메고 쇼윈도우를 들여다보는 어린 학생이다. 그녀는 손색
없이 카탈로그 속의 상품과 어울린다. 또다른 쇼핑객들이 카탈로
그를 훑듯이 수정을 아래위로 훑으며 쓸 만한 상품을 집어낸다.
사람들이 너무 많다. 먼지. 사람들. 빛. 먼지. 그리고 숨막히게 아
름다운 인공적인 얼굴을 가진 여자 하나가 수정을 스쳐지나간다.
그녀는 짙은 오리엔탈 계열의 향을 풍긴다. 그녀는 아무런 장식
도 없는 오렌지색 짧은 원피스를 걸치고 있으며 그것은 그녀의
가늘고 긴 팔다리를 부각시킨다. 그녀 주위 모든 사람들의 시선
이 그녀에게 달라붙었다가 튕겨나가듯 떨어진다. 한 남자가 아쉬
운 듯 고개를 돌려 여자를 바라본다. 수정 또한 고개를 돌려 여자

를 바라보다가 그와 눈이 마주친다. 남자가 고개를 돌린다. 여자
가 멀어진다. 이런 것이 바로 공인된 아름다움이다. 수정은 약간
낙담하여 자신의 옷차림에 대해 생각하기 시작한다. 티셔츠에 청
바지, 스니커즈와 배낭. 뭐라고 말할 것도 없이 평범한 옷차림이
다. 수정은 티셔츠에 그려진 아기코끼리 덤보를 보고 웃던 민호
를 떠올리며 민호를 그리워한다. 그리하여 주머니에서 휴대폰을
꺼내려고 하지만 휴대폰은 부서져 쓰레기가 되었다. 새로운 휴대
폰이 필요하다. 수정은 휴대폰 상점으로 들어가 새로 나온 아름
다운 휴대폰들을 살펴본다. 상점에서 나와 우울한 심정으로 공중
전화를 찾다가 충동적으로 아디다스 매장으로 들어간다. 매장은
도시 번화가 한가운데, 랜드마크 빌딩의 세 층을 차지하고 있다.
공기는 차분하고 모든 상품은 적당한 거리를 유지하며 편안한 자
세로 진열되어 있다. 수정은 모든 상품을 꼼꼼하게 살피기 시작
한다. 그리고 전혀 사고 싶지 않은 옷을 입어보거나 당장 살 것처
럼 심각한 표정으로 가격표를 확인한다. 점원이 다가와 말을 건
다. 수정은 웃으며 고개를 젓는다. 그리고 자신의 취향과 거리가
먼 모든 가방을 한 번씩 만져본다. 거울에 비친 자신과 가방을 비
교해본다. 수정은 자신의 모습이 멀쩡해 보여서 안도하지만 한편
으로는 그 얼굴에다 대고 토하거나 거울을 깨어버리고 싶다. 하
지만 괜찮다. 수정은 자신을 격려한다. 가방을 내려놓고 지갑을
꺼내 돈을 확인한다. 거기엔 현금 칠천원과 신용카드가 들어 있
다. 수정은 지갑을 가방 속에 넣고 다시 한번 좀더 진지하게 가방

을 살펴보기 시작한다. 점원이 다가와 여러 가지를 묻자 수정은 반복하여 고개를 끄덕인 다음 손톱을 물어뜯으며 멍청한 표정을 지어 보인다. 점원이 포기하고 물러난다. 수정은 매장 한복판에서 인기있는 미국의 젊은 여자 디자이너가 손을 댄 엄청나게 높은 가격의 다크그레이 컬러의 커다란 가방을 발견한다. 수정은 그 가방이 마음에 들지만 아무리 생각해보아도 그 가방을 사야 할 이유가 전혀 없다. 수정은 주위를 둘러보다가 점원과 눈이 마주친다. 점원이 다가와 가방을 들어 수정의 어깨에 올려놓은 다음 수정을 거울 앞으로 데리고 간다. 수정은 천천히 빙글빙글 돌며 가방과 자신을 비교한다. 멍청한 얼굴로 거울을 노려보자 점원이 가방을 사겠느냐고 묻는다. 수정이 고개를 끄덕인다. 점원이 수정을 데리고 계산대로 간다.

커다란 검은색 쇼핑백을 멘 수정이 천천히 매장을 빠져나온다. 수정은 베이커리 앞에 멈춰서 아름다운 라즈베리 타르트를 바라본다. 그리고 다시 걷는다. 방향을 바꾼다. 다시 방향을 바꾼다. 수정은 수시로 멈춰서 쇼윈도우 안에 진열된 상품을 바라본다. 무엇을 해야 할지 알 수가 없는데 그런 상태를 견디기가 어렵다. 수정은 빛나는 쇼윈도우를 들여다보며 그 안에서 자신이 해야 할 일이 떠오르기를 기다린다. 그러나 아무것도 떠오르지 않는다. 다시 걷기 시작한다. 식은땀이 차갑게 등을 적신다. 현기증이 나고 허기가 진다. 발이 무거워지고 종아리가 뜨거워진다. 그러나 수정은 멈추지 않고 걷는다. 횡단보도 앞에 멈춰서자 바로 신호가 바뀐다. 수정은 길을 건너 지하아케이드로 들어간다. 그곳에서는 눅눅한 김밥 냄새가 난다. 수정은 숨을 참으며 가판대에 놓인 싸구려 안경테를 하나씩 살펴본다. 다시 아케이드를 빠져나온다. 주위를 둘러보니 수정은 다시 아디다스 매장 앞에 서 있다. 수정은 다른 사람들이 같은 자리를 빙글빙글 도는 자신을 이상하게 여길까 두려워서 황급히 그곳을 떠난다. 몇번 더 방향을 바꾸어 이번에는 서쪽을 향해 간다. 수정은 지나가는 버스를 올려다본다. 정류장 너머로 길게 늘어진 겹겹의 줄을 빠져나온다. 줄 안의 사람들은 지치고 힘들어 보이지만 단정한 옷차림에는 희미한 향수냄새가 배어 있다. 수정은 지하아케이드로 내려가 어디로 가서 무엇을 해야 하는지 생각하며 아케이드를 빠르게 한바퀴 돈다. 분식점 앞에 서 메뉴판을 들여다보다가 나이든 여자 점원이 수정을 향해 손짓하며 다가오자 수정은 놀라 도망친다. 아케이드를 빠져나와 몇개인지 모를 횡단보도를 건넌다. 주위를 둘러보니 수정이 도착한 곳은 또다시 아디다스 매장 앞이다. 마침내 수정은 모든 것을 포기하고 눈을 반쯤 감고 사고를 정지시킨 채 천천히 걷기 시작한다. 갑자기 지나치게 넓은 도로 하나가 튀어나온다. 그 뒤로 순백의 커다란 백화점이 모습을 드러낸다. 백화점을 가운데 두고 똑같은 브랜드의 커피숍이 똑같은 크기와 디자인으로 마주보고 서 있다. 수정은 손목을 들어 시간을 확인한다. 그리고 주머니에서 엠피스리플레이어를 꺼내 헤드폰을 끼고 재생 버튼을 누른다. 볼륨을 풀로 높이고 천천히 걷기 시작한다. 음악이 시작되자 대기의 압력이 달라진다. 다음 순간, 거리의 현실성이 제거된다. 수정은 배경과 분리된다. 그녀는 오직 음악으로 이루어진 존재하지 않는 공간으로 이동한다. 거리는 여전히 소음으로 가득하지만 수정에게는 아무것도 들리지 않는다. 오직 단단하게 팽창된 음악이 수정의 머릿속을 장악한다. 거리, 사람들, 자동차, 도시 전체는 여전히 끊임없이 움직이고 있지만 그것은 이제 도시 고유의 리듬이 아니라 수정이 선택한 리듬에 따라 움직인다. 도시 전체에 단 하나의 음악이 울려퍼진다. 반복하여, 수정은 카타르시스를 느낀다. 자신이 선택한 음악이 지배하는 도시 속을 걷기. 소리로 이루어진 모든 정보가 차단된 상태지만 괜찮다. 그것들은 신경을 쏟을 가치가 없는 소음에 불과하다. 중요한 것은 음악이다. 수정은 미소짓는다. 아무런 생각도 떠오르지 않는다. 영혼이 지속적으로 상승한다. 그것은 멈춰서 비명을 지르고 싶을 정도의 아름다움이다. 눈을 감는다. 눈을 뜬다. 그사이에 도대체 얼마나 근사한 무언가가 소리도 없이 어깨를 내밀었다가 사라졌을까. 수정은 벤치 앞에 멈춘다. 쇼핑백을 내려놓고 새로 산 가방을 꺼낸다. 메고 있던 배낭을 내려 지퍼를 열고 그 안에 들어 있던 모든 것을 새로운 가방 안에 쏟아넣은 다음 배낭까지 쑤셔넣고 지퍼를 닫고 어깨끈의 길이를 조정하고 그것을 멘다. 시간을 확인하고 수시로 횡단보도를 건너며 방향을 바꾸는 사이 멀리 학원의 간판이 눈에 들어온다. 수정은 길 한가운데 멈춰선다. 지나가는 사람들이 자신의 의무라는 듯이 수정을 한 번씩 쳐다본다. 그러나 수정에게는 아무런 소리도 들리지 않는다. 그녀는 혼자 있다. 그녀의 정신은 공간에 속해 있지 않고 소리에 속해 있다. 수정은 작은 소리로 노래를 따라 부른다.

필요한 건 네 상상력뿐이야

맘껏 상상해, 상상력은 그런 데 쓰라고 있는 거니까

네 최상의 영감 속으로 들어가

네 꿈이 문을 열어줄 거야.

그것은 신이 나고 힘이 나는 노래이다. 수정은 음악이 들려오는 거리를 향해 눈을 감는다. 푸른 잔디밭을 배경으로 하여 춤을 추고 싶어지는 노래이다. 머릿속에 창조적인 춤동작이 떠오른다. 안무가가 되어볼까. 행복하다. 그리고 초조하다. 그 초조함은 어디에서 오는 것일까. 수정은 오늘의 자신을 돌아보면서 뭔가 이상한 점을 느낀다. 그런데 뭐가 이상한지 왜 이상한지 어떻게 이상한지 알 수가 없어서 좀더 초조해진다. 하지만 결국 답을 찾아낸다. 카페인.

수정은 케이크숍에서 마셨던 진하고 부드러운 카페라테를 떠올린다. '그것은 다 김별 때문이지.' 화가 치민다. 하지만 괜찮다. 수정은 함께 춤을 추자는 마돈나의 청을 거절하고 넥스트 버튼을 누른다.

그 구식 모르핀을 줘, 그 구식 모르핀을 줘

그 구식 모르핀을 줘, 그 구식 모르핀을 줘

나는 그걸로 충분하니까.

수정은 넥스트 버튼을 누른다.

손에 이십육 달러를 쥐고서

내 남자를 기다리고 있다

그가 렉싱턴 백이십오번가에 도착할 때까지

산 것보다 죽은 것에 가까운 메스꺼움과 더러움을 느끼며

나는 내 남자를 기다리고 있다.

'뭔가 이런 식이군. 뭔가 이런 식이야. 나는 내 남자를 기다린다. 필요한 것은 상상력뿐이고 구식 모르핀만으로 충분하다. 나는 내 남자를 기다린다. 나는 그가 도착하길 기다린다. 여전히 이십육 달러. 마음에 든다. 맘에 들어. 자 이제 새로운 계획을 세울 시간이다. 평화로운 남태평양의 휴양섬에서 한 달간 푹 쉬다가 오고 싶다. 하지만 그렇게 하면 스터디 플랜에 차질이 생기잖아. 문제집을 가지고 갈까. 아무튼 한 달은 너무 길다. 일주일로 하자. 온 가족이 여름휴가를 떠나는 거다. 아무 문제없다. 그런데 민호는? 민호와 함께하는 여름휴가라니 생각만으로도 가슴이 벅차오른다. 민호는 여름방학에 뭘 하지?'

하지만 이내 수정은 이번 여름방학에 샌프란시스코로 어학연수를 가야 한다는 사실을 깨닫는다. 갑자기 샌프란시스코가 몹시 미워진다. 수정은 우울한 얼굴로 횡단보도를 건너기 시작한다. 오토바이가 굉장한 소음을 내며 수정을 스쳐지나간다. 소음과 진동과 음악이 섞여 뭉개진다. 고개를 들면 구름이 도시의 더러운 빛을 받아 오렌지와 퍼플로 빛나는 것이 보인다. 수정은 그것을

바라본다. 그것은 타락한 어른들의 아름다움이다. 모든 도시가 가지고 있는 병들고 약한 아름다움이다. 수천 겹으로 출렁이는 네온사인이 타락한 어른들의 아름다움을 반사한다. 하늘과 땅에서 어른들의 타락이 동시에 빛을 낸다. 그리고 그 사이를 수정이 통과한다. 길은 끝없이 이어진다. 먼지와 땀이 피부에 달라붙어 끈적인다. 수정은 무슨 생각을 해야 하는지에 대해서 생각한다. 무엇을 해야 하는지에 대하여 생각한다. 오늘 하루의 장면이 시간의 흐름에 따르지 않은 채 조각나서 수정의 눈앞에 쏟아져내린다. 그러는 사이 조금씩 조금씩 분노가 수정의 몸속으로 밀려든다. 수정은 큰 소리로 노래를 따라 부르기 시작한다. 그것은 분노를 지연시키기 위한 소박한 시도로서 그러나 아무런 도움이 안된다. 수정은 있는 힘껏 이미 벌어진 일들을 찌그러뜨린다. 그리고 굉장한 속도로 머리 한구석에 사십오 미터 정도 깊이의 굴을 판 다음 거기에 찌그러진 것들을 파묻은 다음 재빨리 그것을 벌어지지 않은 일들로 환원시킨다. 아무런 표지도 흔적도 없이 땅을 평평하게 다진다. 기억에서 작은 한조각을 제거한다. 날카로운 끝로 뭉툭하게 튀어나온 모서리를 깎아낸다. 작업은 단순하다. 수정의 사고는 그것을 허락한다. 약간의 오류가 예상되지만 그것은 처리가능하다고 믿는다. 그러나 막다른 곳에 갇힌 수정의 분노는 불법적인 출구를 찾아낸다. 그러나 수정은 그것을 무시한다. 다른 모든 것을 생각하지 않기 위해 수정은 걷기에 몰두한다. 그러자 어느 순간 손이 사라진다. 수정은 감탄한다. 정신을 집중하고 팔과 가슴과 배가 사라지는 것을 느낀다. 머리가 사라지고 종아리와 허벅지가 사라진다. 마지막으로 무릎과 발목이 사라진다. 오직 두 개의 발이 남아 계속해서 전진한다.

얼마나 많은 상점과 횡단보도와 골목과 주택가를 지나쳤는지 알 수 없다. 그러나 어디에도 분수가 흐르는 공원과 나이든 연주자가 흥겨운 리듬을 연주하는 거리와 책을 읽는 사람들로 가득한 벤치는 없다. 그것이 P시의 진실이다. 도시는 도시에 어울리지 않는 것을 품지 않는다. 발걸음을 멈출 순간은 돈을 지불해야 하는 순간뿐이다. 그게 아니라면 그저 앞으로 나아가는 수밖에 없다. 아무런 휴식도 할 수 없는 채로 허리가 끊어질 때까지 걷다가 버스가 다가오면 그 위로 기어오르기.

버스정류장에서 미나의 빌라 입구로 이어지는 산책로에는 길 양편으로 라일락나무가 늘어서 있다. 흰색과 보라색의 꽃들이 나뭇가지에 포도송이처럼 탐스럽게 매달려 있으며 그것은 숨을 쉴 수 없을 정도로 짙은 향기를 내뿜는다. 그것은 꽃향기라기보다는 꿀냄새에 가깝다. 길은 완만한 오르막이라 조금씩 숨이 차오른다. 진한 꽃향기는 호흡을 방해한다. 수정은 꽃향기에 질식하여 죽는 상상을 해본다. 시야가 흔들린다. 바닥으로 쓰러진다. 질식한다. 경련한다. 죽는다. 그사이에 수없이 많은 고통스러운 단계가 있을 것이다. 방향을 바꾸자 라일락나무가 아카시아나무로 바뀐다. 낮은 나무들은 네모반듯하게 잘 관리되어 있고 소나무와

벚꽃과 목련이 역시 잘 관리된 잔디밭 여기저기에 세련되게 배치
되어 있다. 나트륨등이 노랗게 길을 비춘다. 멀리 빌라가 나타난
다. 저기, 민호가 벤치 앞에 서서 수정을 바라보고 있다. 그가 수
정을 향해 싱그럽게 미소짓는다.

수정이 가방을 열고 담배를 꺼내 하나를 민호를 향해 내밀고
하나를 입에 문다. 둘은 다정하게 고개를 맞대고 한 번의 불로 서
로의 담배에 불을 붙인다. 수정은 민호의 어깨에 살짝 손을 얹고
머리를 기댄다. 민호가 수정을 끌어안는다.

"머리가 아파." 수정이 손바닥으로 자신의 머리를 때린다.

"왜?"

"카페인 때문이야. 오늘밤엔 잠을 잘 수가 없겠지."

"손가락은 왜 다쳤어?"

"칼에 베었다니까요."

민호가 수정의 손을 잡고 자신의 무릎 위로 가져간다.

"괜찮아?"

"그럼요."

"너 왜 연락이 안되냐고 미나가 그러던데. 니 휴대폰 계속 꺼
져 있다고."

"미나가 그래?"

"어."

"그럼 오빠는 나한테 연락 안해봤다는 거네."

"아냐 아까 문자 보냈어." 수정이 민호의 손을 꼭 잡는다. "두

번."

"잘했어."

민호가 웃는다.

"무슨 일이야 근데. 이 밤중에."

"휴대폰이 고장났어." 민호가 고개를 끄덕인다.

"헤어진 남자친구가 집으로 찾아왔어." 민호가 고개를 끄덕인다.

"학원에서 수업하다 말고 강사랑 싸웠어." 민호가 고개를 끄덕인다.

"가방도 샀다." 민호가 고개를 끄덕인다.

"민호야." 민호가 고개를 끄덕인다.

"장난 그만하고 대답해. 민호야."

"듣고 있어."

"그냥 보고 싶어서 왔어. 그럼 안돼?"

민호가 고개를 끄덕인다. 수정이 민호의 머리를 가볍게 때리고 도망친다. 민호가 우스꽝스럽게 얼굴을 구긴다. 수정이 낄낄거리며 담배를 바닥에 던져 발로 비벼끈 다음 다시 돌아와 민호 옆에 바짝 붙어앉는다. 민호가 수정을 끌어안는다.

"나 살아온 삶에 대해서 약간의 후회를 하기 시작했어. 그래서 약간의 편집이 필요한 것 같아." 민호가 고개를 끄덕인다.

"고개는 그만 끄덕이고 의견을 좀 제시해봐. 너는 의견이 없니."

민호가 심각한 표정으로 오랫동안 침묵한다.

"무슨 생각 해?"

"아무 생각도 안해."

"야."

"니가 하고 싶으면 하는 거지. 너 하고 싶은 대로 해."

"아, 그래? 나도 그럴 생각이야. 그런데 머리가 너무 아파. 몇 가지 쓸데없는 것들이 자꾸 나를 괴롭혀. 머리가 아파. 커다란 일이 벌어질 것 같아. 고양이를 죽이는 것 정도는 아무것도 아닌 일. 더 심한 일. 진짜 심각한 일. 그런 일들이 일어나려고 해. 그런 게 느껴져. 그런데. 그런 게 가능하다고 생각해? 그런 게 정말 벌어질 거라고 생각해? 그래, 할 수 있어. 할 수 있다. 나는 할 수 있어. 그래. 알아. 그런데 정말 그럴까? 너는 어떻게 생각해? 그래, 할 수 있어. 할 수 있어 나는. 할 수 있다. 할 수 있다 이수정. 나는 할 수 있어. 그래 알아. 그런데 정말? 정말 그럴까? 너는 어떻게 생각해? 나는 너의 의견이 궁금해. 나한테는 그게 중요해. 오늘의 나한테는 그게 정말 중요해. 그러니까 제발 내 말을 좀 들어줘."

"듣고 있어."

"너는 나를 믿니?"

"무슨 뜻이야?"

"순수한 의미에서."

"나는 너를 믿어."

"잘할 수 있을까?"

민호가 수정을 보며 미소짓는다. "나는 너를 믿어. 뭘 하든. 뭐 든지."

"어째서? 어떻게? 니가 나에 대해서 알아?"

"원래 알면 못 믿는 거래. 모르니까 믿지."

수정이 민호를 보며 한숨을 쉰다. 담배를 비벼끄고 말을 잇는다. "그래, 나는 니가 이렇게 말해줄 줄 알았어. 내가 바라는 건 대단한 게 아니야. 소박한 믿음. 그리고 약간의 대화가 필요해. 진실되고 따뜻한 대화. 그런데 아무도 나와 그런 대화를 나눠주지 않아. 모두 나를 거절해. 다. 다. 나는 알아. 나는 알아." 수정이 반복하여 고개를 끄덕인다. "너는 어떻게 생각해?"

"뭘?"

"이거. 이거." 수정이 손가락을 뻗어 땅을 가리킨다. "이거, 인생에 대해."

"좆같아도 그냥 사는 거지 뭐."

"단순해서 좋겠다."

"너도 그렇잖아. 아니야? 그런 거 같은데?"

"그래, 민호야. 그래서 미치겠어, 거슬려서. 세상은 왜 이렇게 복잡하니? 왜 이렇게 단순하지가 않니? 나는 단순한데. 너도 단순한데. 세상은 너무 복잡해. 그리고 앞뒤가 안 맞아. 아까 내가 학원에서 강사한테 오류를 지적했더니 아니라고 우기면서 화를 내는 거야. 분명히 틀렸는데. 아무리 생각해도 답이 안 나와. 자존심 때문에? 부끄러워서? 그래, 그렇게도 생각해봤어. 그런데 틀린 걸 맞게 하는 것보다 자존심이 더 중요해? 말이 안되잖아 도대체가. 어떻게 자존심이 중요할 수가 있어? 그런 건 문제를 맞히면 그냥 슬슬 따라오는 거 아냐. 그래, 슬슬. 일부러 가지려고 하지 않아도 그냥 따라오는 거잖아. 도대체 이해가 안돼. 돈 게 아닐까? 참을 수가 없었어. 그래서 참으려고 나온 거야. 싸우기 싫어서. 야 근데 왜 웃고 있어 너는?"

"귀여워서."

"뭐가?"

"니가."

"귀여워? 내가 귀여워? 내가?"

민호가 웃으며 고개를 끄덕인다.

"아 그래? 귀엽다 이거지. 귀엽다 이건데. 그러니까 내가 귀엽다 이건데."

수정이 하늘을 올려다보며 뭔가를 골똘히 생각하더니 씩 웃는다.

"그렇군. 그렇구나. 그러네. 좋네. 그치, 좋네. 좋네. 그치? 내가 귀여우니까 좋네. 좋지? 그치?" 수정이 민호의 어깨를 툭 치며 동의를 구한다.

"그래, 너 귀여워."

"어떤 점이? 어째서? 뭐가? 왜?"

"비상식적이고 귀여운데 뭘."

"웃기니."

"뭐가."

"내가 하는 말이 웃기니."

"아니 안 웃겨."

수정이 벤치에서 벌떡 일어나 민호 앞을 빙글빙글 돌며 말을 하기 시작한다.

"나는. 지금 이 상황이. 솔직히. 하나도 마음에 안 들어. 왜냐하면. 지금 대화가 계속 겉돌고 있잖아." 수정은 그렇게 말하며 손가락을 허공에 대고 빙빙 돌린다. "겉돌고 있다. 계속해서 겉돌고 있어. 나는 지금 심각해 죽겠는데. 왜 아무도 내 말을 심각하게 듣지 않는 거야. 왜 아무도. 왜! 왜! 왜! 이해할 수가 없어. 나는 진짜. 이제 더이상 견딜 수가 없어, 민호야."

침묵.

"나 진짜 심각해. 힘들어. 이렇게 되면. 이렇게 되어버리면."

침묵.

"이렇게 되어버리면! 이렇게 되어버리면!"

"문제가 뭔지 알아?"

수정이 민호를 본다.

"니가 지금 계속 빙빙 돌려 말하고 있잖아. 너 지금까지 한 말에 핵심이 없어."

"아이씨!" 수정이 소리친다. "부끄러우니까 그렇지." 발을 구른다. "부끄러우니까! 부끄러우니까!"

"얘기해봐. 들어줄게."

민호의 목소리가 생크림처럼 부드러워 수정은 살짝 휘청인다.

"그러니까 내 말은…… 아냐 난 못해. 난 말 못해! 아니 할래. 고양이를 한마리 더 죽여야겠어."

"왜?"

"내 말을 안 들으니까."

민호가 허공을 바라보며 고개를 끄덕인다.

"넌 내가 지금 장난하는 걸로 보이지?"

"아니."

"그런데."

민호가 수정을 똑바로 보며 또박또박 말한다. "죽여. 이수정. 죽여."

수정이 웃는다. "왜 미나가 너한테 오빠라고 안 부르는지 이제야 알겠어. 너는 오빠 자격이 없어. 그리고 나는 바로 그 점이 마음에 들어. 너의 그런 점이 전부터 맘에 들었어."

민호가 웃는다. "지금 중요한 건 그딴 게 아냐."

"그럼?"

"확실히 죽이는 거. 계획을 철저하게 세우는 거. 겁먹지 않는 거."

수정이 고개를 끄덕인다.

"어떤 방법을 사용하느냐. 어떤 무기를 사용하느냐. 현재 P시에서 일어나는 살인사건의 육십오 퍼센트가 칼을 사용하는 거야.

가장 일반적인 방법이고 가장 고전적인 방법이지. 더럽긴 하지만 확실해. 죽이는 동안 느끼는 쾌감도 최상이야. 구하기도 쉽고 의심도 안 사. 나머지는 둔기. 해머나 야구방망이. 체인, 목조르기, 바다에 던지기, 불지르기, 구타, 총."

"칼이 좋겠어 칼."

"칼을 잡는 법은 알고 있냐?"

수정이 고개를 끄덕인다.

"그럼 됐어. 죽인다는 거, 그건 생각보다 쉽지가 않아. 각오는 돼 있냐?"

수정이 고개를 끄덕인다. "그런데 반항을 하면 어쩌지? '야옹' 하고 운다든가."

"야옹이라니?"

수정이 어깨를 으쓱한다. 민호도 어깨를 으쓱한다.

"사람은 '야옹' 하고 울지는 않지. 그런데 누굴?"

"네 여동생."

"어떻게?"

"칼을 사용하여."

"죽인다?"

"어떻게 생각해?"

민호가 골똘히 생각에 잠긴다.

"역시 꽃향기가 너무 지나쳐." 수정이 혼잣말을 한다.

"뭐라고?"

"아니야. 아무것도. 그래서 어떻게 생각해?"

한참을 생각하던 민호가 난처하게 웃는다. "모르겠는데."

"왜?"

"아무 생각이 안 나. 이거 문제있지 않냐."

"꽃향기 때문이야. 하지만 그래도." 수정이 민호를 향해 웃는다. 그것은 비웃음이다. "그러네. 문제가 있긴 있네. 하긴. 넌 원래 아무 생각이 없잖아."

"그건 너도 마찬가지잖아?"

"아니. 나는 언제나 깊이 생각해."

이번에는 민호가 수정을 비웃는다.

"너는 니 동생을 미워하니?"

"내가 왜?"

"사랑하니?"

민호가 고개를 끄덕인다.

"네가 니 동생을 사랑한다면 이건 아니지. 내가 니 여동생을 죽인다는데."

침묵.

"나는 미나랑 끝났어."

"나는……"

"너는 미나랑 끝나는 관계가 아니잖아?"

"솔직히 말해서." 민호가 수정을 보며 망설인다.

"괜찮아. 말해봐. 괜찮아."

“솔직히 니가 하는 말이 신뢰가 안 가.”

“무슨 뜻이야? 내가 하는 말이 농담 같아?”

민호가 고개를 끄덕인다.

“내 말이? 다? 전부 다?”

민호가 고개를 끄덕인다.

“왜? 어째서? 왜?”

“설명하기 힘들어.”

“난 할 수 있어. 그건 내가 아기코끼리 덤보가 그려진 분홍색 티셔츠를 입고 있기 때문에.” 수정의 목소리가 한층 높아진다. “그래서 넌 내가 귀엽다고 생각하는 거야. 내가 뭘 하든.”

수정이 얼굴을 찡그린다. 고개를 숙이고 두 손에 얼굴을 파묻고 휘청거린다. 손바닥 사이로 가늘고 높은 비명소리가 작게 새어나온다. 민호가 벤치에서 일어나 수정을 껴안는다. 수정이 조용해진다.

“나 오늘은 진짜 진지해지고 싶었어. 그런데 니가 진지하게 듣지를 않네. 하지만 만약에 니가 진지하게 듣는다면 나는 진지하게 말하지 않겠지. 내가 진지하게 말하면 니가 진지하게 듣지 않는 것처럼. 니가 들으려고 하면 나는 농담하고 피할 거야. 그래 이게 우리의 관계인가. 너는 내가 뭘 하든 상관 안하겠지. 너는 진지하지가 않으니까 나한테.”

수정이 고개를 들어 상처 입은 눈으로 민호를 본다. 그러자 민호가 수정의 뺨을 감싸안고 키스하려고 한다. 수정이 민호를 밀쳐낸다.

"김민호! 너는 내 얘기를 듣지 않아! 그래! 아무도 내 얘기를 듣지 않아! 그래! 이게 내가 쌓은 인간관계라는 거야! 축하해 이수정!" 수정이 두 팔을 하늘을 향해 뻗고 소리를 지른다. "고마워요! 아카시아 꽃향기가 너무 아름다워요!"

민호가 당황하여 머쓱한 표정으로 벤치로 돌아가 앉는다. 그리고 수정의 가방에서 담배를 꺼내 불을 붙인다. 수정도 다시 벤치에 앉아 담배에 불을 붙인다.

"미안해, 수정아, 나는."

"아니야 너는 미안해할 게 없어. 왜냐하면 나는 너한테 사과를 요구하지 않으니까. 나는 너의 이런 면이 진짜 좋아. 진짜야. 그래. 너는 이렇게 사랑스러운 인간인데 왜 나는 여태껏 그걸 몰랐니. 너는 지금까지 내가 만났던 남자들 중에 제일 나아. 내가 진작 너를 만났어야 했는데 그걸 몰랐어. 후회가 돼."

"수정아 계속 그렇게 소리지르면 주민신고 들어가거든."

수정이 한숨을 쉰 다음 조용하고 부드럽게 말을 잇는다.

"요즘 나는 어떻게 해야 니가 나를 진지하게 생각할지 그것에 대해 항상 생각해."

"진지하게 생각하고 있어."

"거짓말하지 마."

"나는 다른 여자애들하고 이렇게 길게 말 안해."

"벙어리랑 사귀었냐."

“푸하.”

“솔직히 말해봐. 너는 내가 미나 친구인 게 껄끄럽지가 않니?”

“그게 왜 껄끄러워?”

“나는 왜 껄끄럽지. 그래 인정해. 이건 내 문제야. 문제는 니가 아냐. 다 내 문제야. 다 내 문제야. 그래. 내가 화를 내는 건 다 내 문제야. 그런데 나는 왜 내 문제를 통해 네 문제도 해결되기를 바라지. 이건 과대망상인가. 추워.”

민호가 입고 있던 후드티를 벗어 수정에게 준다. 수정이 그것을 입는다. 민호가 팔짱을 끼고 떨기 시작한다. 수정이 그런 민호를 보며 웃는다. “이거 다시 입을래?” 민호가 고개를 흔든다. “아니야 너 다시 입어라.” 민호가 강하게 거절한다. 수정이 가방 속에서 무언가를 꺼낸다. 그것은 네 번 접은 흰 종이다. 수정이 종이를 펴고 읽기 시작한다.

“다음은 범죄형 인간에 대한 체사레 롬브로소의 관상학 견해이다.

‘암살자들은 턱이 두드러지고 양쪽 광대뼈 간격이 넓으며 머리카락이 굵고 색이 진하며 턱수염이 많지 않고 얼굴이 창백하다.

폭력범은 두개골이 둥글며 손이 길다. 이들 가운데 이마가 좁은 사람은 거의 찾아보기 어렵다.

강간범은 손이 짧다. (중략) 그리고 이마가 좁다. 이들 가운데 머리카락색이 밝은 사람이 압도적으로 많으며 또 성기나 코가 기형인 사람 역시 압도적으로 많다.

강도범은 절도범과 마찬가지로 두개골 측정치가 특이하며 머리카락색이 진하다. 턱수염도 많지 않다.

방화범은 머리가 특이할 만큼 길고 작으며 몸무게는 평균 이하다.

사기꾼은 턱이 넓고 광대뼈가 돌출했다. 몸무게가 많이 나가며 얼굴은 창백하고 굳어 있다.

소매치기는 손이 길고 키가 크며 머리카락이 검고 턱수염이 많지 않다.'"

다 읽은 수정이 민호를 본다. "어때, 어떻게 생각해?"

"응?" 민호가 어리둥절한 표정을 짓는다. "뭐가 어때?"

"강간범은 손이 짧다잖아. 이게 무슨 말이야 대체. 손가락이 짧다는 거야 손바닥이 짧다는 거야 아니면 손목?"

"손이 짧다는 거니까. 이 손 전체." 민호가 팔을 들어 수정에게 내민다. "이거 전체가 짧다는 거 아냐?"

"그래? 사기꾼은 턱이 넓고?" 수정이 두 손으로 턱의 넓이를 표현한다. "광대뼈가 돌출?" 손을 광대뼈에 갖다댄다. "몸무게가 많이…… 뚱뚱하다 이거지. 얼굴은 창백……" 양손바닥으로 얼굴을 감싸안는다. "굳어 있다." 굳은 표정을 지어본다. "어렵네. 사기꾼 되기도 쉬운 일이 아니네."

"그러게. 야 담배 좀. 아 추워."

"응, 여기. 근데. 나 아까부터 생각한 건데. 여기 꽃나무가 너무 많지 않니? 나 숨막혀서 죽을 것 같애."

"진짜?"

민호가 수정의 가슴에 손을 올려놓는다. "아직은 살아 있네." 수정이 민호의 손을 잡아 그의 가슴 위에 올려놓은 다음 그가 물고 있는 담배를 빼앗아 피운다.

"여기서 이렇게 담배 피우면 뭐라고 안해? 우리 단지는 장난 아닌데."

"전혀."

"좋네. 역시. 살기 좋은 곳이네."

"근데 너 이거 어디서 난 거야?"

"체사레 롬브로소의 관상학 견해라잖아. 아 발음하기도 힘드네."

"근데 이걸 왜 가지고 다니냐."

"마음에 들어. 사실 사회문제집에서 발견했어. 감동적이지 않니. 외워야지."

"그래라."

수정이 일어선다. "나 갈게. 안녕."

"데려다줄게."

"필요없어."

"왜 그래? 화났어?"

"아니야." 수정이 고개를 숙이고 울먹인다.

"왜 그래 수정아? 울어?"

"그래. 울어. 나. 오늘 내가 한 짓들이 너무 한심해서 생각하면 눈물이 나. 나, 오늘 나를 본 사람들을 다 죽여버리고 싶어. 그러려면 죽일 사람이 한둘이 아닐 텐데. 그래도, 나. 해낼 거야. 그래, 금방 끝날 거야. 그러면, 그러면 민호야, 다 끝나고 나면, 호텔의 선데이 브런치 뷔페에 가자. 신선한 게 먹고 싶어. 맛있는 음식이 필요해. 따뜻한 홈메이드빵에 베이컨이랑 치즈가 듬뿍 든 키슈가 먹고 싶어. 싱싱하고 두툼한 스시랑 진저드레싱을 얹은 두부샐러드가 먹고 싶어. 비싸고 맛있는 음식이 필요해. 여름이 다가와. 봄은 죽었어. 다시 돌아오지 않겠지, 올해의 봄. 나는 다 지워버릴 거야. 나는 여름이 정말 싫어. 없애버리고 싶어. 전세계 인구의 반이 사라지면 좋겠어. 아마존에 다시 숲이 우거지면 좋겠어. 자연이 회복되어서 여기 밤하늘에 별이 가득 빛나면 좋겠어. 지구상의 모든 전쟁과 테러가 사라지고 북극곰들이 더이상 위협받지 않는 생태환경. 그런 걸 조성하려면 유엔에 들어가야 하나? 들어줘. 제발. 진지하게. 일분, 아니 삼십초만 지나면 나는 갈 거야. 나는 더이상 여기에 없을 거야. 나는 다 지울 거야. 당연하지. 나는 다 잊을 거야. 이제 얼마 남지 않았어. 다 지울 거야. 다 싹 지워버릴 거야. 나는 복잡한 게 싫어. 그래서 다 없애버릴 거야. 그런데 나는. 그런데 나는, 대답해봐, 나는 너를 사랑해. 그걸 모르겠어? 어떻게 하면 그 마음을 전할 수 있을지 모르겠어. 나는 혼란스러운 게 싫은데 지금 나는 너무 혼란스럽다. 가슴이 두근거려. 나는 이렇게 단순한데 왜 세상은 이렇게 거미줄보다 더 복잡하고 더럽지? 제발. 내 마음을 알아줘. 내 마음을 알았다면 그럼 이제 지렁이를 먹어줄래. 모기와 바퀴벌레를 먹어줘. 그러고 나서 나랑 키스해. 내가 키스해줄게. 내가 허락해줄게. 오빠는 나와 어울리는 사람. 그러니까 나 말고 다른 사람이랑 어울리지 마.”

“먹었다 치고.”

민호가 수정에게 키스한다.

키스가 끝난 뒤 수정은 민호를 보며 손등으로 입가에 묻은 침을 닦는다. “그래, 네 뜻 잘 알겠어. 너한테 대단히 실망했어, 오늘. 하지만 나는 너를 사랑하니 어쩔 수 없네. 너는 나를 이해하지 않아. 너는 나를 너와 같은 사람으로 바라보지 않아. 너 때문에 내 마음이 무너져내리고 있어. 왜 내 마음을 몰라주니. 울고 싶어. 아니, 죽고 싶어.”

민호는 나도 너를 사랑한다고 그러니까 울지 말라고, 죽지 말라고 말한다.

“아냐 안 죽어. 내가 왜 죽어. 절대 안 죽어.”

그리고 다시 한번 키스한다.

새벽, 마트

　머릿속이 목소리로 가득 차 있다. 음악을 꺼도 소리가 계속된
다. 헤드폰을 벗어도 계속된다. 목소리는 적어도 다섯 가지다. 각
자 서로 다른 언어로 지껄이고 있다. 의미를 이해할 수가 없다.
누군가 영어로 바나나, 하고 외친다. 누군가 중국어로 주전자가
뜨겁다,고 말한다. 누군가 서랍 속에,라고 한국어로 말한다. 누군
가 수정의 이름을 부른다. 그것은 비열하고 아름다운 목소리다.
너는 뛰어갈 수 있어. 기어갈 수도 있지. 하지만 다른 사람이 되
어야 할 필요는 없어, 하고 말한다.
　여전히 깨어 있다.
　몇번이나 침대에서 몸을 일으켰다가 다시 쓰러진다. 그러는
사이에도 시간은 천천히 흘러가고 무엇을 하기에도 잠이 들기에

도 어중간한 시간이 펼쳐진다. 아무도 아무것도 하지 않는 움푹 팬 시간에 혼자서만 깨어 있다. 웃기에도 울기에도 마음이 편치 않은 감정상태가 지속된다. 수정은 지나간 하루를 떠올리며 어제는 참으로 많은 일을 하였으니 더이상 무언가를 할 필요가 없다고 생각한다. 잠에 들어야 한다. 모든 것은 어제의 일이다. 오늘의 새로운 아침이 밝아온다. 아직 깨어 있다. 시간이 지날수록 정신이 맑아져온다. 수정은 얼굴을 잔뜩 찡그리고 베개에 머리를 묻은 다음 천천히 베개에 머리를 문지르며 신음소리를 낸다. 짧고 지독한 잠이 몇번 지나쳐간 후 마침내 수정은 포기한다. 시간을 확인한다. 세시 사십칠분. 수정은 거실을 잠깐 서성인 다음 욕실로 들어가 물을 튼다.

차가운 물이 수정의 가슴을 향해 쏟아진다. 수정은 순간 움츠러든다. 떨어지는 물을 향해 머리를 숙이자 젖은 머리카락이 힘없이 얼굴에 달라붙는다. 수정은 팔을 뻗어 샴푸를 집어든다. 거품을 내어 머리카락에 문지른다. 머리카락을 흰 거품으로 물들이는 수정은 무언가 심각한 것에 잔뜩 몰두한 표정을 지어 보이지만 사실 아무런 생각도 하고 있지 않다. 수정은 부모가 잠에서 깨어나지 않도록 조심스럽게, 그러나 바쁘게 어두운 실내를 움직인다. 방에서 가방을 챙긴 뒤 욕실에서 드라이기를 켜고 머리를 말린다. 방에서 옷을 입고 부엌에서 물을 마신다. 욕실에서 머리를 빗고 헤어에센스를 바른다. 방에서 향수를 뿌린 뒤 가방을 들어다 현관 앞에 놓는다. 거실 소파에 앉아 잠시 생각한 뒤 전화기를 바라본다. 텔레비전을 켰다가 끈다. 전화기를 들었다가 놓는다. 다시 가방을 들고 방으로 돌아와 가방에 든 모든 것을 꺼내어 정리한다. 공책과 필통과 담배와 엠피스리플레이어를 차례대로 다시 담는다. 컴퓨터를 켠다. 포털사이트와 커뮤니티와 블로그와 메일함을 차례대로 체크한다. 포털사이트 메인 화면의 뉴스 섹션에는 '무서운 여고생 집단 성' 아홉 글자가 볼드체로 빛난다. 수정은 날씨를 클릭한다. 즐겨찾기에 입력되어 있는 모든 사이트에 차례대로 들어가본다. 아이디와 패스워드를 입력한다. 문서를 출력한다. 문서를 대충 훑어본 다음 고개를 끄덕이고 반으로 접어 노트 사이에 끼워 가방에 넣는다. 마지막으로 가방 안을 들여다본 다음 지퍼를 올린다. 불을 끄고 문을 열어둔 채로 방에서 나온다. 거실을 가로질러 욕실문을 닫고 신발을 신은 다음 집 안을 한 번 둘러본다.

아파트단지를 빠져나오자마자 빈 택시와 마주친다. 손을 쳐들자 택시가 수정의 앞에 멈춰선다. 수정이 목적지를 말하자 기사가 담배를 피워도 괜찮겠느냐고 묻는다. 수정이 고개를 끄덕인다. 기사가 창을 열고 담배에 불을 붙인다. 바람이 차다. 거리에는 사람이 없고 어둡고 텅 비어 있다. 그러나 멀리서부터 서서히 밝아온다. 수정은 초조하여 주먹을 꼭 쥔다. 창밖으로 서서히 밝아오는 하늘과 그에 따라 서서히 자신의 고유한 색을 되찾아가는 거리를 그녀는 안타까운 표정으로 바라본다. 라디오에서 뉴스가 흘러나온다. 운전기사가 정부를 욕한다. 수정은 다시 창밖을 바라본다. 운전기사가 담배를 비벼끈다. 정치에 대한 뉴스. 날씨에 대한 뉴스. 경제에 대한 뉴스가 차례대로 지나간다. 수정은 화가 나는 것을 느낀다. 그것을 드러내지 않기 위해 노력한다. 저 멀리 홀로 환하게 불을 밝힌 거대한 마트가 눈에 들어온다.

"직진해서 저 앞에 세워주세요." 수정이 손을 뻗는다.

수정이 다가가자 두 겹으로 이루어진 투명한 자동문이 차례대로 삐걱거리며 열린다. 수정은 입구를 향해 직진한다. 새벽의 마트 안에는 손님이 거의 없으며 모두가 피곤함으로 빳빳하게 굳은 얼굴을 하고 있다. 지난 시즌에 유행했던 유행가가 경쾌하게 흘러나온다. 수정은 두리번거리며 무언가를 찾기 시작한다. 바비인형과 디브이디와 개밥과 속옷과 양말과 해리포터 피규어 세트가 있다. 수정은 흰색으로 순결하게 빛나는 세탁기들 앞에서 좌회전하여 주방용 식기 코너에 멈춰선다. 그녀는 오렌지색의 화려한 문양이 새겨진 반투명한 접시 앞에서 오랫동안 머문다. 다기 코너에서 몇가지 종류의 찻잔을 심각한 표정으로 반복하여 관찰한다. 도마 코너에서 도마를 두드려본 다음 주방용 나이프 코너를 거쳐 식품 코너로 간다. 수정은 초콜릿을 하나 들고 주위를 두리번거리다가 과일 코너로 향한다. 사과상자 옆에 쌓인 장바구니를 하나 집어들고 그 안에 초콜릿을 담는다. 라면 코너에서 여러 종류의 사발면을 꼼꼼하게 살펴본 뒤 생수 코너에서 생수를 하나 꺼내 바구니에 담는다. 쌀과 빵을 지나 소스 코너에 도착한다. 수정은 샐러드오일을 하나씩 집어들었다가 다시 내려놓는다. 왔던

길을 되짚어가다가 죽염을 발견하여 그것을 장바구니에 넣는다. 다시 주방용 식기 코너로 돌아온다. 수정은 은빛으로 빛나는 레몬스퀴저를 들고 그것을 오랫동안 살펴본다. 와인병따개를 꺼내어 그것과 레몬스퀴저를 찬찬히 비교한 뒤 내려놓는다. 국자를 본다. 다양한 모양의 깡통따개를 살펴본다. 선반 위에 놓인 세일중인 쇠수세미의 복잡한 나선형을 바라보며 입을 벌린다. 깡통따개 옆으로 이어지는 금속컵들, 집게, 주방용 가위, 그리고 바비큐용 금속포크를 지나서 수정은 주방용 나이프 코너 앞에 선다.

거기, 충분한 양의 칼이 있다. 그것은 투명한 플라스틱 포장으로 깔끔하게 마무리되어 있으며 안에 들어 있는 포장지에는 칼의 용도가 설명된 사진이 인쇄되어 있다. 많고도 다양한 칼, 날렵하게 빛나는 칼들이다. 양파를 써는 칼에는 양파가 그려져 있으며 과일을 써는 칼에는 오렌지와 사과가 채소용 칼에는 오이와 셀러리가 그려져 있다. 고기용 칼에는 붉은 소고기가 생선용 칼에는 신선한 생선이 그려져 있다. 그리고 스시용 칼이 있다. 비싼 칼이 있고 세일중인 저렴한 칼이 있다. 수입 칼과 국산 칼이 있으며 앞이 뭉뚝한 칼과 앞이 뾰족한 칼이 있다. 마트 자체 브랜드에서 생산한 저렴한 칼이 있다. 수정은 수입 칼과 국산 칼 사이에서 갈등하다가 양파용 칼을 향해 손을 뻗는다. 수정이 팔을 뻗자 순간 주위가 흑백으로 변한다. 수많은 칼들이 화려한 빛깔로 수정을 향해 일제히 손들을 뻗는다. 수정은 놀라 뻗은 팔을 다시 움츠린다. 주위가 다시 본래의 색깔로 돌아온다. 수정은 주위를 조심스레

둘러본 뒤 이번에는 생선회용 칼을 향해 손을 뻗는다. 다시 주위가 흑백으로 변한다. 칼들이 손을 뻗는다. 수정은 허공을 더듬어 그중 한손을 더듬어 만진다. 손이 수정의 손을 꼭 움켜잡는다. 주위에는 더이상 아무것도 존재하지 않는다. 오직 밝은 빛으로 가득한 흰 공간이다. 단 하나의 선율로 이루어진 음악이 울려퍼진다. 수정이 한 손에 키스하자 손들이 수정을 향해 일제히 박수를 보낸다. 수정은 완벽한 원을 그리며 한바퀴 돌아 인사한다. 손들이 수정을 쓰다듬으며 끌어안고 더듬기 시작한다. 황홀하여 얼굴에 저절로 미소가 떠오른다. 손들이 수정의 목을 잡고 진열대를 향해 짓누르기 시작한다. 수정은 당황한다. 그러나 미소는 지워지지 않는다.

"아악!"

수정의 등이 플라스틱 컵과 부딪친다. 컵이 쏟아진다. 수정은 정신을 차리고 컵을 제자리에 쌓아놓는다. 장바구니를 보자 두 개의 칼이 이미 그 안에 들어 있다. 그것은 아무것도 그려지지 않은 붉은색의 포장 용기에 든 앞이 뾰족하며 커다랗고 시원스럽게 빛나는 독일산 칼과 붉은색 소고기가 그려진 고기용 칼이다. 수정은 주위를 둘러본다. 모든 것은 본래의 빛깔로 창백하게 빛난다. 수정은 바비큐용 포크를 향해 손을 뻗어본다. 아무런 일도 벌어지지 않는다. 수정은 약간 실망한다. 빠른 속도로 나이프 코너를 벗어난다. 수많은 엠디에프 박스들을 지나쳐 빨랫집게와 빨랫줄을 발견하고 그것을 바구니에 집어넣는다. 그리고 베이커리에서 재빠르게 시식용 빵을 세 개 집어먹고 계산대로 간다.

일렬로 길게 이어진 계산대는 단 두 개만이 열려 있다. 남녀 커플 한쌍과 불면으로 눈밑이 검게 바랜 중년의 여성이 수정의 앞에서 계산을 기다리고 있다. 수정은 바구니에 든 것을 모두 꺼내 계산대 위에 올려놓는다. 계산을 하는 여자는 삼십대 초반으로 보인다. 여자는 기계적으로 인사를 한 뒤 수정을 보지도 않은 채 물건을 옮기고 가격을 말한다. 모두가 피곤해 보인다. 하지만 수정은 다르다. 수정이 계산을 마치고 뒤를 돌아보자 창도 없는 하얀 실내에 물건들이 산더미처럼 쌓여 있다. 수정은 물건들이 담긴 비닐봉지를 굳게 매듭지어 가방에 넣는다. 투명한 문 너머로 푸른빛으로 밝아오는 새벽의 거리가 눈에 들어온다. 수정이 다가가자 두 겹의 문이 차례대로 열린다. 수정은 택시를 기다리며 헤드폰을 끼고 가방에서 담배를 꺼내 불을 붙인다. 사람들이 수정을 쳐다본다. 수정은 목을 꺾고 하늘을 바라보며 입을 벌린다. 연기가 새벽의 공기와 섞여 사라진다. 주머니에서 손목을 꺼내 시간을 확인한다. 다섯시 오십삼분. 수정은 밝아오는 하늘을 두려운 얼굴로 바라본다. 담배를 비벼끄고 택시를 향해 손을 흔들면 택시가 선다.

"직진해서 저 앞에 세워주세요."

수정은 텅 빈 교문을 지나 천천히 운동장을 가로질러 건물로 들어선다. 복도는 어둡고 조용하며 미묘하게 미지근한 온기가 느껴진다. 벽장 속의 젤리 세계와 정확히 같은 퇴행적인 달콤함이 피부의 모든 세포에 달라붙으며 그것은 칼을 들어 허벅지를 긋고 싶을 정도로 짜릿하다. 수정은 교실로 들어가 불을 켜지 않는다. 자리에 앉아 가방에서 노트를 꺼내어 노트 사이의 문서를 확인한다. 그것을 책상 서랍에 넣은 다음 교복을 꺼내어 책상 위에 올려놓는다. 가방 안에 든 비닐봉지를 확인한 다음 한번 더 묶는다. 가방을 들고 사물함으로 향한다. 사물함과 가방을 연다. 사물함 안쪽에 붙은 시간표를 확인하고 교과서와 노트를 꺼낸다. 사물함을 잠그고 자리로 돌아와 들고 있던 책을 책상 위에 놓여 있는 교복과 교환하여 교실을 빠져나간다. 잠시 후 수정은 단정한 교복 차림으로 교실로 돌아온다. 사물함을 열고 가방을 꺼내 옷을 넣고 가방을 다시 넣는다. 사물함을 잠그고 자리로 돌아와 앉는다. 허리를 곧게 펴고 몇가지의 간단하고 유용한 스트레칭 동작을 한다. 헤드폰을 끼고 재생 버튼을 누른다. 서랍에서 문제집을 꺼낸다. 연필을 들고 문제집을 향해 고개를 숙인다.

문득 고개를 들어 창밖을 보면 햇살이 눈부시다. 어느새 주위가 아이들로 가득하다. 수정은 교실 뒤편에 걸린 시계를 확인한다. 문제집을 덮고 의자에 기대어 하품을 하던 수정은 뒷자리의 진아가 등을 쿡 찌르자 깜짝 놀라 자리에서 일어난다.

"너는 문제집을 무슨 그렇게 미친 듯이 푸냐."

"내가 언제 내가 언제."

"난 니 눈에서 광기를 봤어."

"잠을 못 자면 눈에서 광기가 나는구나."

"또 밤새서 공부했구나?"

"아니. 난 밤에 공부 안해." 수정이 진아를 내려보며 말한다. "여러 가지 일이 있었어. 배고프다. 매점 가자."

수정은 카레맛 크로켓과 바나나우유를 고르고 다이어트중인 진아는 칼로리가 영 퍼센트인 유기농녹차를 골라 벤치에 앉는다.

"진아야 나 전화 한통만 써도 되겠니?"

진아가 수정에게 휴대폰을 내민다. "니 꺼는?"

"고장났어. 어, 여보세요? 엄마? 나 수정이. 엄마, 혹시 학원에서 전화 안 왔어? 진짜? 이상하네. 에이. 아무것도 아냐. 응? 아니, 오늘 좀 할 일이 있어서 일찍 나왔지. 응, 빵, 사먹었어. 아냐, 괜찮아. 엄마 근데요, 핸드폰 내일 사러 가면 안될까? 나 오늘 좀 피곤해. 학원 오늘만 빠지면 안될까? 아. 몸살이 오려나. 아. 허리가 쑤시네. 그리고 나 초밥 먹고 싶은데. 초밥! 초밥! 응. 아빠도 가자고 하자. 그러자. 물어봐. 근데 엄마 오늘 몇시에 올 거야? 알았어. 응. 나도 사랑해. 안녕."

"수정아 어디 아파? 몸살 걸렸어?"

"아니." 수정이 머리를 흔든다.

"핸드폰. 내일. 학원. 내일. 초밥. 내일. 엄마. 내일. 오늘. 음. 오늘. 그래. 그러자."

"뭐라고?"

"아냐. 혼잣말이었어. 다 잘됐어. 좋아."

수정이 남은 크로켓을 입속에 쑤셔넣고 손등으로 입가에 묻은 기름을 닦는다. 남은 우유를 모두 입 속에 털어넣는다.

"진아야."

"응."

"다 마셨니?"

"나 들어가서 마실 건데."

"그래, 그러자. 들어가자. 아니 운동장을 한바퀴 돌까? 산책을
좀 해야겠어. 머리가 어지러워. 그래. 신선한 공기가 필요해. 아
냐. 필요없어. 그냥 들어가자."

"뭐라고?"

"빨리 들어가자고."

진아가 고개를 끄덕인다. 수정이 진아의 팔에 팔짱을 낀다. 진
아가 손을 들어 햇살을 가린다.

"근데…… 미나는 잘 지낸대?"

"그럼. 전학갔어."

"그래? 만나봤어? 어때? 근데 왜? 전학간 거야?"

"글쎄. 그러게. 왜 전학을 갔을까? 맞아. 그걸 안 물어봤네."

"바보. 요새 만난 적 있어?"

수정이 고개를 끄덕인다.

"어때?"

수정이 물끄러미 진아를 바라본다.

"어떤데?"

수정이 얼굴을 찡그리고 고개를 흔들며 안타까움을 표현한다.

"아……"

"아니, 사실."

"아냐, 힘들면 말하지 않아도 돼. 수정아, 이해해. 완전히 이해
해."

수정이 고개를 끄덕이고 창밖으로 시선을 돌린다. 진아도 수
정을 따라 창밖을 본다. 수정은 창에 코를 박고는 필사적으로 무
언가를 바라본다.

"뭘 보니 수정아?"

"나무가…… 나무가……"

"나무가?"

"…… 자라고 있어."

"당연하지. 살아 있잖아."

"훌륭한 나무다. 훌륭한 나무야."

수정이 감탄한다. 진아가 당황한다. 수업 시작 십분 전을 알리
는 예비종이 울리고 수정과 진아는 교실로 돌아와 자리에 앉는다.

"오늘 소지품검사 한대!"

누군가 소리친다. 짧은 침묵. 이어서 비명이 터지고 욕과 야유
와 한숨이 여기저기서 튕겨나온다.

"벌써 아래층은 싹 돌았다던데."

수정이 눈을 크게 뜨고 엄지손톱을 물어뜯기 시작한다. 놀람
과 두려움을 드러내지 않기 위해 정신을 집중하여 사물함을 돌아
본다. 가슴이 뛴다. 차분하게 심호흡을 해보지만 진정이 되지 않

는다. 수정은 볼펜을 꼭 쥐고 반복하여 교과서를 접었다가 편다.

"야 언제 한대?"

"수업 시작하면."

"그런 게 어딨어?"

"야 씨발 이거 얻다가 감추냐고!"

"포맷해, 포맷."

"안돼. 백업 안했단 말이야."

한무리의 남학생이 한다발의 시디와 외장하드와 휴대폰을 체크한다.

한무리의 여학생이 담배를 모아 화장실 변기에 감추기로 합의한다.

혼란한 교실에서 수정은 조용히 교과서를 뒤적인다.

"너는 걸리는 거 없어?"

누군가 수정의 어깨에 손을 얹고 묻는다.

"없어."

"좋겠다."

시간은 빠르게 흘러간다. 수업종이 울린다. 수정은 엄지손가락에서 밴드를 벗겨내고 세게 물어뜯으며 한손으로 가볍게 책상을 두드리기 시작한다. 피가 새어나온다. 수정은 피를 치마에 비벼닦는다. 자리에서 일어나려고 하는 순간 선생이 문을 연다. 수정은 다시 앉는다. 그리고 반복해서 손가락을 물어뜯는다. 조금씩 그러나 끊이지 않고 피가 흘러나온다. 선생이 수업 중간에 소지품검사가 있을 거라고 말하며 비열하게 웃는다. 학생들이 야유한다. 수정은 피가 흐르는 손가락을 바라보다가 문질러 피를 손가락 전체에 묻힌다. 그리고 한번 더 세게 물어뜯는다. 깊은 통증에 몸 전체가 살짝 떨린다. 입술에 묻은 피를 혀로 핥아 닦아낸다. 그리고 손가락을 책상 위에 놓고 피가 스며나와 손가락을 감고 흘러내리는 것을 바라본다. 누군가 수정의 손가락을 가리키며 놀라움을 표현한다. 몇몇 아이들이 수정을 향해 고개를 돌린다. 수정이 고개를 들어 아이들을 바라보다가 다시 고개를 숙이고 여전히 피가 흘러내리는 손가락을 확인한 뒤 천천히 손을 들어올려 선생을 부른다.

"무슨 일이야 이수정?"

수정이 피로 흥건한 엄지손가락을 앞으로 뻗자 선생이 놀란다. 수정이 칼로 종이를 자르는 시늉을 한다.

"빨리 양호실로."

학생들이 웅성거린다. 수정이 자리에서 일어나 뒷문을 향해 걷는다. 학생들이 호기심을 담아 수정을 바라본다. 세번째 걸음에서 수정이 그대로 힘없이 바닥으로 쓰러진다. 아이들이 놀라 소리를 지르고 진아가 수정에게로 달려간다. 선생이 달려온다. 아이들이 수정의 이름을 부른다. 수정이 눈을 뜬다. 그러나 한동안 아무런 반응도 움직임도 보이지 않는다. 손가락에서 흘러나온 피가 바닥을 적신다. 진아가 수정의 어깨를 흔든다. 수정이 천천히 몸을 일으킨다. 얼굴에서는 아무런 감정도 읽을 수 없다. 그러나 애써 미소지으며 아이들을 향해 고개를 끄덕이며 손을 젓는다.

"나는 괜찮아."

그러나 잠긴 목에서는 못으로 칠판을 긁는 소리가 난다.

"선생님 괜찮아요. 양호실에 갈게요."

"혼자서 괜찮겠어?"

"네."

진아가 수정의 팔을 잡는다.

"필요없어."

"아니야 너 얼굴 완전 창백해. 거울 좀 봐."

진아가 사물함 옆에 걸린 거울을 가리킨다. 수정은 진아에게 기댄 채 고개를 숙이고 거울을 피한다.

복도는 조용하다. 진아는 반복하여 괜찮으냐고 묻는다. 수정은 대답하지 않고 다만 반복하여 고개를 젓는다. 반쯤 열린 문 안으로 흰빛과 흰 면천으로 가득하여 눈이 부신 양호실이 보인다. 텅 빈 공간에는 소독용 알코올의 냄새와 약의 냄새가 정확하게 반씩 섞여 있다. 수정은 침대에 걸터앉아 초조하게 다리를 떤다. 진아가 호기심어린 눈길로 양호실을 둘러본다. 수정이 자리에서 일어나 빙글빙글 양호실을 돌기 시작한다.

"누구냐?"

"손가락을 베었어요. 반창고를 주세요."

"어디 봐."

수정이 손가락을 내민다. 양호선생이 고개를 들이밀고 수정의 손가락을 살핀다. 진한 남성용 스킨 냄새에 수정은 숨을 멈춘다.

"이건 벤 게 아닌데?" 그가 수정의 얼굴을 들여다본다. 수정이 손가락을 등뒤로 감춘다. 그가 고개를 젓는다.

"일단 소독부터 하자. 쓰라릴 텐데 조금만 참자, 응?"

소독액을 적신 솜으로 조심스럽게 상처를 닦아내자 상처의 모양이 투명하게 드러난다. "이건 벤 게 아닌데. 개한테 물렸냐? 솔직히 말해봐."

"아니에요, 아니에요."

"확실해? 개한테 물린 거면."

"확실해요."

진아가 수정과 선생을 번갈아 바라보며 어리둥절해한다.

"칼에 벤 거예요. 확실해요. 개가 아니에요. 믿어주세요. 칼이 오래돼서 삐뚤빼뚤해졌어요. 그리고 죄송한데 저 수업 들어가야 되거든요? 빨리." 수정이 벽에 걸린 시계를 본다. 선생도 시계를 본다.

"아 참 그렇지."

선생이 서랍에서 반창고를 꺼내어 수정의 손가락에 감아준다. 그러나 여전히 의혹어린 눈길을 유지한 채로. 수정은 평온한 표정을 유지하기 위해 애쓴다. 선생이 반창고를 몇개 더 수정에게 건넨다.

"이건 방수처리된 밴드야. 그러니까 마음놓고 물에 손을 담가도 돼. 그리고 약간의 소독약이 첨가되어 있다. 비싼 거라고. 알겠니?"

수정이 고개를 끄덕인다.

"그럼 일단 들어가고. 수업 끝나면 다시 와라. 소독 한번 더 하자, 응?"

수정이 고개를 끄덕인다.

"가봐, 어서."

수정과 진아가 공손하게 고개를 숙인 다음 양호실을 빠져나온다. 양호실에서 나온 수정이 계단을 오르기 시작한다.

"수정아 내려가야지 왜 올라가."

"교무실."

"왜? 근데 양호선생님 뭐야? 너 칼에 벤 거 아냐? 그리고 너 쓰러졌다고 왜 말……"

수정이 멈춰서서 진아를 노려본다. 과장되게 고개를 저은 뒤 계단을 오르기 시작한다. 그러더니 갑자기 멈춰서서 난간에 기대어 이마에 손을 올리고 신음소리를 낸다.

"수정아, 괜찮아? 수정아?"

수정이 빠른 속도로 계단을 거슬러 내려온다. 진아가 당황한다. 수정이 진아의 손목을 잡고 빠른 속도로 계단을 오르기 시작한다. 미처 생각할 틈도 없이 진아가 계단을 끌려 올라간다. 신발이 벗겨진다.

"내 신발."

"내 거 아냐."

진아가 수정의 팔을 뿌리치고 멈춰선다. 수정이 진아의 목을 낚아챈다. 진아가 목으로 꿈틀거리는 소리를 내며 두 팔을 벌려 허우적거린다. 수정은 진아의 목을 잡고 남은 계단을 오른다. 계단을 다 오르자 손을 풀고 가쁘게 숨을 내쉰다. 수정의 숨소리가 조용한 복도를 울린다.

"닥쳐. 아무 말도 하지 마. 기다려."

수정이 진아의 귀를 잡아당긴다. 진아가 수정을 밀친다. 그녀의 얼굴은 공포로 굳어 있다. 수정의 입가로 웃음이 번진다. "기다려."

수정은 교무실을 가로질러 몇몇 선생들에게 고개를 숙인다. 수정의 담임은 한손으로 턱을 받치고 컴퓨터 모니터에 집중하고 있다. "저 오늘 조퇴하면 안될까요?"

수정의 담임이 모니터에서 눈을 떼고 수정을 바라본다. 거기 엄지손가락을 꼭 쥐고 창백한 얼굴로 떨고 있는 여학생이 있다.

"왜? 어디 아프니? 앉아봐."

"감기 때문에." 선생이 수정의 이마에 손을 갖다댄다.

"그러네. 열이 좀 있네."

"네."

"음…… 조금만 더 버텨보지그래? 안되겠어? 오전수업이라도."

침묵.

"안되겠어? 근데 손은 왜 그래?"

"칼에 베었어요. 열 때문에 정신이 없어가지고."

수정이 힘없이 웃어 보인다.

선생이 수정을 물끄러미 바라보며 생각에 잠긴다. 침묵. 그리고 수정의 어깨를 툭 치며 싱긋 웃는다. "할 수 없지 뭐." 선생이 조퇴증을 채우다 말고 수정을 바라본다. "잠깐. 너 월요일에도 조퇴하지 않았나?"

"아니요."

수정의 목소리가 약간 높아진다.

"그래? 그럼 누구지? 이번 학기 들어서 한 번도 조퇴한 적 없니 그럼?"

"없어요."

"그래?" 선생이 조퇴증을 내밀며 다리를 꼰다. "그럼 가봐. 푹 쉬고. 내일 보자."

수정이 그것을 손에 쥐고 밝은 얼굴로 일어선다.

"근데 현장체험학습 준비는 잘되어간다니?"

"저야 모르죠. 반장한테 물어보세요." 수정이 씩 웃으며 인사한다.

선생이 수정을 빤히 본다. 수정은 문까지 일부러 약간씩 휘청이며 걸어 보인다.

조심스럽게 문을 열자 교실 안의 모든 사람들이 일제히 수정을 돌아본다. 수정은 진아를 확인한다. 그녀는 고개를 숙이고 노트를 내려다보고 있다. 수정이 진아를 향해 걷는다. 어깨에 손을

올리자 진아가 고개를 든다. 수정이 활짝 웃는다. 긴장하여 입가
에 경련이 인다. 그러나 수정은 멈추지 않고 계속 웃어 보인다.
진아가 고개를 돌린다. 수정은 한숨을 쉬더니 진아의 어깨에서
손을 떼고 선생을 향해 다가간다.

"몸이 많이 안 좋구나."

수정이 고개를 푹 숙이고 자리로 돌아가 조용히 물건들을 챙
긴다. 사물함을 열고 가방을 꺼내 바닥에 내려놓는다. 사물함 안
에 책을 채워넣고 가방 안에 필통과 문제집을 넣는다. 고개를 돌
려 선생을 흘끔 쳐다본다. 선생은 칠판에 무언가를 적고 있다. 유
성매직과 코팅된 화이트보드가 미끌거리며 부딪친다. 수정은 가
방을 닫고 사물함을 잠근 다음 조용히 교실을 빠져나간다. 문을
열다 말고 진아와 눈이 마주친다. 수정은 웃지 않는다. 수정이 문
을 향해 다가가는 동안 진아는 계속해서 수정을 바라본다. 수정
도 계속해서 진아를 바라보며 걷다가 문에 머리를 부딪힌다. 진
아가 반사적으로 웃음을 터뜨린다. 그리고 재빨리 고개를 돌린
다. 수정은 소리가 나지 않게 조용히 문을 열었다가 닫는다. 창
너머로 들여다본 옆반은 소지품검사가 거의 끝나간다. 수정은 뛰
기 시작한다.

미나의 집

“오빠, 지금 어디야. 나한테 좀 와줄래.”

“안되겠어? 왜 안되지?”

“제발 나한테 좀 와줘.”

“누구 나한테 좀 와줘.”

“누구 나한테 좀 와줘.”

“누구 나한테 좀 와줘.”

“안 그러면 다 죽여버릴 거야.”

웃는다.

“안 그러면 다 죽여버릴 거야.”

수정이 손을 들어 지나가는 사람들을 가리키며 말한다. “저거
다. 전부 다. 죽여버릴 거야.”

“전부 다 죽여버릴 거야.”

“저걸 어떻게 다 죽이지.”

“알 수가 없네. 하지만 나는 하고 말 거예요.” 수정이 수화기에
대고 소리친다.

“어차피.” 수정은 갑자기 노트에 끼워둔 숙제를 떠올린다.

“몰라, 몰라, 몰라. 제발 누가 나한테 좀 와주세요. 제발이요.”

“전화를 걸 수가 없잖아요. 누가 나한테로 좀 와줘. 그러면 괜
찮아질 거예요.” 수정이 전화기를 내던지고 바닥에 주저앉아 얼
굴을 구긴다. 손등으로 눈을 비비며 약간의 한숨이 흘러나온다.
손을 떼자 눈가가 젖어 있다. 아침의 태양은 한여름으로 이글거
리고 뜨겁게 달구어진 공중전화 박스 안은 숨이 막힌다. 물끄러
미 밖을 보다가 지나가는 남자와 눈이 마주친다. 수정은 다시 일
어나 전화기를 든다.

“나한테 와줘 / 아무것도 할 수 없어 / 하지만 약한 모습은 보이
지 않는다.”

수정은 전화 박스에서 나온다. 이른 아침, 절반이 넘는 상점들
이 아직 문을 열지 않은 시간, 수정은 어디로 가야 하는지에 대해
생각하며 걷는다. 몇가지 장소를 떠올리고 그러나 고개를 젓는
다. 시간을 확인한다. 배가 고프다. 아침을 먹기로 결심한 채로
그러나 계속해서 걷는다. 허기가 진다. 다리가 풀린다. 발가락이
딱딱해지고 뜨거워지고 마침내 자신의 다리가 두꺼운 전화번호
부처럼 뻣뻣하고 두껍게 느껴진다. 어지럽다. 땀이 흐른다. 수정

은 미국에 본사를 둔 다국적기업이 운영하는 커피 체인점으로 들어간다. 커피와 튜나랩을 주문하고 화장실로 간다. 교복을 갈아입고 파우더와 립글로스를 바르며 얼굴을 들여다본다. 화장실에서 나와 흡연구역으로 향한다. 한눈에도 몹시 앳돼 보이는 수정에게 사람들의 시선이 쏠린다. 수정은 무서운 속도로 튜나랩을 입속에 쑤셔넣고 커피를 마신다. 담배에 불을 붙인다. 주위를 둘러본다. 시간을 확인한다. 물끄러미 창밖을 바라보며 담배를 피운다. 담배를 비벼끄고 수정은 자리에서 일어난다. 가방이 바닥에 떨어진다. 사람들이 수정을 바라본다. 수정은 어깨를 으쓱하고 가방을 어깨에 올린 뒤 카페에서 나와 전화 박스로 들어간다.

"누구세요?"

엄청나게 시끄러운 소음 한가운데에서 민호가 소리친다.

수정이 한쪽 귀를 막고 소리친다. "어디니? 학교?"

"누구? 이수정?"

"응."

"어디야? 학교야?"

"아니."

"학교 안 갔어?"

"조퇴했어."

"왜? 어디 아파?"

"뭐라고?"

"어디 아프냐고!"

"아니, 괜찮아!"

"어디가 아픈데!"

"그냥 좀 피곤해."

"뭐라고? 안 들려!"

"피곤하다구!"

"집에 가서 한숨 자."

"아니 너희 집에 갈 거야."

"그래? 미나 학교 갔을 텐데?"

"이제 올 때 됐지 않아?"

"그래?"

"응!"

"뭐라고?"

"아무 말도 안했어."

"아…… 미안…… 잠깐만…… 여보세요? 이제 잘 들려?"

"우아. 어떻게 한 거야?"

"나왔어. 밖으로."

"잘했어."

"그런데 우리집엔 왜?"

"아. 뭐."

"미나한테 어제 너랑 만난 거 얘기 안했다?"

"왜?"

"해야 되나?"

“아니. 잘했어. 너는 집에 언제 와?”

“늦는데.”

“응.”

“이따가 볼 수 있으면 보자.”

“사랑해!” 수정이 소리친다.

“왜 대답이 없니?”

“듣고 있어.”

“너는 나 사랑하지 않는 거 알아. 하지만 나는 너를 사랑해.”

“이수정 너 자꾸 그런 식으로 말하는데…… 나도 너 좋아해.”

“아니야. 너는 아무것도 하지 않는 게 나아. 아무튼 고마워. 그런데 모르겠어. 너를 생각하면. 내가 눈물이 나 민호야.”

“우니? 수정아? 야 울지 마.”

“아니. 말이 그렇다는 거지. 내가 왜 울어. 근데 있지.”

“응.”

“나 동전 다 떨어졌다. 전화 끊길 거야.”

“그래. 또 전화해. 저녁에 볼 수 있으면 보자.”

“응, 안녕.”

“응, 안녕.”

전화를 내려놓자 가슴이 두근거리며 화가 나기 시작한다. 수정은 초점없는 눈으로 어딘가를 뚫어지게 바라보며 생각에 잠긴다. 그녀는 가끔 수줍게 웃으며 눈을 감았다가 뜬다. 아무도 그런 그녀를 바라보지 않는다. 지금 이 순간 그녀가 무슨 생각을 하는

지 아는 사람은 아무도 없다. 지금 이 순간 아무도 수정을 생각하지 않으며 그러나 그것은 수정의 책임이다. 하지만 책임이나 원인 따위가 무슨 상관인가. 그것과 상관없이 운명에 따라 벌어질 일은 벌어지게 되어 있고 여기 그 운명이 도착했다. 버스가 멈춰서고 수정이 올라탄다.

한낮의 열기 아래 라일락과 아카시아의 향기는 밤과는 또다른 방식으로 숨을 막는다. 향기로 숨막히는 길 위에서 수정은 머릿속에 떠오르는 모든 생각이 저만치 밀려가는 것을 무기력하게 바라본다. 모든 생각들이 그 껍질을 벗고 물처럼 흘러내리거나 밀려온다. 밀려온 모든 것들은 수정의 등뒤로 천천히 허물어진다. 그것은 매혹적이며 그러나 위험하다. 수정은 그 모든 것에 대해 무력하다. 밀려가고 밀려가는 틈에서 그녀는 무방비상태로 떠다니며 가라앉을 순간을 기다리지만 그것은 다가오지 않는다. 심지어 점점 더 멀어진다. 수정이 울음을 터뜨릴 것 같은 찰나 헤드폰에서는 마돈나의 「보그」가 흘러나오기 시작하고 그러자 점점 흥분되는 수정은 풀밭으로 뛰어들어가 라일락나무를 잡고 빙글빙글 돌며 춤을 추고 싶다. 하지만 풀밭은 외부인의 출입이 금지되어 있다. 약간 우울해진다. 수정은 노래에 집중한다. 볼륨을 좀더 높인다. 노래가 수정을 향해 한발자국 더 다가온다. 「보그」의 도입부는 언제나 듣는 사람을 기대에 차오르게 하며 이어지는 마돈나의 목소리는 핑크빛으로 매끄럽다. 수정은 마돈나가 「보그」를 부르는 것을 단 한 번도 보지 못하였으나 그것은 그녀의 영아시절 유명했고 그래서 어디서나 들려오던 그 노래에 익숙하지만 그것을 제대로 처음부터 끝까지 집중하여 들어본 것은 얼마 되지 않았으며 그러나 듣자마자 그것을 사랑하게 되었다. 마돈나가 힘을 다해 부르는 「보그」가 수정은 놀랍다. 요즘의 마돈나라면 수정 또한 익숙하다. 그녀는 실크 같은 금발에 도자기처럼 새하얀 피부를 하고 오십이 넘은 나이에 고난도의 댄스를 소화하여 십대 청소년을 노골적으로 유혹하는 한편 유명한 영화감독 남편을 가지고 있으며 요가나 카발라에 심취하여 자신의 자녀들에게 텔레비전을 보여주지 않고 아프리카에서 아이를 입양하여 구설수에 올랐고 동화책을 썼으며 영국에서 산다. 수정은 이 모든 것을 케이블텔레비전 가십 프로그램에서 보아서 잘 알고 있다. 그녀는 종아리 아래까지 내려오는 몸에 딱 붙는 긴 코트를 즐겨입는다. 그러나 뮤직비디오에서는 다른 젊은 여자가수들이 부럽지 않게 선정적이며 텔레비전에서는 하루종일 그녀의 뮤직비디오를 틀어준다. 그러나 그런 그녀의 딸은 텔레비전을 보지 못한다는 것이다. 너무나도 오만한 마돈나의 태도 앞에서 이 일련의 모순들은 왠지 모두 그럴듯해 보인다. 수정은 바로 그 점이 마음에 든다. 그 모순된 태도는 자신에게 무지한 일반인들이 가지고 있는 인식되지 못한 인격적 결함으로서의 모순이 아니라 모든 위대한 승리자가 가지고 있는 핵심적인 아이러니이다. 그것은 승리자로서의 표식이고 따라서 승리자가 되려면 그런 표식이 적어도 세 가지

정도는 필요하다. 그것은 이치에 맞지 않고 강력하며 파괴적일수록 좋다. 수정은 바로 그런 높은 차원의 앞뒤가 안 맞음을 자신의 개성으로 승화시키고 싶고, 그래서 마돈나를 존경한다.

누구나 마돈나를 안다. 그녀는 여전히 스타이며 그래서 수정은 마돈나에 익숙하다. 하지만 그녀가 수정의 핵심적인 관심거리는 아니었다. 수정은 마돈나보다는 변방의 마녀들, 뒷골목의 불량소녀들에 더 익숙했다. 폴리 진 하비나 리즈 페어 혹은 피오나 애플이나 비요크를 더 잘 알고 그것을 더 좋아하고 더 많이 들었다. 그러나 그것은 미나의 영향이지 수정의 선택은 아니다. 하지만 어디까지가 선택이고 어디까지가 타인의 영향인가. 모두가 타인의 영향 안에서 자라나고 나아간다. 일부 예민한 인간들은 그 안의 부자유에 절망하지만 그것은 핵심을 완전히 벗어난 부적절한 문제의식으로서 온 세상에 아무런 도움도 안된다. 도대체 타인의 영향에서 벗어난 선택이라는 게 가능한가? 그 모든 리스트에서 벗어난 나만의 리스트가 가능한가? 독자적으로 나아가는 것은 가능한가? 물론 시간과 공간은 모든 인간을 조금씩 다른 리스트를 가진 인간으로 만든다. 하지만 그것은 일정한 것들의 서로 다른 조합에 불과하지 않은가. 자유란 지난시대의 낭만적 신화에 불과하다. 수정은 그런 종류의 자유를 믿지 않는다. 그녀가 믿는 자유란 남들이 들어갈 수 없는 곳에 들어가는 것이다. 그녀는 독자적인 노선을 믿지 않는다. 희망이란 집단 속으로—좀더 핵심적인 집단 속으로—매몰되어 융합하는 것이다. 그밖의 것들—대안이란 패배자들의 위안에 불과하다,고 수정은 믿는다.

수정은 미나의 영향 안에서 음악을 듣기 시작했다. 그리고 미나는 아버지의 영향 안에서 음악을 듣기 시작했다. 미나와 민호는 아버지의 서재에 가득한 음반과 스피커를 공유했다. 미나의 아버지가 도어즈를 들었고 그래서 미나도 도어즈를 들었다. 미나는 핑크 플로이드를 살 필요가 없었다. 그녀의 아버지가 가지고 있으니까. 미나는 아무것도 힘들게 노력할 필요가 없었다. 책장에 가득 쌓인 책과 음반을 차례대로 빼내어서 가슴에 품으면 그것으로 끝이었다. 책장 한구석에는 값비싼 클래식카메라들이 차례대로 놓여 있다. 수십년 전 생산이 중지되었으며 명쾌한 소리를 내며 셔터를 내렸다 올리는 기계들이다. 수정은 미나와 조금씩 친해지던 무렵 미나의 가족과 함께 으젠느 앗제의 사진전에 가본 적이 있다. 수정은 처음 들어보는 괴상한 이름에 당황하였으나 웹서핑으로 알아본 바에 의하면 그는 사진의 신, 사진의 아버지, 사진의 모든 것으로 추앙받는 지난세기의 프랑스인이었기 때문에 모든 의혹을 뿌리치고 그곳에 갔다. 도시에서 가장 풍요로운 지역에 위치한 갤러리는 가족 단위의 관람객들로 가득하였고 모두가 자애로운 표정으로 사라진 세기의 사진을 들여다보며 진지했다. 입구에는 앗제의 이름이 초콜릿색의 커다랗고 우아한 필기체로 새겨져 있었다. 그리고 처참한 문법구조를 지닌 프랑스어 번역체로 앗제에 대한 소개글이 그 아래에 적혀 있었다. 고급 액자로 포장된 흑백의 단단한 사진들, 곳곳을 장식한 세련된 필기체의 프랑스어와 영어, 그 아래에 촌스러운 폰트의 한국어. 수정은 그 모든 우아하고 예술적인 것들을 진지하게 들여다보고 이해하기 위해 노력했다. 그러나 거기 놓인 지난시대의 향수가 진하게 풍기는 텅 빈 거리, 건물, 익명의 사람들, 사물들이라니. 수정은 무엇보다 다리가 아팠으며 아무것도 느낄 수가 없었다. 도대체 무엇에 어떻게 감동하란 말인가? 그 모든 것은 전후 20세기 유럽의 프티부르주아처럼 되길 원하는 극동아시아의 프티프티부르주아들의 요란한 푸닥거리에 지나지 않았다.

미나아버지의 서재에는 많은 책들이 있다. 지난시대의 대학생들이 책상 아래에서 은밀히 열광하던 선동적인 책들과 문학의 고전들. 곰팡이 냄새를 풍기는 전후 남한의 문학작품들. 현대 미국 사진작가들의 선정적이며 십대 취향의 사진집들. 이런 책들과 저런 책들. 그리고 빌어먹을 융의 책이 있다. 논술선생은 세련된 구식의 문화적 취향을 가진 미나를 언제나 신기함과 자랑스러움이 섞인 눈빛으로 바라보며 미나가 무슨 이야기를 해도 고개를 끄덕이며 즐거워했다. 문법구조가 완벽한 박력있는 글을 쓰는 것은 수정 쪽인데도 논술선생은 특별히 더 애정어린 손길로 미나의 모자라는 글을 쓰다듬었다. 수정은 둘이 다정하게 눈을 맞추며 웃을 때마다 논술선생을 향해, 그래 평생 논술과외나 하다가 뒈지라지, 가벼운 저주를 퍼부었다. 선생은 미나에게 여러 가지 책들을 빌려주었으며, 다음 수업에 둘은 그 책에 대해 즐겁게 이야기를 나누었다. 미나는 마음에 든 구절을 들먹였고 그러면 논술선생은 또다른 발음하기 어려운 유럽인이나 일본인의 이름을 언급하며 새로운 책을 추천했다. 수정에게 미나와 함께하는 논술과외 시간은 지옥이었다. 함께 논술과외를 받는 그동안 수정은 일방적으로 미나를 올려다볼 수밖에 없었다. 삼백육십오일 이십사 시간 중에 오직 그 시간들만이 수정이 미나를 내려다볼 수 없는 시간이었다. 수정은 그러나 그것을 중요한 게임으로 인식하고 정정당당하게 맞서싸워 이기기 위해 노력했다. 완벽한 문장의 글을 쓰기 위해 자신만의 특별한 수련 방법을 고안해냈으며 논술선생이 추천한 책들을 책상 위에 쌓아놓았다. 하지만 이상했다. 노력하면 할수록 미나는 높아졌고 수정 자신은 낮아졌다. 도대체 문제가 뭘까? 수많은 시간 고민했으나 답이 나오지 않았다. 그리고 오늘 수정은 답을 찾았다.

'쓸데없는 책을 읽는 사람들은 다 죽여버려야 한다.'

별안간 수정은 진시황의 분서갱유 사건을 진심으로 이해할 수 있게 된다. '그래. 시대를 초월하여 그런 쓰레기들이 존재했던 거야. 이해해. 완전히 이해해. 얼마나 괴상한 책을 읽으며 얼마나 괴상한 사상을 주고받았을까. 책이라면 문제집만 빼고 다 필요없어. 다 불태워버려야 해. 그러고 보니 문자시대가 끝나고 영상시대가 찾아왔다니 얼마나 다행인가. 가만있어도 그런 쓰레기들은 아무 힘도 없이 죽어버릴 테니 다행이다. 어른들은 자연스럽게 병들어 죽어간다. 문제는 자라나는 청소년인 김미나인데. 왜. 왜. 왜. 왜! 왜! 그런 일종의 쓰레기들을 머릿속에 집어넣어서 나에

게 나도 집어넣어야 한다는 경쟁의식을 주는 거야! 왜! 쓰레기
들! 전부 다 쓰레기들!'

마돈나의 음악이 절정으로 치닫는다. 그녀는 함께 노래하고
춤을 추자고 권한다. 수정은 망설임없이 미나를 밀쳐내고 마돈나
를 선택한다. 마돈나가 상상력을 실현시키라고 수정에게 권하고
수정은 고개를 끄덕이며 빠른 속도로 미나의 빌라 로비로 진입한
다. 남색 슈트를 차려입은 젊은 관리직원이 수정을 보고 아는 체
를 한다.

"미나 있나요? 미나 왔어요?"

남자가 뭐라 말하며 고개를 끄덕이지만 음악 때문에 들리지
않는다. 수정이 헤드폰을 벗자 주위가 순식간에 조용해진다. 경
비가 미나의 집을 연결한다. 수정이 카메라에 얼굴을 비춘다. 직
원이 고개를 끄덕이며 컴퓨터에 뭔가를 기록하고 수정에게 임시
출입카드를 내민다. 수정이 카드를 긋자 엘리베이터로 가는 출입
구가 열렸다 닫힌다. 수정이 엘리베이터 버튼을 누르고 닫힌 문
너머로 남자를 향해 인사한다.

복도는 조용하다. 수정이 초인종을 누르며 웃고 있다. 열린 문
안으로 들어서면 좁고 긴 복도를 사이에 두고 오른편에 서재와
욕실과 식당과 주방이 이어진다. 그리고 그 끝에 상들리에가 걸
린 거실이 있다. 복도 왼편에는 민호와 미나의 방과 드레스룸과
욕실이 딸린 안방이 있다. 천장이 높고 어두운 복도에는 곳곳에
작은 테이블이 놓여 있고 테이블마다 하나의 조명이 세팅되어 있

으나 그것들은 사용한 지 오래되어 먼지를 뒤집어쓴 채 어두운 얼굴을 하고 있다. 복도의 끝, 거실과 맞닿은 창 아래에는 유리섬유를 꼬아 만든 오렌지색의 커다란 공작새 모양의 등이 놓여 있다. 깃털을 펴면 그대로 날갯짓을 하며 날아갈 것같이 세심하게 처리된 그 등만이, 샹들리에를 제외하면 언제나 환하게 불을 밝히고 있다. 불길한 그림자를 꼬리처럼 길게 늘어뜨리고서. 지금 이 순간 구름 속으로 해가 숨어들고 불 꺼진 복도 끝 거실은 유난히 어둡고 공작새의 불빛도 힘을 잃고 흔들린다. 수정은 문을 닫고 신발을 벗으며 동시에 가방을 연다. 비닐봉지를 꺼내들고 가방을 바닥에 내던진다. 보폭이 큰 걸음으로 빠르게 걸으며 비닐봉지를 여는 동시에 복도 좌우를 차례로 침착하게 살핀다. 서재와 민호의 방문은 열려 있으나 아무도 없다. 흐릿한 오후의 햇살이 양쪽 방에서 동시에 쏟아진다. 미나는 욕실에도 없다. 식당 입구에는 포도나무가 수놓아진 두꺼운 아이보리색 커튼이 축 늘어져 있다. 수정이 커튼을 양쪽으로 밀어낸다. 거기에도 미나는 없다. 거실에 도착한다. 양면의 창 너머로 회색과 초록색이 섞인 시내가 내려다보인다. 그것을 바라보며 수정은 여름이 온 것을 깨닫는다. 수정은 공작새로 다가가 스위치를 내린다. 집 전체가 한층 어두워진다. 수정의 그림자가 조금 더 어둠과 닮는다. 수정은 안방으로 들어가 드레스룸의 문을 열고 옷을 헤집는다. 미나가 없다. 안방을 들여다본다. 침대는 깨끗하게 정돈되어 있으며 미나가 없다. 수정은 당황하여 안방에서 빠져나온다. 수정은 미나

의 방으로 가 벽장을 연다. 역시 미나는 없다. 수정은 다시 안방
으로 들어가 드레스룸을 지나 욕실문을 연다.

"야 꺼져!"

미나가 소리친다.

수정이 놀라 문을 닫는다. 그리고 다시 문을 살짝 열고 문틈으
로 작게 말한다.

"미안."

"문 닫으라니까!"

"알겠어." 수정이 문을 닫고 말한다. "천천히 하고 나와."

안방을 빠져나온 수정은 공작새 램프를 다시 켰다가 끄고 거
실을 가로질러 카펫 위로 쓰러진다. 고개를 흔들며 머리를 긁고
한숨을 크게 쉰다. 일어나 소파에 앉는다. 비닐봉지에서 칼과 생
수와 죽염과 초콜릿과 빨랫집게를 차례대로 꺼내어 바닥에 늘어
놓는다. 물끄러미 창밖을 내다보다가 일어나 서재로 간다. 스피
커에 엠피스리플레이어를 연결한다. 스피커를 켜자 아무 소리도
나지 않는다. 수정은 볼륨을 풀로 높인다. 아무 소리도 나지 않는
다. 플러그를 찾아 콘센트에 끼우자 순간 집이 폭발하는 것 같은
소리가 난다. 수정은 놀라 플러그를 뽑는다. 스피커의 볼륨을 적
당하게 조절하고 다시 플러그를 끼운다. 적당한 목소리로, 마돈
나가 노래한다. 처음부터 다시, 노래를 시작한다.

수정은 노래를 흥얼거리며 미나의 방으로 향한다. 수정은 미
나의 가방을 뒤지다가 뭔가를 발견하고 몹시 당황하여 두리번거

리다가 책상 위를 보고 미소짓는다. 수정은 미나의 휴대폰을 집어들고 주방으로 향한다. 싱크대에 미나의 휴대폰을 넣고 물을 튼다. 물을 잠그고 거실로 돌아와 칼의 포장을 뜯는다. 칼을 바닥에 내려놓은 뒤 생수를 한모금 마시고 초콜릿을 하나씩 하나씩 씹어먹는다. 칼을 양손에 들고 소파에 길게 기댄다. 갑자기 벌떡 일어나 텔레비전을 향해 간다. 텔레비전 옆에 놓여 있는 전화기를 들고 선을 자른 다음 내려놓는다. 무선전화기를 들고 주방으로 향하다가 인터폰을 발견한다. 수정은 조심스럽게 인터폰의 전원을 끄고 선을 분리한다. 무선전화기를 싱크대에 던져넣고 물을 튼다. 수정은 휴대폰과 전화기가 죽은 것을 확인한 뒤 거실로 돌아와 다시 소파에 길게 기댄다.

"야 너 뭐 하냐."

수정이 눈을 뜨고 미나를 본다. 미나가 당황한 표정을 감추려 애를 쓰며 팔에 로션을 바른다. 그녀는 헬로키티가 그려진 핑크색 배스로브를 입고 있다. 수정이 칼끝으로 헬로키티를 가리키며 수줍게 말한다. "그거 내가 생일선물로 사준 거."

"근데 너 뭐 하냐."

"근데 음악 왜 꺼졌어?"

"내가 껐어."

"왜?" "듣기 싫어서."

"왜?"

"듣기 싫으니까."

수정의 표정이 험악해진다. 미나가 멈칫한다. "근데 너."

"왜 껐냐니까 왜 대답을 안해? 귀가 먹었니? 왜 그랬어? 왜 껐냐고?"

"끄면 안되냐?"

"안돼!"

"왜?"

"내가 켰으니까! 내가 켰으니까!"

"알았어 미안해." 미나가 뜨악한 얼굴로 수정을 아래위로 훑으며 말한다. "가서 다시 틀든가."

수정이 고개를 숙이고 어깨를 으쓱한 다음 고개를 들고 말끔한 얼굴로 미나를 본다. "고마워."

수정이 노래를 흥얼거리며 서재로 향한다. 아주 큰 소리로 음악이 다시 시작된다. 미나는 계속해서 아무 말도 없이 그러나 약간 혼란스러운 표정으로 수정을 바라본다. 수정은 미나와 눈이 마주칠 때마다 방긋 웃는다.

"근데 너 뭐 하냐?"

"뭐가."

미나가 수정이 양손에 들고 있는 칼을 가리킨다.

수정은 딱히 대답할 말이 떠오르지 않아 당황한다. "음, 어, 너의, 정신을 치료해주려고."

수정이 머리로 양손을 올리고 무언가 뽑아내는 시늉을 한다. "치료. 치료."

"도로 갖다놔줄래?"

"뭘?"

"칼을."

"어디다가?"

"부엌에다가."

"이거 너희 집 칼 아냐. 내가 산 거야."

"왜?"

수정은 이번에도 역시 딱히 대답할 말이 떠오르지 않아 당황한다. 미나가 그런 수정과 칼을 혼란스러운 눈빛으로 바라본다. 혼란이 조금씩 커져가는 것을 미나의 눈동자에서 느낄 수 있다. 칼이 조명을 받아 반짝거린다.

"나 옷 좀 갈아입을게."

수정이 고개를 끄덕인다.

방으로 향하는 미나를 수정이 따른다. 미나가 방문을 닫으려고 하자 수정이 문틈으로 칼을 밀어넣어 닫지 못하게 한다. 미나가 비명을 지른다.

"안 볼게."

수정이 열린 문틈으로 재빨리 들어선다. 미나의 표정이 창백하다.

"아니야. 아무것도. 그냥. 우리 얘기 좀 하자고."

수정이 칼을 흔들자 미나가 놀라 뒷걸음질친다.

"나 옷 좀 갈아입고."

"갈아입으라니까." 수정이 칼로 방문을 긁기 시작한다.

"야 그거 긁지 마 흠 생겨."

수정은 계속해서 방문을 긁는다.

"하지 말라니까!"

수정이 웃는다. "빨리 갈아입어."

미나가 배스로브를 벗고 팬티를 입기 시작한다. 수정이 감탄하며 천천히 미나의 등과 허리를 훑어본다. 미나는 천천히 브래지어를 하고 천천히 검은색 민소매 티셔츠를 입고 그 위에 목이 깊게 파인 얇은 흰 티셔츠를 천천히 입는다. 옷장에서 천천히 청바지를 꺼낸다.

"처음 보는 거네?"

"지난주에 샀어."

"예쁘다."

"무슨 얘기를 하자는 건데?"

수정은 아무 말도 하지 않고 고개를 비스듬히 한 채 나른하게 미나를 바라본다.

"예쁘다."

"일단 칼 좀 내려놓고."

"왜? 내가 칼을 들고 있으니까 무섭니?"

미나는 대답하지 않는다.

"내가 내려놓고 싶으면 내려놓을게. 일단 거실로 가자. 일단 나와."

미나가 멈칫거리며 거실로 향한다.

"너는 그쪽에 앉아. 나는 이쪽에 앉을게." 수정이 미나를 구석으로 밀어넣는다.

"그렇게 겁먹은 표정 짓지 마. 그냥 얘기나 하자는 건데."

"무슨 얘기."

"까먹었어. 니가 자꾸 투덜거리는 바람에 까먹었어."

"너 나 위협하는 거니? 그 칼."

"핵심은 칼이 아니지."

수정이 칼로 소파를 찌른다. 미나가 놀라 소파에서 가볍게 튕겨오른다. 수정은 그런 미나를 바라보며 칼을 빼지 않은 채 직선으로 그어내려 마구 쑤시다가 칼을 뺀다.

"중학교 이학년 때. 우리 공원에서 비둘기 모이 주고 놀던 거 기억나? 그때 너랑 나랑 공원 구석에서 콩밭을 발견해서 거기서 콩을 따가지고 반으로 나눴었잖아. 나 그거 집으로 가져가서 심었다. 그런데 다 죽어버렸어."

"그 얘기가 여기서 왜 나와."

"그냥 생각나길래 얘기해봤어. 그러면 안돼?"

"야 너 미친 거 같애."

"어째서?"

"이상해."

"뭐가?"

"……음."

“너는 언제나 나를 향해 이상하다고 말해왔지.”

“너 진짜 미친 거 같애.”

“아 또 그 정신병 박사 얘기하려고 그러는구나?”

“너는 내가 융을 아는 게 그렇게 부럽냐. 너도 이제 알잖아. 그리고 걔는 정신병 박사가 아냐.”

“그럼 뭔데? 알려줘 미나야. 궁금해. 알고 싶어. 아무튼. 그런 식으로 말하지 마. 이상한 건 너야. 내가 아니야. 너는 정신이 이상해져서 학교도 그만뒀지. 이상한 학교에 갔지.”

“그런 식으로 말하지 마라.”

“질문. 너는 왜 학교를 그만뒀니? 왜 나하고 한마디 상의도 없이 학교를 그만뒀니?”

“니가 내 엄마냐?”

“그래, 나는 니 엄마가 아니지. 그런데 나는 엄마랑 상의 안해도 너랑은 해.”

“니가 언제 그랬어!”

“나는 항상 그래왔어.”

“그래서 뭐? 그래서 어쩌라고?” 수정이 한숨을 쉰 다음 미나를 노려본다. “왜 자꾸 두 번씩 말하게 하지? 나 목 아파. 다시 질문. 너는 왜 학교를 그만뒀니? 왜 나하고 한마디 상의도 없이 학교를 그만뒀니?”

“너…… 나랑 지금 싸우자는 거냐?”

“아니. 얘기하자는 거야.”

"지금 니가 나한테 어떤 식으로 말하는지 알아?"

"정상적으로. 말하고 있다."

"하."

"말돌리지 말고 대답해봐. 왜 그랬어?"

"내 일이니까. 너랑 상관없는 일이니까."

"니 일이면 나랑 상관이 없는 거야?"

"수정아."

"말해봐."

"그냥 빙빙 돌리지 말고 말해. 괜찮아. 이해해. 민호랑 싸웠니? 차였어? 걔가 너 싫대?"

수정이 웃음을 터뜨린다. 그것은 과장되어 있으며 듣기에 몹시 거슬린다.

"아냐? 아 그럼 도대체 그럼 뭐야? 무슨 얘기를 하자는 건데? 뭘 어쩌자는 거야? 콩밭 얘기는 도대체 뭐야!"

"콩밭은 중요한 게 아니지."

"그럼 뭐가 중요한데?"

"너랑 내가 중요하지."

"그러니까 너랑 내가 뭐가 어쨌는데 식칼을 들고 지랄이야! 야 이수정! 너 왜 그래! 내가 뭘 어쨌다고!"

"답답하지? 나도 답답해. 그러니까 진정해. 나도 내가 왜 이러는지 모르겠어. 그런데 내가 이래야 하는 건 확실해. 설명할 수 없는데 그건 확실해. 난 그걸 느껴. 그래서 내가 콩밭으로까지 거슬러올라간 거 아냐. 그런데 아닌가봐. 그럼 뭘까. 음. 제주도 고모네집에 놀러 갔던 건 어때? 그것도 아닌가? 거기서 삼일 연속으로 하루 세끼 회덮밥을 먹었잖아. 나는 내가 물고기가 되는 기분이었어. 그런데 나 진짜 궁금한 게 있는데 너는 진짜 박지예 때문에 학교를 그만둔 거니?"

"그 얘기 꺼내지 마. 나 그 얘기 하기 싫다고 천번은 말한 거 같은데. 그리고 박지예 박지예 함부로 말하지 마."

"싫어. 함부로 말할 거야."

"왜?"

"나는 걔가 맘에 안 드니까. 완전히 맘에 안 드니까."

"뭐가 맘에 안 드는데?"

"자살한 거. 너 학교 그만두게 만든 거. 인생의 패배자인 거. 너랑 친했던 거. 다. 다. 난 정말 걔가 싫어! 자살 안했으면 내가 죽였을 거야! 그러는 넌 박지예에 대해서 뭘 아는데?"

"너보단 많이 알아."

"아. 그래?" 수정이 비웃는다.

"넌…… 사람…… 인간…… 죽는 거……에 대해서 그렇게 함부로 말하면 니가 굉장히 잘난 인간으로 느껴지나 보지?"

"내가 잘나게 느끼려고 그렇게 말하는 게 아니라 그렇게 말할 수 있으니까 내가 잘난 거야. 그리고 내가 잘났으니까 잘나게 느껴지는 거야. 거꾸로 얘기하지 마. 그리고 난 함부로 말하는 게 아니라 사실을 말하고 있는 거야. 함부로 말하는 건 너야. 너는 박지예의 자살을 과장해. 너는 너의 괴로움을 과장해. 그래서 잘 나 보이려는 건 너였지."

"아 그래? 거 참 재밌네. 야 너 말 한번 참 재미나게 한다. 어디 한번 다 말해봐. 어디까지 가나 보자."

"그래 너는 오늘도 나를 비웃네. 너는 내가 너에 비해서 열등하다고 생각하지? 알아, 알아. 몹시 열등하다고 생각하지? 말 안 해도 다 알고 있어. 그런데 언제나 웃으면서 친절하게 나를 대하지. 그런 니가 역겨워."

"오."

"너는 바닥에 붙은 껌보다 더러워. 담배꽁초보다도. 코푼 휴지. 파리가 달라붙은 수박껍질. 썩은 생선의 내장. 바퀴벌레. 녹슨 못. 중금속. 핵폐기물. 엠에스지. 다이옥신. 피엠텐. 넌. 넌. 넌…… 질적으로 낮은 인간이야."

"넌 질적으로 나쁜 인간이지."

"근데 나 이거 들고 있으니까 전갈 같지 않니?"

"헛소리 집어치우고 그것 좀 내려놔! 무서워 죽겠어!"

"그럼 죽어."

"너는 내가 죽었으면 좋겠어?"

수정이 고개를 끄덕인다.

"왜?"

"나는 니가 죽으면 너처럼 굴 자신이 없어."

"무슨 뜻이야?"

　"너는 박지예가 죽었다고 자퇴했잖아. 수업도 안 받고 시험지도 백지로 냈어. 어떻게 그럴 수가 있을까? 나는 생각해봤어. 나도 이런 거 싫어 미나야. 내가 꼭 너를 되게 많이 좋아하는 거 같잖아. 하지만 아니야. 알잖아. 나는 아무도 안 좋아해. 다 싫어. 다 싫어. 나는 아무것도 필요없어. 나는, 있지, 니가 완전히 혐오스러워. 니가 가진 모든 게 다 싫어. 다. 그래서 너를 죽여버리고 싶어졌어. 너한테서 너무 더러운 냄새가 나서 나는 너한테 가까이 다가가기가 겁이 나. 너는 더러워. 그리고 나는 깨끗해. 나는 더러운 게 싫어. 그리고 너는 더러워. 너는 모든 더러운 걸 상징하고 있어. 그것들이 다 나한테 달라붙을까봐 겁이 나. 싫어. 화가 나. 그리고 너는 나이를 먹을수록 더 더러워지는 것 같아."

　"니가 무슨 말 하는지 알겠어."

　"무슨 말 하는데 내가 지금."

　"그러니까 너는 내가 너하고 연락을 끊어서 화가 난 거잖아 지금. 내가 너한테 아무 말도 없이 자퇴를 해서. 내가 너를 버려둬서."

　"그런 단순한 얘기가."

　"하지만 시작은 너였잖아? 니가 먼저 나를 밀어냈어. 너는 기억 못하겠지. 하지만 나는 기억해. 너는 나를 밀어냈어. 너는. 너는. 우린 그때 끝난 거야. 저번에 말했잖아? 뭘 더 확인하고 싶은 거야? 우린 끝났어. 이제 와서 이러지 마. 늦었어. 더이상 얘기하고 싶지 않아. 우린 끝났어. 완전히."

"아니야. 아직 안 늦었어. 돌려놓을 수 있어." 수정이 미나를 향해 기어간다. 양손에는 칼을 하나씩 들고 말이다. "아니야 미나야. 아직 안 늦었어. 아직. 니가 마음을 열면 돼. 한번만 더 열면 돼. 그러면 우린 다시 전으로 돌아갈 수도 있어." 수정은 갑자기 흐느끼기 시작한다. "너한테 달렸어. 제발. 도와줘."

미나는 당황스럽다. 수정이 애처롭게 젖은 눈으로 미나를 바라본다. 그런 수정의 손에 들린 칼이 미나는 무섭다.

"말했잖아. 끝났다니까." 미나의 목소리가 떨린다.

수정이 입을 크게 벌리고 그러나 아무 소리도 나지 않는다.

"미안해."

미나가 사과한다.

수정이 고개를 젓더니 자리에서 일어나 발을 구른다.

"안 끝났어 이 멍청아! 이제 시작이야!"

그녀가 이리저리 재빠르게 걸으며 작은 소리로 중얼거린다.

"이럴줄알았어나는니가처음부터끝까지다마음에안들었어내가처음에봤을때부터너는쓰레기였어마음에안들었어쓰레기였어더러웠고썩었어불쾌해너는쓰레기야쓰레기야아니쓰레기보다도 더쓰레기보다도 더쓰레기보다도더쓰레기같아그래서나는너를죽일거야."

"미안해."

"미안함도 쓰레기야. 고마움도 쓰레기야. 쓰레기가 사과해봤자 쓰레기야. 너는 쓰레기야. 너는 내가 싫어하는 거 그 자체야.

그래 이제야 알겠어. 너랑 싸우고 나서 나도 많이 생각해봤어. 그 뒤로 정말 많이 생각해봤어. 왜. 나는 다 가졌는데. 다 가졌는데. 너 말대로. 그래 이건 열등감이 아니야. 이건 그냥…… 아무튼 나는 불쾌해. 몹시 불쾌해. 너만 보면 불쾌해. 아무튼 이건 알아 줘. 나는 너한테 열등감 같은 건 없어. 없어. 없어.”

수정이 반복하여 고개를 젓는다.

“그런데 왜 나는 너를 죽이려고 할까. 모르겠다 정말.”

“난 알아.”

“말해봐.”

“솔직히.”

“그래 솔직히 말해봐.”

“솔직히 이런 말 안하려고 했는데. 그냥 솔직하게 말할게. 기분나쁘게 듣지 마. 이수정. 니가 이렇게 된 건 니가…… 건방져서 그래. 너는 니 머리로 다 해결할 수 있다고 생각하지? 그런데 아냐. 못해. 너는 못해. 너는 절대 못해. 뭔가 다른 게 필요해. 그런데 너는 그게 없어. 하나도 없어. 그건 노력한다고 생기는 게 아냐. 그래서 자꾸 일이 꼬이지. 가로막혀. 그래서 너는 화가 나. 그런데 죽어도 자기한테 문제가 있어서 그렇다고는 생각을 못하니까. 그러니까 그 화가 자꾸만 쌓여가는 거야. 마음 한구석에서. 그냥 쌓여만 가는 거지. 쌓여가다가 쌓여가다가…… 씨발 계속해서 쌓여만 가니까 해결이 될 리가 없잖아? 수정아. 방법은 하나뿐이야.

착하게 살아.

마음을 착하게 써봐 수정아. 이제부터라도. 안 그러면 아무것
도 안돼. 봐 벌써 문제가 생기잖아? 너는 착한 마음이 뭔지 모르
지. 그래서 인정을 안하는 거야. 하지만 니가 인정 안한다고 있는
게 없어지는 건 아냐. 세상은 착한 마음으로 이루어져 있어. 니가
인정 안해도 어쩔 수 없어. 세상은 그런 거니까. 니가 생각하는
것처럼 이 세상이 그렇게 씨발스러운 데가 아니라고! 친구가 죽
으면 슬퍼하는 게 세상이야. 모두가 너처럼 서로를 물어뜯으며
살아가지는 않아. 믿기지 않겠지만. 니가 아직 어려서 모르는 것
뿐이야. 때가 되면 깨닫게 될 거야. 그리고 지금의 너를 부끄러워
하게 되겠지. 하지만 언제나 니가 어른이 될 수 있을까? 그때가
언제일까? 그런 게 오기나 할까? 모르겠어. 너는 도대체 믿을 수
없겠지. 결국은 스스로 깨닫는 수밖에 없어 그런 건. 그런데 자꾸
너 같은 애들이 늘어가고 너 같은 애들이 자꾸만 세상을 차갑고
딱딱하게 만들어. 그래서 자꾸만 세상의 원래 모습이 잊혀져가.
나는 그런 게 무서워. 너무너무너무 너무 무서워. 진짜야. 너무
무서워 수정아. 너는 모르겠지 이런 무서움을. 설명해준다고 해
서 이해할 수 있겠어? 니가 보는 세상이 내가 보는 세상이랑 다
른데. 그래 나를 죽여. 맘대로 해. 하지만 이것만은 알아줘. 니가
지금 크게 잘못하는 거야."

미나의 말투는 부드러우며 마치 어머니가 딸을 타이르듯이 자
애롭고 밝은 빛이 그녀의 얼굴에 머문다. 수정은 그 환한 빛을 보

며 경악한다.

"도대체." 수정은 칼로 입을 가리며 놀라움을 표시한다.

"그래, 수정아. 그 칼을 내려놔."

"아…… 내가 정말 완전히 오해하고 있었어."

미나가 부드럽게 고개를 끄덕이며 수정을 향해 손을 뻗는다.

"그래…… 이제야 알겠어…… 너는 정말로 악마였어. 나는 사실 아까까지만 해도 약간 혼란스러웠어. 니가 진짜 악마인가 아닌가. 아니면 어쩌지? 그저 악마의 탈을 쓰고 있는 순한 양이 아닌가? 아무래도 그런 거 같아서. 그래서 내가. 속임수를 쓴 거야. 콩밭이나 회덮밥 얘기를 하면서 너를 혼란에 빠지게 한 거지. 그런데 너는 거기에 완전히 속아넘어간 거야! 그래. 내가 정확했어! 대단해 이수정! 아 정말 나는 왜 이렇게나 대단한가!" 수정이 환하게 웃으며 상들리에를 향해 소리친다. "그래…… 이제 보여. 확실히 보여. 너에게서 악의 빛이 보인다. 보인다. 아. 나는 정말 대단해. 어떻게 이렇게 대단할 수 있는가? 우아. 아름다워. 아름다워. 나는 거의 넘어갈 뻔했지 뭐야. 하지만 니 얼굴에서 빛나던 악의 빛을 나는 놓치지 않았어. 어떻게 지금까지 숨기며 살아올 수가 있었니? 힘들지 않았니? 세상은 선한 정신으로 이루어져 있다…… 너의 눈으로 보기엔 그렇겠지. 악마에게 악은 선이고 또 선은 악이잖아. 그래. 너는 개선의 여지가 없어. 왜냐하면 참말로 악이니까. 완전한 악. 그래서 너는 죽어야 해. 내 손으로 너를 없애고야 말겠다. 처음에 나는 너랑 내가 비슷한 종류의 인

간인 줄 알았어. 내가 완전히 정신이 나가 있었던 거지. 너랑 나
는 완전히 달라. 너는 악이니까. 나는 선이니까. 너는 악마니까.
나는 천사고.”

수정이 두 팔을 벌리고 날갯짓을 해 보인다. 미나는 뭐라 말할
수 없이 당황한 얼굴이다. 그녀는 뭐라고 말을 꺼내야 할지 알 수
없어 자꾸만 침을 삼킨다.

“너는 악마야. 왜냐하면. 내가 그렇게 믿으니까!”

“웃지 마. 안 웃겨.”

“그래서 떨고 있구나.”

“입장을 좀 바꿔서 생각해봐 너라면 내가 갑자기 니네 집에 찾
아가서 칼을 들고 너를.”

“왜 자꾸 이야기를 핵심에서 벗어나게 하니! 왜! 왜!”

수정이 발을 구르며 칼을 휘두른다. 미나의 얼굴에는 여러 가
지 감정이 나타나 있지만 공포가 압도적이다.

“안 죽여. 너 안 죽여.”

미나의 표정이 약간 부드러워진다.

“아직 안 죽인다고.”

다시 미나의 표정이 굳는다.

“말 끊어서 미안해…… 그래서 네가 하고 싶은 말이 뭔데.”

수정이 차분하게 미나를 보며 말한다. 그러자 갑자기 미나의
눈에 눈물이 고인다. “그러니까.” 눈을 깜빡하자 눈물이 뺨을 타
고 흘러내린다. 미나는 몸을 떨며 입을 막는다. 그녀는 지금 자신

의 신체적 반응이 놀랍고 부끄러우나 통제가 불가능하다. 목이 막혀 말을 잇지 못하며 눈물이 자꾸만 차올라 생각을 진행시킬 수가 없다. 미나는 자신이 비참하게 느껴진다. 수정은 그런 자신을 집요하게 바라보며 이어질 말을 기다리고 있다. 그러나 그것은 기다림이 아니라 일종의 협박처럼 느껴진다. 그녀는 자신을 죽이겠다고 말하며 칼을 들고 있다. 미나의 정신은 그 말을 믿지 않지만 몸이 먼저 반응하여 떨고 있다. 말을 해야 한다. 무슨 말이든 해야 한다.

"그러니까. 나도 너랑 내가 많이 다른 걸 알아…… 그런데 이렇게."

미나는 결국 말을 잇지 못하고 울음을 터뜨린다.

"울지 마, 미나야. 나도 눈물이 나려고 해."

미나가 고개를 젓는다. 바닥에 눈물이 떨어진다. "나 휴지 좀." 미나가 물에 젖은 목소리로 웅얼거리며 손을 뻗어 텔레비전 아래 놓인 티슈를 가리킨다. 수정이 고개를 끄덕인다.

미나가 비틀대며 티슈를 향해 다가간다. 그러다가 갑자기 거실을 가로질러 뛰어가 벽에 걸린 인터폰을 낚아챈다. 빨간색 버튼을 누른 뒤 살려달라고 소리를 지른다. 수정이 당황하여 완전히 정지한 채 미나를 바라본다. 인터폰이 죽은 것을 알아채고 미나가 하얗게 질린다. 수정이 미나를 향해 일어선다. 미나가 안방을 향해 달린다. 수정이 미나를 향해 달린다. 미나가 안방으로 들어가 방문을 닫으려는 순간 수정이 칼을 문틈으로 밀어넣는다.

미나가 비명을 지르며 문에서 손을 뗀다. 수정이 방문을 걸어찬다. 미나가 의자를 던진다. 의자가 수정의 왼쪽 어깨를 때리고 바닥으로 떨어진다. 수정이 짐승 같은 소리를 내며 왼손에 든 칼로 의자의 다리를 찍는다. 칼이 부러진다. 수정이 부러진 칼을 바닥에 던지고 욕을 한다. 오른손에 든 칼을 높이 들고 미나를 향해 다가간다. 미나가 베개를 집어던지며 울부짖는다. 눈을 감는다. 그러나 아무 일도 일어나지 않는다. 비명이 계속된다. 계속해서 아무 일도 일어나지 않는다. 미나의 비명소리가 천천히 잦아든다. 살며시 눈을 뜨고 수정을 바라보자 그녀는 칼을 내리고 평온한 표정으로 미나를 바라보고 있다.

"거실에서 얘기하자. 나와."

"수정아 제발." 미나가 무릎을 꿇고 빈다.

"얘기 아직 안 끝났어."

"제발."

수정이 미나를 노려본다.

"제발."

미나가 눈물을 닦으며 침대에서 기어내려온다.

"소리질러도 하나도 안 들리는 거 니가 더 잘 알잖아. 한번만 더 도망가면 팔을 잘라버릴 거야."

미나가 자리에 앉자 수정도 자리에 앉는다. 둘은 잠시 동안 서로를 바라본다. 수정이 자리에서 일어나 미나에게 다가간다. 미나의 얼굴이 공포로 질린다.

"왜? 왜? 안 도망칠게."

"하지만 도망갔잖아."

수정이 칼로 미나의 허벅지를 찌르려고 한다.

"잘못했어, 수정아. 이제 안 도망갈게."

"그냥 한번 찔리고 말래 아니면 죽을래?"

"어? 뭐? 어?"

"시간 벌려고 하지 마. 소용없어."

"안 도망갈게. 정말이야."

수정이 고개를 끄덕인다. 미나가 억지로 웃어 보인다. 둘은 한참동안 서로를 바라본다. 침묵의 끝에서 아무런 신호도 없이, 수정이 미나의 허벅지를 찌른다. 미나가 비명을 지르며 허벅지를 끌어안는다. 수정이 피가 번들거리는 칼을 바지에 문질러 닦은 뒤 자신의 자리로 돌아가려는데 미나가 수정의 팔목을 잡아 칼을 빼앗으려 한다. 수정이 칼을 빼앗기지 않기 위해 팔을 휘젓는다. 칼이 미나와 수정을 가리지 않고 긋는다. 수정이 미나의 피가 흐르는 허벅지를 힘껏 걷어찬다. 미나가 비명을 지르며 소파 아래로 굴러떨어진다.

수정이 씩씩거리며 자신의 자리로 돌아와 앉는다. 미나는 바닥에 쓰러진 채 미동도 하지 않는다.

"안 죽은 거 다 알아! 일어나 이 씨발년아!"

그러나 미나는 움직이지 않는다. 수정은 양팔에 난 상처를 훑어보며 얼굴을 찡그린다. 미나는 여전히 움직이지 않는다. 수정이 죽염을 들고 미나에게로 다가간다. 봉지를 찢어 미나의 허벅지에 쏟아부은 뒤 발로 짓이긴다. 미나가 악을 쓰며 수정의 발목을 잡는다. 수정이 발을 빼려고 하자 미나가 발목을 깨문다. 수정이 다른쪽 발로 미나의 배를 걸어찬다. 반복하여. 미나가 수정의 발목을 놓는다. 수정이 빠르게 자신의 자리로 돌아와 앉는다.

"너도 앉아."

"죽여."

"싫어."

"그래 수정아 그만하자. 지금까지 없던 일로 해줄게. 없던 일로 해줄게."

수정은 피로 흥건한 미나의 청바지를 뚫어져라 바라본다. 미나는 신음소리를 내며 상처에 묻은 소금을 털어낸다.

"야 그거 털지 마. 나트륨이 소독작용을 하지 않니."

미나가 수정을 노려본다. 수정은 이를 드러내고 웃는다.

"어디까지 얘기했지?"

미나가 고개를 흔든다.

"좋아. 나도 까먹었어. 처음부터 다시 얘기하자."

미나가 애원하는 표정으로 수정을 본다.

"콩밭은 기억해. 너도 기억하지?"

"그러니까 도대체 니가 왜 나를 죽이려고 하는데?" 미나의 목소리가 약하게 갈라진다.

"그건 한참 뒤에 나올 부분이야. 시간은 많아. 민호 오늘 늦게 온대."

"민호가."

"그래 사실 이건. 다 민호 때문이야." 수정이 말을 끊고 싱글거리며 미나를 본다.

"니가 무슨 말을 해도 이제 안 믿어."

"그런 식으로 나오면 팔을 자를 거야."

"잘라봐."

"아 그래."

수정이 일어나 미나에게로 다가간다. 미나가 두 손을 뻗어 흔든다.

"수정아 이러지 마. 니가 왜 내 팔을 잘라? 하지 마. 하지 마. 나 니가 왜 이러는지 진짜 모르겠어. 야 우리 친구잖아?"

미나의 눈에서 다시 눈물이 흘러나온다.

"글쎄 나도 모르겠다니까 그 이유를. 그러니까 우리 함께 이유를 찾아보자."

미나는 고개를 숙이고 흐느낀다.

"하지만 결국은 너 때문이야. 다 너 때문이야. 니가 잘못해서 내가 널 죽이려는 거야. 네 인생이 잘못돼서. 니가 잘못된 인생을 살아왔기 때문에. 그게 이유야. 다른 이유는 없어."

"내가 역겨워서 죽이겠다며! 쓰레기라며!"

"하지만 이유 따위 뭐가 중요하니. 너는 이유가 있어서 사니. 죽는 것도 똑같아. 사람이 이유가 있어서 죽니. 다 이유없이 죽는 거야. 너도 마찬가지야. 나도 마찬가지고. 그게 싫으면…… 싫어도 어쩔 수 없지 않아? 인생이 그런 건데.”

수정이 칼을 들어 얼굴을 비춰보며 머리를 정돈한다.

“본다고 달라지냐 이 거지같이 생긴 년아.”

“너희 오빠가 널 죽이래. 오빠가 허락했어. 너 죽이는 걸.”

“미친년.”

“네가 밉대. 그래서 죽여도 된대.”

“그런 식으로 말하면 나한테 상처줄 수 있다고 생각하는 거냐?”

“응.”

“마음껏 줘봐. 나는 안 받으니까.”

“야. 황당해. 김미나. 니 다리를 봐. 피가 흐르고 있잖아. 그건 상처가 아니니? 그럼 뭐니? 그리고 내 목적은 너를 상처입히는 게 아냐. 널 죽이는 거야.”

“나가 뒈져라.”

“욕하지 마! 욕하지 마! 욕하지 말라니까! 죽여버릴 거야!” 수정이 자리에서 일어나 약간 미친 표정으로 샹들리에를 바라본다. “미나야. 노래가 부르고 싶지 않니. 나는 부르고 싶어.”

곧이어 수정의 노래가 시작된다.

김민호의 동생의 친구는 이수정!

이수정의 친구의 오빠는 김민호!

김미나의 친구의 남자친구는 우리 오빠!

우리 오빠의 여자친구의 친구의 엄마는 우리 엄마!

우리 엄마의 아들의 여자친구의 남자친구의 동생은 우리 딸!

우리 딸의 엄마의 딸의 오빠의 여자친구의 친구의 친구는 이수정!

이수정!

다시 이수정!

다시 김미나!

다시 김민호!

꺄악!

김민호! 다시 김민호! 김미나!

다시 다시 다시 다시 이수정!

"어때! 괜찮지 않니! 내가 방금 발명한 노래야! 방금! 자 이번엔 니 차례야! 일어나! 노래해! 행복해! 근데 니 얼굴 색깔이 왜 보라색이 되었니?"

"……추워."

"그래. 지금 니 상태에서 노래를 하는 건 무리겠지. 하지만 괜찮아. 그런 식으로 어른이 되는 거야. 축하해 김미나. 어른이 된 걸 축하해 김미나. 하지만 나는 어른이 싫어. 그래서 너를 죽일 거야. 나는 상처 같은 거 입지 않을 거야. 고통 같은 거 받지 않을 거야. 아 나는 정말로 너무 똑똑하고 훌륭한 학생인 것 같아. 사람들이 내가 이 정도로 똑똑한 걸 알면 깜짝 놀라겠지. 아 슬프다. 아 기쁘다. 학생주임 개새끼는 내가 자기보다 똑똑해서 나를 미워하는 거지. 아 미쳐서 정신병자가 되어버렸으면 좋겠다. 그러면 더이상 나를 괴롭히지 않을 텐데

아 나는

정말

미친 것 같아."

수정이 고개를 흔들고 과시적으로 어깨를 으쓱한다.

"왜 학생주임은 나를 미워할까? 그 이유를 알고 있니 미나? 미나? 왜 그렇게 고개를 숙이고 있니? 왜 나를 보지 않아?" 수정이 미나의 어깨를 흔든다. 미나가 반사적으로 팔을 뻗어 수정의 팔을 밀어낸다. 고개를 든 그녀의 얼굴은 증오와 공포와 혐오로 괴물같이 일그러져 있다.

"그런 표정은 뭐야 미나? 그러지 마. 못생겨졌어…… 믿을 수가 없어. 나를 실망시켜. 왜? 왜 그렇게 아름답지 않은 거야? 원래는 그렇지 않잖아? 나를 실망시키지 마 미나. 그러면 정말로 죽이고 싶어진단 말이야……"

"……추워."

"아…… 근데 정말이지 학생주임은 나만 유난히 미워하는 것 같지 않니? 어느날인가 그가 나를 보더니 조용히 이렇게 말하였어. '내가 너 같은 애들을 한둘 본 줄 아나?' 아…… 나는 진짜 충격을 받았어. how can I say…… what can I say…… I was……

to······ tally······ damaged······ 그가 나에게 어떻게 그렇게 말할 수 있니? 그게 도대체 무슨 뜻이니? 뭐라고 말한 거니? 나랑 같은 애들이 많이 있다니? 그게 어떻게 가능해? 불가능해. 어떻게 내가 그걸 믿을 수가 있겠어? 하지만 나는 그것에 대한 생각을 멈출 수가 없었어. 어떻게 멈출 수 있었겠니. 나······는 학급 문집을 위한 설문조사에서 커서 가장 성공할 거 같은 친구에 삼 년 연속 일등을 할 정도로 모두가 인정하는 능력있는 학생이야. 알아. 나는 대단해. 누구보다 내가 잘 알아. 그런 나한테 어떻게 그렇게 말할 수가 있냐고. 복수할 거야.”

미나는 두 팔로 몸을 감싸고 떨기 시작한다. “다리가 아파. 아니 감각이 없어.”

“그래. 알아. 다리가 아프지? 안다고! 나도 안다고! 아······ 미안······ 흥분해서 미안······.”

“다리가 아파.”

“내가 너를 죽여야 하는 이유는 니가 어른을 공경하기 때문이야. 너는 어른들을 공경하지? 그렇잖아? 너희 엄마도 좋아하고 너희 아빠도 좋아하잖아. 민호도 좋아하지. 선생들도 좋아하지? 다 좋아하지? 이모 고모 삼촌 할머니 숙모 다 좋아하잖아. 너 같은 쓰레기들 때문에 세상이 이렇게 점점 더 거지 같아져가는 거야. 어떻게 늙은이들을 공경할 수가 있어? 너는 니가 고개를 숙이고 굽실거리는 사이에 그들이 너한테서 가장 중요한 것을 빼앗아가는 걸 모르고 있어. 다 빼앗기고 남은 건 하나도 없이. 상처만 남아서 썩어가는 거. 끔찍하지 않니? 그런 게 어른의 삶이야! 그리고 너는 그런 걸 좋아해! 그래서 이런 거지 같음이 사라지지 않고 지속되고 심지어 점점 확대되어가. 너 때문에 세상은 점점 더 더러워져가고 있다고. 알겠어? 너는 알아야 해. 너는 죄책감을 가져야 해. 울면서 빌어야 돼. 화장실 타일을 혓바닥으로 핥으면서 사과해야 돼. 고개를 숙이고 짓밟혀야 해. 너한테서는 씻지 않은 발가락 사이의 냄새가 나. 저리 가. 나는 정말 니가 싫어. 지금 내가 이러는 게 정말로 어떤 뭔가 쓸데없는 감정 같은 거, 뭔가, 죄책감, 열등감, 상실감, 뭐 그런 아무짝에도 쓸모없는 감정 때문이라고 생각하니? 전—혀. 그런 건 아무 상관도 없어. 그런 건 전혀 중요하지 않아. 왜냐하면 나는 그런 걸 못 느끼니까. 가끔은 나도 이런 내가 무서워. 그게 바로 학생주임이 나를 미워하는 이유겠지. 그래서 나는 너같이 감정이 풍부한 인간이 싫어. 그렇게 감정이 풍부하니까 쓸데없이 어른을 공경하거나 친구의 죽음을 슬퍼하거나 하는 거 아냐? 그런 쓸데없는 소모적인 감정에 몰두하니까 세상이 점점 더 이렇게 거지 같아져가는 거 아냐. 너는 니 풍요로움을 그냥 낭비하고 있어. 그리고 나는 낭비가 아주 싫어. 그러니까 내가 너를 죽이려는 거야. 너는 아주 감정의 끝을 보여줬지. 어떻게 그럴 수가 있어? 이해가 안돼. 니가 보여줬던 그 시시한 감정들. 그딴 건 어떻게 생겨나는 거야? 도대체 어디서 그런 걸 배워왔니? 도대체 누가 그런 걸 가르쳐줬니? 누가 그렇게 하라고 시켰니? 세상엔 그런 감정이 필요하지 않아. 너 같은 사람은 세상의 해악이야. 그러니까 니가 실패자가 되어서 대안학교 따위에 가는 거 아냐. 세상은 나 같은 사람을 원해. 그리고 나 같은 사람이 너 같은 사람을 죽이기를 원하지. 아무도 나한테 뭐라고 하지 못해. 왜냐하면 나는 완벽하니까! 지금 나를 자랑하는 것이 아니야. 자랑하지 않아도 나는 이미 자랑스러운 사람. 알잖아. 나보다 잘나기도 힘들다는 것 나도 알고 있어. 세상은 넓고 잘난 사람은 많다고 하지만 나보다 잘난 사람은 없어. 나는 그걸 느껴. 나만큼 잘난 사람이 어디 있겠어. 그게 가능해? 나는 엄청나게 노력해. 언제나 노력해. 자랑스럽기 위해서 당당하기 위해서. 그래서 세상이 나의 노력을 인정하는 거야. 그런데 너는 뭘 했는데? 내가 노력하는 동안 너는 도대체 뭘 했지? 고작 박지예에 대한 감정에 몰입했지. 그래 그게 진심이라고 치자, 믿을 수는 없지만. 그래, 잘했어, 훌륭해, 김미나, 대단했어. 대단한 재능이 있었어. 하지만 쓸모없지. 세상은 나 같은 인간을 원하고 나같이 살기를 원해. 그런 걸 뭐라고 하지? 아, 그래, 권장. 권장해. 그런데 너는 뭐야? 너는 어떻게 그런 부처 같은 표정을 짓고서 해탈한 사람 같은 표정을 짓고서 이런 집에서 살 수가 있어? 이게 뭐야? 이건 도대체 누구의 생각이니? 이게 도대체 뭐니? 귀족이 되고 싶다 이거지? 유럽의 중세시대가 그립다 이거잖아. 이 집 정말 쓰레기 같아. 그래. 아무래도 이 집의 쓰레기 같음이 너를 쓰레기로 만든 거야. 그래 너는 유럽의 박사가 쓴 유럽의 책을 읽으면서 유럽으로 여행가고 유럽 같은 집에 살고 유럽 같은 식당에서 유럽의 밥을 먹고 유럽 같은 대안학교에 가서 유럽 같은 교육을 받고 그래 유럽 유럽 그래 유럽이 좋다 이거지? 그런 낡아빠진 치즈 나라들이 좋다 이거지? 껍데기만 잔뜩 뒤집어쓰면 니가 유럽이 될 수 있을 거라고 생각하는 거지? 동맥에서 유럽의 피가 흘러나오게 되고 뉴런에서 유럽의 전류가 흐르게 될까? 너는 이런 게 정상이라고 생각하니? 이러고도 나한테 미쳤다고 말하고 싶니? 아니, 내가 보기엔 너보다는 내가 훨씬 더 정상적이야. 세상이 나한테 원하는 것. 나 같은 사람을 원하는 세상에 내가 원하는 것. 그것은 정상적인 거지 비정상적인 것이 아냐. 그리고 그런 내가 보기에 너는 비정상이야. 너는 앞뒤가 안 맞아. 너는 니가 가진 것들에 대해서 어떻게 그렇게 아무런 생각도 없이 만족할 수가 있어? 어떻게 그렇게 소박하게 웃는 얼굴로 만족할 수가 있어?"

수정의 뺨은 붉게 달아오르고 온몸이 분노로 떨린다. 그녀는 당장 무언가를 하지 않으면 안된다는 기분에 사로잡혀 탁자 위에 놓인 보헤미아산 크리스털 꽃병을 들어 벽에 걸린 텔레비전을 향해 던진다. 꽃병은 포물선을 그리며 날아가 텔레비전에 부딪혀 부서진다. 그러나 분노는 가라앉지 않고 커져만 간다. 수정은 어쩔 줄 모르고 빙글빙글 돌며 소리를 지르다가 미나를 노려보며,

"왜 대답을 안하니?"

미나는 눈물이 허옇게 뺨에 말라붙은 얼굴을 하고 추위로 떤다. 그녀의 허벅지는 온갖 빛깔로 혐오스럽게 피어오르고 있으나

그것은 청바지에 가려 보이지 않는다.

"그러니까 니 말은. 니 말을 요약해보면. 아, 너무 추워. 너무. 나, 나, 아…… 씨발 그래서 지금 니 말은 내가 이런 집에 사는 거에 대해서 미안해하라는 거냐? 아니면 대안학교에 다니려면 집이 가난해야 된다는 거야? 도대체 무슨 말이야 결론이 뭐고 도대체 무슨 얘기를 하고 도대체 왜 나를 죽여야 하는지에 대해서 하나도 제대로 설명이 안되잖아 도대체! 수정아! 도대체 이게 말이 돼? 나한테 원하는 게 뭐야 도대체 나한테 씨발 뭘 원해 뭘 추워 이수정…… 내가 이렇게 빌게. 제발. 제발. 나 다리가 끊어질 것같이 아프기도 하고 갑자기 다리가 없는 것같이 생각되기도 하고 팔이 저려. 추위. 어지러워. 토할 것 같아. 토할 것 같아."

"…… 어떡하면 좋니…… 너는 내가 하는 말을 하나도 이해하지 못했어…… 놀라워…… 황당해." 수정은 엄청나게 놀란 표정으로 입을 벌린다. 그러나 금세 싸늘해진다.

"미나야 니가 정말 불쌍해. 머리가 어떻게 그렇게 나쁠 수가 있니. 그러니까 나는 너를 죽일 수밖에 없는 거야. 그런데 왜 웃니 미나."

"웃기니까 웃지."

"나는 이제 더이상 너를 사랑하지 않아. 그리고 너를 죽이기로 했어. 어느 게 먼저인지는 모르겠어. 하지만 내가 너를 사랑했던 것도 사실이고 너를 죽이기로 한 것도 사실이야. 그래. 웃어. 계속해서 웃어. 우는 것보다는 낫지. 나도 네가 웃으면서 죽는 모습을 보고 싶어. 울면서 죽는 건 싫어. 나도 알아. 사실 나는 희망을 가져보려고. 변화시켜보려고. 너를 내가 변화시켜보려고……

아아아아아아아아아아아아악아아아.

미나야.

나는 다 가질 거야. 필요하다고 해도 다 가질 거고 필요하지 않다고 해도 다 죽여버릴 거야. 아무것도 남겨놓지 않겠어. 아깝 잖아. 필요없다고 해도 다 가져야지. 너는 내가 무섭니? 아니면 우습니? 둘 다인 거야? 너는 떨고 있어. 얼굴색도 이상해. 다리에 서는 피가 흘러. 너는 아주 많은 피를 가지고 있구나. 여전히 피가 흘러나오네. 피가 그렇게 많이 흘러나왔는데도 너는 어떻게 똑같은 부피로 보여. 신기하다. 죽여서 저울에 달아봐야겠다. 너 의 눈엔 내가 어떻게 보이니. 나는 그게 항상 궁금했어. 하지만 너는 대답을 하지 않았지. 이상하다. 그래 그건 나도 알아. 그리 고 이상한 건 좋은 거야. 너는 나를 무시했지. 그 벌을 오늘 받아. 다른 사람들 눈에는 내가 어떻게 보일까? 나를 무시하지는 말아 줘! 왜냐하면! 아, 다 죽여버리고 싶잖아요! 지금 너는 굉장히 슬 퍼 보여. 너는 불량품이니까. 아, 너를 보면 가슴이 답답해져와. 생각하고 싶지 않아. 죽인다. 죽인다. 죽인다. 미나? 믿어져? 내 가 너를 죽일 수 있다는 게? 믿어져? 안 믿어지지 않아? 나도 그 래. 그래서 그래서 너를 죽이는 거야…… 그러니까…… 그러니 까…… 아냐, 하고 싶은 말이 많지만 하지 않고 그냥 너를 죽이 겠어."

갑자기 수정의 머릿속에서 한줄기 가는 흰 선이 새어나온다. 커다란 해머로 뒤통수를 부드럽게 얻어맞은 느낌이다. 수정은 조명을 받아 반짝거리는 자신의 손에 들린 칼의 빛을 보고 소스라치게 놀란다. 주위를 둘러보자 온통 빛을 받아 반짝거리는 매끄러운 표면들이다.

"불을 켰니? 왜 갑자기 이렇게 환해지지?"

커다랗게 뜬 수정의 눈이 주위를 두리번거리다가 미나에게서 멈춰선다. 수정은 넋을 잃고 그것을 바라본다. 미나는 빛을 받아 눈부시게 반짝거리는 알갱이로 되어 있다. 그 알갱이들은 바람의 결을 따라 흔들리고 무너지며 다시 쌓이고 그 틈으로 수정은 미나의 피와 뼈와 살을 볼 수 있다. 더이상 미나의 표정과 몸짓과 흔들림은 인간적으로 느껴지지 않으며 일종의 흐름, 쉬지 않고 변화하는 기하학적인 패턴들로 인식된다. 지금 이 순간, 수정은 옷과 살과 뼈 안에 감춰진 미나의 붉은 심장을 바라본다. 그것의 운동은 아름다우며…… 수정은 심지어 그것을 느낄 수 있다. 그것은 붉고, 피로 가득 차 있으며, 쉴새없이 이동하는…… 그것은 두툼하고, 따뜻하며, 강하고, 탄력적이다. 손을 들어 주먹을 쥐면 가볍게 으스러뜨릴 수 있을 것으로 생각된다. 수정은 천천히 손을 들어올리다가…… 다시 손을 내리고 미나를 향해 다가가기 시작한다. 미나가 자리에서 일어난다. 바닥으로 반짝거리는 알갱이들이 흘러내려 쌓인다. 옅은 미소를 띤 수정은 흘러내리는 알갱이들에서 눈을 떼지 못한다.

"어딜 가? 앉아. 나 다 생각나. 다 기억해. 너랑 함께한 시간 들. 어떤 날은 즐거웠고 어떤 날은 더러웠어. 그것 모두 좋은 추 억으로 간직할게. 그냥 간직하기만 할 거야. 커다란 별과 달이 보 여. 기도하자. 어서. 뭐 해? 자. 기도. 일단 지금 가장 필요한 것 을 하자. 판단은 다음이야. 행동이 먼저. 작별이 먼저. 뭐 해? 어 서 인사해. 그래 너는 지금 벽장으로 들어가고 싶을 거야. 아 그 래. 생각났어. 나는 너를 위해 벽장에 들어갔다. 그래 그걸로 하 자. 누군가 이수정이 죽은 김미나를 위해 무엇을 했느냐 물으면 이수정은 김미나를 위해 벽장 속에 들어갔다고 말할 거야. 아, 근 사해! 충분해! 됐다. 그렇지? 그렇지? 자, 그렇다고 고개를 끄덕 여. 자. 어서. 끄덕여. 그래. 그러면 안 죽일게."

미나가 고개를 끄덕인다.

"그래. 잘했어. 충분히 고마워. 남들이야 아무렇게나 생각하게 놔둬. 그러게 놔둬. 나는 정상적이야. 충분히 정상적이야. 미치지 않았어. 그런 상태에서 너를 죽여. 그렇지? 자, 그렇다고 고개를 끄덕여. 그렇지? 그렇다고 말해. 그러면 안 죽일게."

미나가 양손으로 소파를 잡고 몸을 떤다. 수정은 눈물을 흘리 기 시작한다.

"안돼. 울면 안돼. 슬퍼하면 안돼. 이수정. 슬퍼하지 말자. 아 무렇지도 않게 너를 죽일 거야. 끄덕여봐 미나야. 고개를. 너는 살아 있잖아? 죽고 싶지 않잖아? 그러니까 그걸 보여줘. 나한테 표현해봐. 죽이지 말라고 말해봐. 살려달라고 말해봐. 어서. 왜 나한텐 니가 더이상 느껴지지 않지? 어서. 살고 싶다고 말해봐.
내 마음을 움직여봐, 제발. 왜 나는 니가 가엾지도 않니? 왜 나는
니가 끝까지 연필보다 하찮게 느껴지지? 너는 아무것도 아니야,
그렇지? 그렇지? 그렇다고 말해. 죽는 데 이유가 없는 것처럼 죽
이는 데도 이유가 없다고, 그렇지? 그렇다고 말해봐. 고개를 끄
덕여봐. 더 심하게 떨어줄 수 있겠니? 나는 이유가 없어 미나야.
나한테는 한 가지 이유도 없어. 그게 나야. 지금까지 나는 그렇게
살았고 지금도 그렇고 앞으로도 그래. 그냥 나는 지금 너를 좀 죽
이고 싶어서 그래. 나에게 왜냐고 묻지 마. 그러니까 나에게 왜냐
고 묻지 마. 알았지? 알았다고 말해."

　여전히 미나는 흔들린다. 쉴새없이 알갱이들이 흐르고 쌓이고
다시 모이고 흩어진다. 수정은 자신이 바라보는 것을 믿을 수가
없다. 수정은 눈을 감았다가 뜬다. 여전히 거기에 있다. 그러나
믿을 수가 없다. 믿기 위해, 수정이 미나를 찌르기 시작한다. 힘
껏 밀어넣은 칼끝에서 전해지는 미나의 살과 뼈, 혈관과 근육을,
수정은 눈을 감고, 그것의 소리와 진동을 느낀다. 입이 벌어지고
가느다란 미소가 흘러나온다. 잘린 혈관에서 피가 솟구친다. 수
정의 셔츠를 향해, 쐐기모양으로 창에 달라붙는다. 느낌표 모양
으로 공작새의 날개를 찌른다. 굵은 선을 그리며 바닥을 향해 기
어내린다. 미나가 지르는 비명과 날카로운 금속조각에 찢기는 살
의 소음은 너무나도 멀리서 들려와서 수정은 그것을 믿을 수가
없다. 수정은 미나의 벌어진 입을 바라보며 반복하여 찌른다. 하

지만 믿을 수가 없다.

"너, 때문에 너무 머리가 아파왔어. 그동안. 너, 때문에 아무것도 할 수가 없었어. 니가 나를 방해했어. 너, 때문에 뒤돌아봤고 너 때문에 생각했고 너 때문에 궁금했어. 니가 나를 속여넘겼어. 왜 그랬어 미나야? 울고 싶어하지만 나는 웃을게. 정말이야. 너는 피를 흘리고 나는 웃는다. 나는 정말로 울고 싶어. 하지만 안 울 거야. 울면 지는 거야. 비웃음을 당하는 거야. 복잡해지는 거야. 쓰레기가 되는 거고. 장애물이 되는 거야. 장애물을 제거하고 나는 달려간다. 이수정. 끝까지 달려가서 승리한다. 나는 달려간다. 이수정! 달려간다. 이수정. 성공한다. 이수정. 성공한다. 아무 문제없다. 이수정. 이제 너는 숨을 쉬지도 않네. 하지만 잊지 마. 잊지 않을 거야. 그렇지? 고개를 끄덕여봐. 그렇다고 말해봐……"

피투성이의 미나가 바닥으로 굴러떨어진다. 힘없이 삐져나온 발목은 흐르지도 쌓이지도 않는 매끄러운 흰 살로 되어 있다. 수정이 놀라 뒷걸음친다. 주위가 빠르게 어두워진다. 멀리서, 마돈나의 노래가 들려온다. 수정이 노래를 부르기 시작한다.

그러나 그녀는 고개를 숙이네. 그러나 그녀는 고개를 숙이네. 어두워진 그녀의 모습 더이상 보이지가 않네. 우리는 슬프네. 하지만 울지 않네. 하지만 울지 않네. 우리는 슬프네. 자꾸만 슬프네. 날이 저물어 아무것도 보이지가 않네. 아무것도 아무것도 보이지가 않네. 그래서 우리는 기쁘네. 우리는 기쁘네.

"예를 들어서. 모두가 말하는 것. 예를 들어서. 친구를 짓밟고 올라서라. 숨이 막혀온다. 이런 건 다 비유잖아? 아무런 힘도 없이. 나는 진짜가 필요했어. 예를 들어서. 나는 니 손을 밟아 으스러뜨렸어. 비유가 아니라 진짜로. 그렇게 하면 어떻게 될까? 어떤 일이 일어날까. 진짜 밟는 거랑 비유적으로 밟는 거랑은 어떤 차이가 있을까? 그리고 이제 나는 알았어. 차이가 없어. 이것 봐. 아무 느낌도 없어. 이렇게 니가 죽었는데도 나는 아무 느낌도 안 나. 죽어 있는 너는 살아 있는 너보다 더욱더 안 느껴져. 그리고 그건 아주 잘된 일이다."

수정은 미나를 쓰다듬는다. 순간 세계는 소리도 없이 작아진다. 그때 여느 때처럼 세 음절로 이루어진 달콤한 소리를 내며 현관문이 열린다. 수정이 고개를 들어 문을 바라본다. 민호이다.

"민호야 나 해냈어."

그녀가, 환하게 웃으며, 민호를 맞이한다.

민호가 수정을 보며 웃는다. 수정이 민호를 보며 웃는다. 둘은 서로를 마주보며 거울처럼 같은 웃음을 짓는다. 고개를 숙여 서로의 사이에 놓인 시체를 확인하고 다시 고개를 들어 바라보면 여전히 웃고 있다. 하나의 시체 그리고 두 개의 웃음이다. 그리고 셀 수 없는 어둠이 남았다.

이어폰을 낀 혁명가

1. 입 없는 것들의 귀환

이것은 혁명이다. 그리고 반란이다. 김사과의 소설 『미나』는 우리가 질서라고 부르는 기존의 모든 것을 전복하고 무너뜨린다. 이 소설은 '에로틱 파괴어린' 자들의 선언서이며 찌꺼기가 낀 오래된 모든 것을 무너뜨리는 새로운 신(神)의 탄생기이다. 그러니 만일 당신 자신을 상식적인 인간이라고 여긴다면, 지금, 당장, 책장을 덮어도 좋다. 혹, 앗제나 지젝, 융과 같은 유럽의 이름을 당대 지식인의 필수교양이라고 여긴다면 이 책을 무시하는 편이 낫다. 또 마돈나보다는 비요크가 훨씬 더 훌륭한 아티스트이며 언급할 가치가 있다고 생각한다면 의견제시를 삼가는 편이 좋을 것이다. 마지막으로 장편소설이 동시대의 삶에 필요한 지적 포즈를 제공한다고 여긴다면 당신의 뒷덜미를 조심해야 할 것이다. 『미나』는 권위로서의 소설을 지우며 문제적 인간을 통해 시대성을 재현하고 있다. 재현이라는 근원에 닻을 내림으로써 『미나』는 장편소설의 전통을 관통하고 소설의 의미를 갱신한다. 세상의 형편은 ‘미나’라는 인물을 통해 입체적인 조감도로 드러난다. 백서류의 생활지침서가 간과한 동시대의 폐부, 소설이 배제했던 오류는 김사과를 통해 잃어버린 아이들의 방언으로 재탄생한다.

『미나』에 등장하는 인물들은 십대 고등학생들이다. 입시지옥이라고 불리는 인생의 한 시기에 갇힌 아이들은 자신의 세계를 갖기 위해 투쟁중이다. 문제는 그들에게 욕망은 있지만 욕망의 회로가 없다는 사실이다. 회로가 없기에 가열된 에너지는 뜨겁게 자신의 내부를 녹인다. 누전된 에너지들은 자신을 녹이고 마침내 자신을 둘러싼 세계를 고장낸다. 아이들은 ‘낭만주의’를 경멸하고, 붕괴된 공립학교 시스템을 비난하며, 계급을 재창출하는 입시제도를 공격한다. 소설의 인물 ‘수정’에게 있어서 교양이나 도덕은 “어른들이 제시하는 모든 것을 있는 그대로 복사하여 순발력있게 흉내내는” 역겨운 몽유병에 불과하다. 그래서 그녀는 선언한다. 이 모든 것들을 없애버리기로, 역겨운 것들, 냄새나는 쓰레기들, 지긋지긋한 모순덩어리들을 없애겠다고, 죽여버리겠다고 말이다.

이제껏 십대는 한번도 자신의 언어를 가져본 적이 없다. 십대란 교과서로 압축되는 세계의 지식을 무조건적으로 받아들여야만 하는, '입 없는 것들'이다. 아니 엄밀히, 입을 빼앗긴 자들이다. 알고 싶지 않아도 알아야만 하고 모르고 싶어도 모를 수 없는, 쓸데없는 것들이 지식이라는 이름으로 세뇌된다. 시험이라는 제도를 통해 가늠된 지식의 세계에는 거부의 여지가 없다. 제도에 저항하는 순간 체제는 낙오를 명령한다. 세상은 하나씩 차지해야 할 개인의 '칸막이'로 전도되고 아이들은 '칸막이'를 소유하기 위해 길들여진다. 체온을 에너지원으로 착취하는 매트릭스(matrix)처럼 제도는 아이들의 언어를 빨아들인다.

『미나』에 등장하는 인물들은 세상이 거대한 음모라는 사실을 알고 있다. 아이들은 어른들이 세상이라 부르는 제도나 질서를 더러운 쓰레기더미로 취급한다. 그들은 세상과 소통할 만한 기본적인 코드를 지우고 자신들만의 언어로 소통한다. 미나, 민호, 수정에게는 개념도, 질서도, 윤리도, 도덕도, 가치도 그 아무것도 없다. 명민한 아이들은 오염된 세계의 코드를 배반하고 거절한다. 문제는, 그럼에도 불구하고 그들이 이 더러운 현실을 살아야만 한다는 사실이다. 삶이라는 여분의 시간이 '거지 같은' 늪이자 환상이라는 사실을 눈치챘을 때, 희망이나 변화가 감미로운 거짓임을 깨달았을 때, 삶은 무엇이어야만 하는 것일까? 김사과의 폭발력은 바로 이 질문 속에 내재해 있다. 『미나』는 파괴적 유머로써 새로운 신화의 기점을 창조해낸다.

2. 외계어 세대의 우상파괴

『미나』는 호명(interpellation)을 거부한 십대들, 미나, 민호, 수정의 이야기이다. 그들은 사회라는 거대한 시스템에 오류를 발생시킨 웜-바이러스라고 할 수 있다. 영악한 웜-바이러스들은 학창시절이 계급 유지의 빌미이며, 조작극이라는 사실을 눈치채고 있다. 미나, 민호, 수정은 환멸이나 트라우마(trauma)도 없지만 우상도 향수도 없는 세대들이다. 그들은 한번도 너무나 소중한 것들을 집단적으로 침해받은 적이 없으며 또 한편 그토록 소중히 지켜야 할 것을 가져본 적도 없다. 따라서 그들에게는 동일시의 대상이 없다. 신화도 전설도 없고 동일시도 존경도 없는 세대들, 『미나』에 그려진 십대들은 그렇다.

이 불결한 십대를 지나가는 방법은 세 가지 정도이다. 하나는 답이 나오는 수학문제를 열심히 풀면서 제도의 거짓말을 '영리하게' 관통하는 것이며 다른 하나는 자살하는 것이다. 수정은 자신을 영리한 내부고발자의 자리에 위치하고 '주어진 것들'에 대한 '수동적 학습'에 매진한다. '수동적 학습'을 견딜 수 있는 힘은 경멸에서 비롯된다. 수정과 미나는 세계의 타자성을 경멸하고 무시함으로써 견딘다. 그런 수정에게, 자살은 삶을 타자로 인정한 자들이 겪는 착각에 불과하다. 그들은 고통스러운 것이 아니라 스스로 고통스럽다고 여기는 낙오자들이다. 미나와 수정은 낙오자를 경멸하며 재빠르게 체제의 언어를 배워나간다. 그렇다면 마지막 세번째 방법은 무엇일까? 그것은 바로 세상을 파괴하는 것, 타자성으로 육박해오는 세계를 없애버리는 것이다. 시험문제로 압축되는 수동성의 세계를 벗어나자 미나와 수정에게 펼쳐지는 것은 자살 아니면 살인의 공간이다. 수동성의 공간이 세계를 향해 뻗은 감각을 제거하는 일이라면 죽음이란 감관의 퓨즈를 끊어버리는 행위라고 할 수 있다. 제도에 대한 무감각한 관습을 거부하자 『미나』에 등장하는 십대들에게는 죽음이라는 실재가 다가온다. 세계는 죽음을 통해 감지된다.

미나와 수정은 박지예의 자살로 인해 세계를 감지하게 된다. 박지예가 자살은 세상이 타자로 존재하고 있음을 보여준 것이다. 심각한 것은 미나가 박지예의 죽음 때문에 세상에 대한 경멸과 무관심의 포즈를 버렸다는 사실에 있다. 미나는 속수무책으로 세상에 감정을 이입한다. "친구의 자살소식을 전해들은 여학생의 완벽한 상징"이 되어버린 미나를 보며 수정은 격분한다. 수정은 미나의 그 포즈에 담겨 있는 압도적인 아름다움에 반하고 자신에게 결여된 감정을 연출하는 그녀의 능력을 질시한다.

수정은 미나의 지예가 아니라 미나의 슬픔을 질투하기 시작한다. 수정은 필사적으로 시험지를 바라본다. 거기에 완벽한 침묵과 평화의 차원이 있다. 그것은 완벽하며 영원하다. 갑자기 시험지에 대한 사랑이 넘쳐흐르기 시작한다. (35면)

『미나』는 단순한 문장들과 판단들로 가득 차 있다. 비유나 아날로지(analogy)는 고작해야 손에 꼽을 정도이며 게다가 의도적으로 유치하다. 박지예의 죽음은 수정에게 인생 최초의 난제(難題)로 다가온다. 미나는 이제 트라우마를 가졌으며 세상을 느낀다. 늘 답이 있는 문제지와 달리 미나의 모습에는 설명이 가능한 정답이 없다. 미나를 이해하려고 시험지에 몰입하는 수정의 모습은 이를 잘 보여준다. 기출문제로 상징되는 제도와 질서를 영악하게 경멸했던 수정은 난생처음 만나는 문제 앞에서 당황하게 된다. 당황은 좌절로 변질돼 수정으로 하여금 미나에 대한 파괴적 공격성을 심어준다. 경멸이 세상을 통제하는 방법이라고 믿던 수정은 파악할 수 없는 문제를 발견하자 급격히 무너지고 만다.

정답 없는 문제, 미나, 그것은 인생 최초로 발견한 타자이다. '박지예의 자살'은 수정을 세계의 크레바스에 빠뜨리고 만다. 경멸로 통제할 수 없는 삶의 여지와 마주친 것이다. 수정은 이제껏 파악하고 통제해왔다고 여겼던 미나를 수정과 동떨어진 개체이자 단자로 바라보게 된다. 개체로서의 미나는 수정에게 커다란 질문으로 다가온다. 수정은 "미나가 느끼는 감정이란 게 정확히 어떤 것일지"를 굉장히 궁금해한다. 수정은 자신이 무엇인가를 모른다는 것 그리고 애매모호한 정서를 가진다는 자체에 염증을 낸다. 당혹스러운 사실은 그녀에게 유일한 친구인 미나, 그 미나가 이해할 수 없는 대상이 되었다는 점이다.

제도권 교육이 제공하는 문제에는 답이 있지만 삶이 출제하는 문제에는 예시도, 기출문제도 그렇다고 정답이나 해설지도 없다. 수정은 삶의 속성 앞에서 흔들린다. 수정은 삶이 선사하는 불쾌감을 스스로 통제하고 싶어한다. 중요한 것은 수정이 이 모호한 상태에서 벗어나기 위해 자신만의 방법을 강구한다는 사실이다. 살인, 문제의 정답을 알 수 없다면 문제 자체를 세상에서 제거하는 것이다. 수정은 미나를 "알기 위해 미나를 찌른다." 미나를 죽임으로써 이해하고 소유하고자 한다.

친구를 죽여서라도 이해하고자 하는 수정의 태도는 이십사 시간 '접속'상태인 21세기 십대들의 분리장애를 짐작케 한다. 80년대 이후에 태어나 성장한 세대들은 의식이 깨어 있는 내내 누군가와 접속되어 있다. 그들은 쉼없이 서로에게 문자메시지를 전송하고 인터넷 메신저를 통해 온라인 상태의 상대를 확인한다. 'On 세대'들에게 있어 'Off'는 단절이며 죽음이고 혼동이다. 서로의 의사를 전달하고 확인할 수 없을 때, 서버로부터 이탈된 전자신호들처럼 체계의 붕괴를 경험하게 되는 것이다.

미나의 변화로 수정이 겪게 되는 고통 역시 'On 세대'들의 분리장애와 닮아 있다. 박지예의 죽음은 수정과 미나 사이에 이어져 있던 비가시적인 접속을 끊어놓고 만다. 수정은 이로 인해 심각한 분리장애의 고통을 겪는다. 고통에서 벗어나기 위해 수정은 미나와 접속관계에 있고자 애쓴다. 하지만 미나는 수정을 거부한다. 하지만 미나는 수정이 결여한 것들의 총체이자 자신에게 배

제된 환상의 집합체이다. 미나는 수정에게 없는 부(富)를 가졌
고, 수정에게 없는 고상한 부모를 가졌으며, 수정에게는 결여된
프티부르주아의 허영도 지니고 있다. 접속이 끊기자, 미나가 가
진 이 모든 것들은 '악(惡)'으로 전도된다. 이에 수정은 인생 최
초의 난제를 해결할 자신만의 답을 찾는다. 사랑하는 자를 죽여
야 한다.

3. 미친, 사랑의 공식

역설적이게도, 『미나』는 결핍을 경험하지 못한 세대들의 타나
토스적 에로스를 짐작케 한다. 갖지 못한다면 파괴해버리는 것,
내 것이 아니라면 아예 세상 누구도 그것을 소유해서는 안된다는
독점욕 말이다. 갖고 싶은 것을 갖지 못한 적이 없는 아이, 수정
은 자신이 함부로 소유할 수 없는 존재를 받아들이지 못한다. 레
비나스(E. Levinas)의 말처럼 타자는 그 존재를 인정하는 순간 발
생한다. 수정은 타자의 발생을 이질성의 침투로 여겨 항체를 생
성해 공격한다. 최선을 다해도 얻을 수 없는 것이 있다는 것을 십
대는 알지 못한다. 수정이 알고 있는 세상이란 열심히 공식을 대
입해 풀다보면 답이 얻어지는 수학과 다를 바 없기 때문이다. 판
단과 단언만으로도 세상을 포착하고 이해할 수 있다. 그러니까
수학처럼 세상을 소유할 수 있다고 믿는다. 존재를 위협할 만한

심각한 결핍을 경험하지 못한 수정은 미나와의 분리를 허용할 수가 없다. 수정은 미나를 통해 진짜 '수동성'의 의미를 깨닫게 된다. 그것은 내 마음대로 할 수 없다는 패배감이며 그럼에도 불구하고 상대방을 갈구하는 답답함이다. 따라서 수정은 미나를 이해할 수 없다는 좌절을 미나를 파괴하겠다는 타나토스적 욕망으로 전복한다. 이해할 수 없다면 파괴하면 된다. 외재적 힘에 의한 수동적 결핍은 파괴를 통한 능동적 결여로 전도되고, 이에 상실감은 봉쇄된다.

미나의 부재로 인해 고통을 겪던 수정은 고양이를 죽임으로써 미나의 삭제를 연습한다. 고양이를 죽이고 나서 수정은 자신을 '소파'와 같은 무생물체로 강등한다. 주목해야 할 것은 미나에 대한 적대감이 모두 박지예의 자살사건 이후에 전개된다는 사실이다. 수정은 박지예가 자살과 함께 자신과 공유했던 삶의 궤도를 이탈한 미나를 용서하지 못한다. 수정은 미나가 하듯이 벽장에 틀어박혀보기도 한다. 하지만 달라지는 것은 없다. 미나를 향한 수정의 파괴적 욕망은 미나를 향한 수정의 강렬한 사랑을 증명한다. 수정은 미나를 사랑하기에 그녀를 영원한 결핍이자 욕망의 대상, 소유의 상징으로 박제(剝製)하고자 한다.

나도 이런 거 싫어 미나야. 내가 꼭 너를 되게 많이 좋아하는 거 같잖아. 하지만 아니야. 알잖아. 나는 아무도 안 좋아해. 다 싫어. 다 싫어. 나는 아무것도 필요없어. 나는, 있지, 니가

완전히 혐오스러워. 니가 가진 모든 게 다 싫어. 다. 그래서 너
를 죽여버리고 싶어졌어. 너한테서 너무 더러운 냄새가 나서
나는 너한테 가까이 다가가기가 겁이 나. 너는 더러워. 그리고
나는 깨끗해. 나는 더러운 게 싫어. 그리고 너는 더러워. 너는
모든 더러운 걸 상징하고 있어. (284면)

수정은 "나를 진짜 사랑하는 건 나밖에 없다. 잊어버리면 안된
다"라고 스스로에게 말한다. 미나를 향한 사랑의 감정은 소유욕
으로 전도돼 상대를 없애고자 하는 파괴심리로 전복된다.

이 인용문은 격렬한 증오감의 표현이지만 다른 한편 격렬한
사랑의 고백이다. 수정은 "왜 나를 죽이려 하느냐"는 미나의 질
문에 대해 계속 모른다고 대답한다. 모르기 때문에, 네가 뭔지 모
르겠기 때문에 너를 죽여야 한다고, 반복한다. 수정은 미나의 가
슴에 칼을 꽂기 직전에서야 드디어 미나의 심장까지 들여다볼 수
있다고 황홀하게 고백한다. 자기 손으로 미나를 살해함으로써 수
정은 미나를 소유하게 된다. 이는 조악한 세상을 완벽한 문장에
가두려는 수정의 작문과 다를 바 없다. 문장에 가두면 세상은 박
제된다. 완벽한 문장으로 꾸며진 작문으로 세상을 가차없이 '칸
막이'로 호명하듯이 수정은 미나를 죽인다. 이제 미나는 더이상
결핍을 환기하지 않는다. 결핍은 제거된 환상일 뿐, 수정은 이렇
게 너무 복잡한 사랑문제를 해결한다.

4. 이어폰을 낀 혁명가

김사과의 소설에서 세상은 온통 발가벗겨진다. 단단히 벼린 단도(短刀)처럼 김사과의 단순한 문장들은 문명에 예리한 상처를 낸다.

그들은 나이와 지역, 성별과 부모의 재산, 식단과 패션 따위의 표지를 가슴에 달고서 규격화된 칸막이 안에 자신을 가둔다. (…) 칸은 점점 더 세분화하여 나이를 먹고 삶이 연장될수록 세계는 오히려 더 협소해진다. 뒤칸은 맹목적으로 앞칸을 바라보며 앞칸은 가끔씩 뒤칸을 돌아보며 안도한다. (77~78면)

허영심에 사로잡힌 사람들은 대형할인마트의 라이프스타일을 추구함으로써 오래된 시장과 서점과 식당 들을 죽이고는 이 모든 것을 정치의 잘못으로 돌렸다. 그들은 남들이 쉽게 따라할 수 없는 서양의 언어와 라이프스타일을 가지고 개떼같이 몰려다니며 모든 것을 파괴한 뒤 외부인의 출입을 철저히 배제하는 고급브랜드 아파트를 짓고 그 안에 자신들의 유토피아를 쌓아올렸다. (86면)

더러운 세상이 흘레붙어 낳은 아이들은 “사람을 죽일 권리를 갖지 못하면 위대해질 수 없다"라는 생각을 가진 아이들을 만들어낸다. 『미나』에 등장하는 아이들은 우리 사회가 만들어낸 우성 돌연변이들이다. 그들은 사회가 제시하는 '소마'(SOMA, 올더스 헉슬리 『멋진 신세계』에서 영혼을 편안한 환각상태로 유지시켜주는 마약의 일종)를 충실히 복용한 적자이자 질서가 내포한 부작용이다. 미나를 죽이는 수정의 행위는 부패한 세계를 교조(敎條)하는 것이 아니라 파괴함으로써 재건하고자 하는 급진적 혁명에의 의지를 보여준다. 문제는 그 혁명이 고립된 개인의 도발과 구분하기 힘들다는 사실이다. 수정은 미나를 죽이는 동안 시끄러운 팝음악이 흐르는 이어폰을 꽂고 있다. 이어폰을 꽂음으로써 수정은 선택한 세상과 교섭하고 윤리나 도덕으로부터 이탈한다. 자신이 선택한 인공문화의 낙원에서 살인을 하고 세계를 구축한다. 수정의 살인 행위는 단자적 소우주를 내면에 가꾸고 있는 신인류들의 현재를 고스란히 보여준다. 그들은 자신만의 우주를 가졌기에 더러운 DNA를 간직한 채 유전되어온 전통과 관습을 잘라낼 수 있다.

수정의 앎은 미나로부터 시작되었다. 음악, 책, 미술, 사진 등 수정이 경험한 예술은 모두 미나를 통해 경험한 것들이다. 그런 점에서 수정의 살인행위는 안일하게 수혈받아온 것들로부터의 자발적 단절의지로 받아들여지기도 한다. 수정은 미나를 통해 받아들인 중산층 삶에 대한 환상을 미나를 죽임으로써 없앤다. 드디어, 해냈어, 수정은 상큼하게 한 세계를 폭파하고 다른 곳으로 비약한다. 세상의 때와 오류에 상처받지 않도록 스스로를 단련한다. 수정이 새끼고양이를 죽이는 장면이 김사과의 소설에 대한 메타포로 받아들여지는 이유도 여기에 있다. 수정은 미나라는 자기 우상을 없애기 위해 연약한 새끼고양이를 죽인다. 새끼고양이의 살해는 미나를 없애기 위한 연습이라고 할 수 있다. 고양이 살해를 통해 김사과는 애착하는 것을 파괴해야 진정한 자아가 존재할 수 있다고 말한다. 타인과의 존재론적 동일시라는 것 자체가 체제가 제공한 주술인 셈이다. 이어폰을 낀 혁명가들은 외계를 단절함으로써 공명을 감지하고 혁명을 꿈꾼다. 중요한 것은 이어폰을 낀 혁명가들의 손에 마트에서 산 칼이 들려 있다는 사실이다. 단절된 혁명이라는 모순어법은 젊은 소설가의 첫 장편이 지닌 가능성과 위험성을 모두 내포하고 있다. 타자를 존중하고 타자에 의존하려는 마음은 썩어빠진 세계를 양산한다. 김사과는 더러운 흘레붙기를 거절한다. 보르헤스의 말처럼 아버지와 거울이 자신과 닮은 세계를 창출하기에 부도덕하다면, 김사과의 소설은 상쾌한 도덕이며 배반의 윤리이다. 파괴를 통한 생성, 지금 한국 소설은 유례없던 새로운 도발을 목격중이다.

姜由楨 | 문학평론가

글은 한 줄의 흥밋거리에서 시작됐다. 서울에 사는 한 여고생이 친구를 살해. 나는 그 한 줄 뒤에 숨어 있을 여러 겹의 긴 이야기를 상상했다. 그리고 요약하면 단 한 줄에 지나지 않을 공허한 길고 긴 변명을 상상했다. 여러 겹의 긴 이야기와 단 한 줄의 단순한 흥밋거리. 동시에 그 두 가지인 이야기를 원했다. 동시에 두 가지 그 어느 것도 아닐 이야기를 원했다.

그렇게 시작된 글은 프라하와 뉴욕을 거쳐 서울에서 끝이 났다. 처음 나는 이 글과 멀리 있는 서울, 그리고 프라하의 일상을 연결시킬 수가 없었다. 포커스를 잡을 수가 없었다. 모든 것이 붕붕 떠다녔다. 그곳의 삶은 서울의 삶과 완전히 달랐다. 모든 것이 느리게 흘러가는 풀밭과 햇살의 도시에서 삭막한 도시의, 그것도 학생의 삶을 그린다는 것은 시시한 농담처럼 느껴졌다. 아이들은 삭막한 서울에 있었다. 서울은 황사와 함께 저 멀리 있었다. 아이들은 저 멀리 누런 모래바람의 도시에서 어색한 춤을 추고 있었고 나는 겨우 삐걱거리며 다가갔다. 넘어지지 않기 위해 양손으로 책상을 꼭 붙들어야 했다.

그곳에서 나는 다만, 그들과 그들의 도시 그 모든 것의 죄를 사하여주고 싶었다. 무죄의 아이들을 무죄의 땅에 풀어놓으면 어떤 일이 일어날까.

글에서 아이들이 총에 대한 얄팍한 농담을 주고받은 그날 버지니아에서 조승희가 자신을 포함해 서른세 명을 총으로 쏴 죽였다. 나는 내가 쓰는 글이 무서웠다. 하지만 운명은 정해져 있었고 나는 그 운명을 향해 움직여야만 했다. 글을 쓰는 시간을 제외하고 아침부터 밤까지 조승희에 대해 생각했다. 그에 대한 뉴스를 읽다 말고 책상 앞에 앉아 울었다. 가끔 주인공을 위해 테스코에 가서 칼을 관찰했다.

글을 끝내던 날 아침부터 밤까지 열두 시간 동안 글에 매달렸다. 작업이 끝나기 세 시간 전 부엌 근처의 등이 타오르기 시작했다. 어디선가 무언가 타는 냄새가 났다. 처음에는 오랜 작업으로 인한 과열 때문에 랩톱이 타오른다고 생각했다. 하지만 랩톱은 멀쩡했다. 나는 냄새를 좇아 부엌으로 갔다. 환한 불빛의 한가운데에서 연기가 피어오르고 있었다. 나는 잠시 동안 바라보다가 스위치를 내렸다. 그리고 돌아가 계속해서 글을 고쳤다.

2007년 12월

김사과